ro
ro
ro

Madeleine Giese, geb. 1960, schloss die Hochschule für Darstellende Kunst mit der Bühnenreifeprüfung ab. Von 1982 bis 2001 in Festanstellung in süddeutschen Ensembles. Textbeiträge für Kabarett und Rundfunk, daneben eigene Regiearbeit. Ihrem ersten Krimi «Das Spiel heißt Mord» (rororo 23488) folgte «Die letzte Rolle» (rororo 23487), über den die Presse urteilte: «Ein Treffer!» (Neue Westfälische), «Ein vergnüglicher, zugleich melancholischer Krimi» (Frankfurter Neue Presse). «Die Antiquitätenhändlerin» ist Madeleine Gieses dritter Kriminalroman und der Auftakt einer Serie um die Antiquitätenhändlerin Marie Weller.

Madeleine Giese

•

Die Antiquitätenhändlerin

KRIMINALROMAN

Rowohlt Taschenbuch Verlag

2. Auflage September 2006

Originalausgabe
Veröffentlicht im Rowohlt Taschenbuch Verlag,
Reinbek bei Hamburg, Juni 2006

Umschlaggestaltung any.way, Wiebke Jakobs
(Foto: age fotostock / mauritius images)
Satz Proforma InDesign bei
Pinkuin Satz und Datentechnik, Berlin
Druck und Bindung
Clausen & Bosse, Leck
Printed in Germany
ISBN 13: 978 3 499 24243 4
ISBN 10: 3 499 24243 5

Für meine Schwestern
Caroline, Christiane und Hanna

«He vor iss dis gemichet.»
Traduction: Ceci est arrivé ici.
Übersetzung: Das ist hier geschehen.

(Eingemeißelte Inschrift in der Klosterkirche
St. Pierre et St. Paul, 13. Jh., Wissembourg, Frankreich)

• 1 •

Der Feuerball versank hinter den mächtigen Kronen der Eichen. Übrig blieben ein Streifen blaue Leere und ein glühender Himmel.

Der kleine, rundliche Mann am Fenster kniff die Augen zusammen. Blinzelte, bis die Konturen verschwammen und er nur noch Farben sah.

Züngelndes Gold, flammendes Orange, weiter oben pulsierendes Rot. Blutrot. Eine Blutlache, die über den ganzen Horizont schwappte. Als hätte ein irrer Metzger seine Eimer geleert.

Morbider Quatsch! Ein alter Hammel war er, der Kinderspiele spielte. Das musste er Marie erzählen. Verdauungsbeschwerden würde sie diagnostizieren. Er kicherte.

Seine Marie. So sensibel sie war, wenn es um die eigenen Stimmungen ging, so pragmatisch bis grob konnte sie sein, wenn es sich um die Stimmungen anderer handelte.

Aber so Unrecht hätte sie dieses Mal gar nicht. Das bevorstehende Gespräch lag ihm tatsächlich im Magen.

Er drehte dem unheimlichen Himmel den Rücken, lehnte sich an den geöffneten Flügel des bodenhohen Fensters, vor sich den Raum, in den langsam die Abendschatten krochen, und lauschte in das leere Haus hinein.

Trotz des warmen Sommerabends war es kühl hier drinnen. Kühl und modrig wie in einer Gruft.

Was war nur los, heute Abend? Zeit, dass er zu Marie fuhr.

Ein schönes Abendessen in ihrem wuchernden Garten, ein kühler Wein. Nur daran zu denken tat gut.

Aber zuerst das Gespräch. Es würde einen Skandal geben, klar. Aber konnte er es vertuschen? Nicht einfach bei den anderen ehrpusseligen Spießern.

Sein Nacken schmerzte. Schwer hob er die Hand, strich mit Druck über die angespannten Muskeln. Die Hemdsärmel schabten.

Er sollte eines von diesen kurzärmeligen Hemden kaufen. Bestimmt angenehm bei der Hitze den ganzen Tag. Wenn die nur nicht so albern wären. Alle Männer sahen darin aus wie verkleidete Gartenzwerge. Wer hatte in seinem Alter schon Schultern wie dieser englische Fußballgott?

Er hätte vor der Unterredung mit Marie sprechen und sie um Rat fragen sollen. Vielleicht auch nicht. So frei, wie sie immer tat, war sie auch nicht. Seinen Wagen musste er heute Abend wieder kilometerweit von ihrem Haus entfernt parken. Bloß damit dic Nachbarn nichts mitbekamen. Lächerlich, sich im Morgengrauen aus dem Haus schleichen zu müssen. Lächerlich und völlig wirkungslos. Ilse Blum wusste genau, wann er kam und ging.

Er war zu alt, um den heimlichen Liebhaber zu spielen. Sie musste ihn heiraten. Aber auf dem Ohr war sie stocktaub. Stures Weib.

Wenn er nur dieses Gespräch schon hinter sich hätte. Natürlich würde die Geschichte Staub aufwirbeln. Alte Spekulationen und Vermutungen. Dummes Gerede und Gerüchte, die nur die Arbeit der Initiative stören würden. Irgendwie musste er das verhindern. *Le Chêne.*

Die hohen, noch leeren Bücherregale an den grauen Quaderwänden. Die schmiedeeiserne Deckenlampe. Fast ein Jahr hatte er danach gesucht. Sie schließlich verstaubt und voller

Mäusedreck bei einem Händler gefunden. Der Schreibtisch, ein Prachtstück. Der Restaurator war sein Geld wert.

Er legte den Kopf leicht schräg, versuchte, seinen Laptop und das Telefon zu übersehen. Wie vor zweihundertfünfzig Jahren: ein glänzender, polierter Tisch, von dem aus die Geschicke des Schlosses geleitet werden, ein rundlicher Verwalter mit Sorgenfalten am Fenster. *Le Chêne.* Ein Traum. Doch, eine Art Liebe.

Marie konnte das Schloss nicht leiden.

Was heißt Schloss? Ein Torhaus. Der namenlose Verwalter von damals hatte noch ein Schloss gehabt. Wer weiß? Vielleicht gab es die Möglichkeit, alles wieder aufzubauen. Arbeit für die nächsten hundert Jahre seines Lebens.

Lächelnd lehnte er den Kopf an den Fensterflügel. Draußen glühte der Himmel über den mächtigen Eichen, die dem Schloss seinen Namen gegeben hatten.

Dr. Theobald Bernd verschränkte die Arme über seinem Kugelbauch. Er musste einen Weg finden, *Le Chêne* zu schützen.

Die schwere Eichentür öffnete sich. Sein Besucher trat ein.

Er straffte sich.

Sein Besucher trat näher. Dieses glatte, unbewegte Gesicht. Ein fremdes Gesicht, obwohl er es so viele Jahre kannte.

Im Zimmer war es still.

Eine tickende Uhr, ein Knacken im Gebälk, ein leises Rauschen der Bäume.

Sein Mund war trocken. Verstohlen fuhr er sich mit der Zunge über die rissigen Lippen. Versuchte, den plötzlich schnelleren Atem zu kontrollieren. Wieso sagte der andere nichts? Starrte ihn nur durchdringend an. Kam näher und starrte. Unangenehm, wie nah er kam.

Sag was, feuerte er sich an. Sein Herz klopfte.

Verstohlen sah Theo Bernd über seine Schulter ins Freie. Da war nichts. Nur der blutrote Himmel und tief unter ihm die spitzen Lanzetten des Eisenzauns.

• 2 •

Noch ahnte sie nicht, dass es ihr letzter Morgen war. Das letzte Erwachen im noch nachtfeuchten Garten. Das Trillern und Tschilpen der Vögel in den Büschen. Für sie war es das letzte Mal, dass Sonnenstrahlen über das Gras krochen und die Halme wärmten.

Sie spürte die Strahlen, die, trocken wie Wüstenfinger, in ihr schattiges Versteck drangen und sie zwangen, sich immer mehr zusammenzuziehen, bis sie es nicht mehr aushielt. Ergeben glitt sie vor, überquerte hastig den Sonnenfleck und verschwand unter dem Dach eines duftenden Salatblattes. Ihre Fühler tasteten nach der kühlen Frische. Als ein Tautropfen sich zitternd löste und auf ihren muskulösen Körper fiel, dehnte sie sich vor Wohlbehagen.

Plötzlich drang Stahl unter sie. Zerrte sie aus dem grünen Schatten in das erbarmungslose Licht. Noch einmal versuchte sie zu entkommen, sich durch geschicktes Krümmen zu befreien. Zu spät.

Ein scharfer Schnitt, und ihr Körper wurde in zwei Hälften geteilt, die als schleimige Klumpen zu Boden fielen.

«Zweihundertachtunddreißig. Ihr kommt mir nicht davon, ihr Biester», murmelte die alte Frau befriedigt.

Ohne die tote Schnecke weiter zu beachten, drehte sie mit der Gartenschere systematisch die unteren Salatblätter nach oben. Sie arbeitete sich langsam von Salatkopf zu Salatkopf, bis die erste Reihe durch war. Mit schmerzenden Knien erhob sie sich aus der Hocke, stützte eine Hand in den Rücken und streckte sich.

Was war nur los heute Morgen? Schon beim Aufstehen Rückenschmerzen und eine Gesichtsfarbe, die an ausgespienes Apfelmus erinnerte. Vielleicht hatte sie einfach zu lange gelesen gestern Nacht. Zu lange gewartet.

Wenn er keine Lust hatte zu kommen, musste er eben wegbleiben. Sie würde ihn bestimmt nicht zwingen. Aber wenigstens hätte er anrufen und absagen können. Das konnte sie erwarten. Vielleicht war er ja wieder für dieses verdammte Schloss unterwegs gewesen und spät nach Hause gekommen. Trotzdem. Ein Anruf war nicht zu viel verlangt.

Mit schweren Schritten machte sie sich an die nächste Reihe. Unkraut rupfen. Den Salat retten. Warum tat sie sich das an? Halbherzig zupfte sie ein paar Gräser aus, die den ersten Salatkopf in der Reihe umringten.

War da nicht ein roter Schimmer? Vorsichtig drehte sie mit der Schere ein Blatt nach oben. «Na komm schon, du widerliches Stück.» Sie schob die geöffnete Schere unter den glitschigen Leib und zerschnitt ihn. «Zweihundertneununddreißig.» Die würden ihr nicht den Salat wegfressen. Ein Euro pro Kopf auf dem Markt. Nicht, solange sie noch kriechen konnte.

Den Sahnemeerrettich konnte sie wegkippen. Der hielt sich nicht. Theo hätte wirklich anrufen können, ließ sie einfach auf den Forellen hocken. Die kilometerweite Fahrt, um frisch geräucherte zu kriegen. Sie würde ihm die Dinger an den Kopf werfen. Einzeln.

Diesmal musste sie sich mit einer Hand am Boden abstützen, um wieder hochzukommen. Genug für heute.

Aufatmend sah sie sich um. Das Gemüsebeet war kümmerlich. Zu heißes Wetter. Aber die Petersilie kam schön. Und die Erdbeeren. Kleine Walderdbeeren, die sich selber gesetzt und unbekümmert vermehrt hatten und immer neue, süße Früchte trugen.

Der Rasen hätte längst gemäht werden müssen. Dabei war er gerade jetzt so schön. Voll Gänseblümchen und Veilchen. Wenn sie ihn noch ein bisschen stehen ließ? Unsinn. Das Gras war zu hoch. Unmöglich, das Ganze in einer Stunde zu mähen. Sie müsste Jascha anderthalb bezahlen.

Vorsichtig ging sie am Rand ihres Beetes zurück zu den bemoosten Platten. Man müsste einen Brenner leihen, um die Platten wieder rot zu bekommen. Leuchtend rote Platten im grünen Rasen, wie in ihrer Kindheit. Wie hieß der Gärtner noch, der zu ihren Eltern gekommen war? Dieser mürrische Alte mit dem zerbeulten Fahrrad?

«Huhu! Frau Weller! Sind Sie's?», schallte eine helle Stimme über die Gartenmauer.

«Nein. Ihr Geist. Ich bin gestern Nacht verstorben und nehme gerade Abschied von meinem Garten», schrie sie zurück.

Oben an der Mauer erschien ein verdutztes Gesicht unter blonden gelegten Locken. «Wieder schlecht geschlafen?» Der breite Mund verzog sich mitleidvoll.

Marie Weller schloss die Augen. Blieb ihr denn gar nichts erspart? Andererseits, wenn Ilse Blum ihr im Garten auflauerte, konnte das nur eins bedeuten: Sie wollte etwas kaufen. Gottergeben öffnete sie die Augen wieder und sah ihre Nachbarin an.

«Haben Sie ein Minütchen für mich?», fragte Ilse Blum und legte den Kopf schräg.

Wenn du was kaufst, sogar zwei! Aber dann erschlage ich dich, dachte Marie. Und war stolz, dass sie es nur dachte.

«Ich komme mal rübergesaust.»

Sie sauste tatsächlich, denn gleich darauf kam sie, heftig winkend, Maries Auffahrt heraufgetrippelt.

«Denkt die, ich bin blind?», fragte Marie ihren Apfelbaum. Aber er antwortete nicht.

«Entschuldigen Sie die frühe Stunde. Ganz zufällig habe ich Sie im Garten gesehen, und da dachte ich, Ilse, dachte ich, jetzt ist die Gelegenheit.»

Zufällig! Die einzige Stelle, von der man von Blums aus in den Weller'schen Garten sehen konnte, war Ilses Leiter an der Grundstücksmauer.

Marie zwang ein Lächeln in ihre Mundwinkel.

«Meine Älteste wird doch dreißig. Und da dachte ich, ein kleiner Blick in den Laden? Vielleicht sehe ich ja die ein oder andere Kleinigkeit.»

«Ich habe keinen Laden mehr», knurrte Marie halbherzig.

Ihre Nachbarin legte die brillantenfunkelnde Hand auf Maries Unterarm. «Ich weiß, ich weiß. Ihre private Sammlung, meine ich.» Dazu zwinkerte sie auch noch heftig mit einem ihrer hervortretenden Augen.

Ein Frosch, dachte Marie zum hundertsten Mal. Dieser merkwürdig flache Kopf, der fast halslos in den plumpen Oberkörper überging, die vorstehenden Augen, der breite Mund. Irgendwann würde sie zwischen Ilses Fingern Schwimmhäute entdecken und sich nicht darüber wundern.

Sie entzog ihren Arm dem Klammergriff und deutete zum Haus. Gemeinsam gingen sie den Gartenweg entlang.

«Schade, dass der Garten so heruntergekommen ist.»

Ein Seitenblick von ihr, und die Nachbarin fuhr eilig fort: «Aber die Arbeit ist ja auch viel zu viel für einen allein. Obwohl ...», sie kicherte. «Sie haben doch Hilfe. Den netten Sohn von Herrn Krätz, oder? Also, ganz der Vater, so ein hübscher Junge und so fleißig. Er hat ihn ja spät bekommen. Aber die Mutter ist noch jung. Grade mal ein paar Jährchen jünger als ich.»

Erstaunt zog Marie die Augenbrauen hoch.

«Kommt Theo Bernd denn gar nicht mehr?», schoss Ilse Blum sofort aus der Hüfte. «Mittwochs besucht er Sie doch immer, oder? Gestern habe ich ihn gar nicht gesehen.»

Treffer, versenkt. Statt einer Antwort stemmte Marie sich gegen die schwere Eichentür. «Klemmt», erklärte sie kurz.

«Die müssen Sie abschleifen lassen», sagte die Nachbarin fachmännisch. «Das alte Holz verzieht sich. Ein guter Handwerker macht das in fünf Minuten.»

«Und berechnet eine Stunde plus Anfahrt.»

Wie immer verstummte Ilse Blum ehrfurchtsvoll, als sie die kleine Eingangshalle betraten. Um diese Tageszeit war sie aber auch besonders schön. Die frühe Sonne, die ihr Licht durch das große Buntglasfenster warf, ließ die Diele in allen Farben schillern. Bunte Lichtkleckse tanzten auf dem hellen Marmorboden, und um Maries Herz wurde es warm. Sie vergaß die versottenen Kamine und defekten Wasserleitungen, den bröckelnden Putz und den Salpeter im Keller. Ihr Haus, ihre Liebe.

Über den Handlauf der großen Holztreppe sprangen rote, orange und gelbe Lichter und ließen das Holz glänzen.

«Sie müssen endlich die Treppe polieren lassen», schnitt Ilse Blums Stimme in ihre Zufriedenheit. «Das Holz leidet schrecklich.»

Auf einmal sah sie nicht mehr Farben und glänzendes Holz, sondern Sprünge und Wasserflecke, Wollmäuse auf den Treppenstufen und verblichenen Brokat auf den Empiresesselchen, die in einer Ecke der Halle standen.

Wortlos stieg sie die Treppe hoch. Die Blum schnaufte hinterher. «Mein Mann meint, ich müsste unbedingt in die Initiative. Schließlich ist doch sogar der Bürgermeister dabei, die anderen Honoratioren ...»

Wenn Ilse Blum mit ihrem ewigen Geschwätz auch noch dazustieß, würde sie austreten. Da konnte Theo ihr noch so gut zureden.

Wortlos durchquerte sie den zweiten Stock. Die Treppe wurde schmaler und die Wollmäuse größer. Der dritte Stock, von einem hüfthohen Eisengitter bewacht, das Marie mit den Knien aufstieß, hatte nur einen schmalen Flur mit angrenzenden niedrigen Zimmern. Dienstbotengeschoss hatte es ihre Mutter genannt. Selbst als es im Haus schon längst keine Dienstboten mehr gab.

Vor der ausgefahrenen Dachbodenleiter wandte Marie sich an ihre Besucherin. «Vorsicht, die Treppe ist steil. Da kann man sich den Hals brechen.»

Befriedigt registrierte sie Ilse Blums ängstlichen Blick und machte sich an den Aufstieg. Mit noch größerer Befriedigung sah sie auf ihre Nachbarin hinunter, als diese, vorsichtshalber auf allen vieren, durch die Dachbodenluke kroch.

Mit spitzen Fingern wischte sich Ilse Blum den Staub von ihrem froschgrünen Sommerkleid. Ohne die Bilder, die an den Wänden hingen, oder das Silber in den mannshohen Glasvitrinen eines Blickes zu würdigen, stürzte sie zu der Vitrine, in der der Goldschmuck lagerte.

«Was haben Sie denn Neues?» Ihre Augen funkelten.

Marie öffnete den Schrank und zeigte einen Ring auf blauem Samt. Fast zärtlich hob sie ihn hoch.

«Aber das ist ja Silber, und so matt», kam es kritisch von ihrem Gegenüber.

«Alte Diamanten, in Silber gefasst. 17. Jahrhundert. Etwas

ganz Besonderes», murmelte Marie mit einem versonnenen Lächeln.

«Die glitzern gar nicht.»

«Damals konnte man nicht so schleifen wie heute. Aber sehen Sie nur, sie sind mit Silber unterlegt, damit sie glitzern. Eine wunderschöne Arbeit.»

Ilse Blum nickte desinteressiert, während ihr Blick sich an einem breiten, reich verzierten Goldreif festsaugte. «Der ist schön.»

Marie nahm den Reif und hielt ihn Ilse Blum hin.

«Biedermeier.»

«Wo Sie nur immer so etwas finden.»

Marie lächelte geheimnisvoll. Das würde sie dem Frosch bestimmt nicht erzählen. All die vielen Fahrten nach Frankreich und Belgien in ihrem klapprigen Renault. Die frühen Morgenstunden, bevor die Antikmärkte für die normalen Kunden geöffnet wurden, das war die Zeit der Händler.

«Aber massiv ist der nicht», nörgelte ihre Nachbarin, während sie versuchte, sich den Reif über das speckige Handgelenk zu zwängen.

«Das Biedermeier war eine arme Zeit. Die Dinge sollten gediegen aussehen, aber nicht zu viel kosten», erklärte Marie bereitwillig.

«Ich kann mir schon etwas Besseres leisten», erklärte Ilse und streifte ungnädig den Reif wieder ab.

Maries Gesicht wurde heiß. Hastig nahm sie das geschmähte Stück zurück. Sie griff in den Schrank und zog eine schwere goldene Kette vor.

Sofort stieß die Blum kleine Entzückensrufe aus und legte den Schmuck um.

Natürlich, das gefiel ihr. Fünfziger Jahre, aber massives Gold.

Marie nannte einen Preis, der höher lag, als sie eigentlich kalkuliert hatte. Aber Ilse Blum war nicht mehr zu halten. Bewundernd hielt sie sich die Kette an den schweren Busen, sah zu Marie hoch und zitierte neckisch: «Nach Golde drängt, am Golde hängt doch alles, oder?»

«Ach, wir Armen», beendete Marie trocken das Zitat.

«Marie?», rief es von unten. «Marie, wo steckst du?»

«Ach, der kleine Krätz. So früh am Morgen schon Herrenbesuch. Na, na, Frau Weller.»

Ein neckisch wackelnder Zeigefinger direkt vor Maries Nase. Nur mühsam unterdrückte sie die Versuchung, hineinzubeißen. «Hier oben, Jascha», rief sie.

Polternde Schritte auf der Treppe.

«Frau Blum will etwas für ihre Tochter kaufen», erklärte sie dem Kopf, der in der Luke auftauchte.

Wie schön er war. Seine dunklen Locken, die überraschend hellgrauen Augen und die modellierte Kinnpartie. Nicht gut aussehend, sondern schön. Diesen Sinn für Schönheit würde sie wohl nie verlieren, und wenn sie hundert Jahre alt würde. Selbst der Frosch war dafür nicht unempfänglich. Marie spürte, wie sich der kleine, kompakte Körper neben ihr straffte. Ein silberhelles Lachen und ein kokettes «Sind Sie schon wieder gewachsen, Jascha?».

Der Junge vor ihnen blieb stumm. Mit großen Augen sah er von einer zur anderen. Sein Brustkorb unter dem dünnen T-Shirt hob und senkte sich, als wäre er gerannt.

«Dr. Bernd ist tot», stieß er schließlich hervor.

Ilse Blum schnappte hörbar nach Luft.

Marie verstand nicht. Sie hörte nur die dunkle Stimme, in der noch Spuren des kleinen Jungen waren. Vor allem, wenn er aufgeregt war, so wie jetzt. Langsam sickerten die Worte in ihr Bewusstsein. Sie lachte. «Unsinn.»

«Heute Morgen haben sie ihn gefunden.»

Theo war nicht tot. Was redete der Junge da?

«Es ... es war ein Unfall.»

Das war unmöglich. Nicht Theo. Theo mit den sanften Händen, dem blinden Blick hinter den dicken Brillengläsern. Ihr Teufel mit den drei goldenen Haaren. Erst vorgestern hatten sie noch zusammengesessen, und sie hatte die Haare gezählt. Drei goldene Haare. Sein Lachen.

Sie schluckte trocken.

«Es tut mir leid, Marie.» Vorsichtig stieg Jascha aus der Luke und kam auf sie zu. Sanft griff er ihre Hände. Hände, die von blauen Adern durchzogen und von Altersflecken übersät waren. Unter den Nägeln saß Erde. Hilflos streichelte er die Hände, die regungslos in seinen lagen.

«Wie?», fragte sie seinen gesenkten Lockenkopf.

«Er ist aus dem Fenster gefallen. Im Torhaus.»

Wie Blitze wirbelten die Bilder in ihrem Kopf. Das zweistöckige Torhaus. Das Unglücksschloss. *Le Chêne.*

«Er kann doch nicht tief gefallen sein. Wieso ...?»

Der Junge vor ihr hob den Kopf. Seine sonst so hellen grauen Augen erinnerten sie plötzlich an einen trostlosen Winterhimmel. Wieso weinte er?

«Das Gitter», flüsterte er. «Er ist auf das Gitter gefallen. Die Stäbe haben ihn ...»

Gepfählt, dachte sie den Satz automatisch zu Ende.

Weit entfernt hörte sie Ilse Blums entsetzten Aufschrei.

• 3 •

Von der Landstraße aus war die Einfahrt leicht zu verfehlen, aber heute Morgen hatte er sich die Stelle genau gemerkt. Zwei mächtige Eichen markierten den Beginn eines ausgetrockneten, holprigen Sandweges. Eine verwahrloste, aber immer noch imposante Eichenallee, die zu *Le Chêne* führte.

Der arme Kerl hatte auf den Eisenstangen noch eine ganze Weile gelebt. Der Kommissar schüttelte sich. Kein schöner Tod. Aber welcher Tod war schon schön?

Er schaltete in den zweiten Gang herunter und versuchte, ein besonders tiefes Schlagloch zu umfahren. In der Parkbucht kurz vor den mächtigen Eisentoren stand ein staubiger, rostroter Kastenrenault. Als er aus seinem klimatisierten Audi stieg, traf ihn die Hitze wie ein Schlag. Er zog sein helles Jackett aus und warf es sich nachlässig über die Schulter.

Der Renault war nicht abgeschlossen, der Schlüssel steckte. Ziemlich leichtsinnig. Suchend sah er sich um, konnte aber niemanden entdecken.

Die Spurensicherung war mitsamt allen Kollegen schon lange abgezogen. Hoffte er zumindest.

Langsam schlenderte er auf das Torhaus zu, das in der Nachmittagshitze brütete. Ein schönes Haus aus mächtigen Quadersteinen. Gute Proportionen, lang gestreckt und zweistöckig. Schade, dass das dazugehörige Schloss nicht mehr stand. Musste eine imposante Anlage gewesen sein.

Der mörderische Eisenzaun, der das alte Torhaus von den angrenzenden Weiden und der Allee trennte, war von späteren Besitzern errichtet worden. Gute Kunstschmiedearbeit. Lanzettenförmige Stäbe, die in den blauen Himmel ragten. Elegant und tödlich.

Kein Lüftchen regte sich. Es war still. Das Gittertor stand offen. Kurz zögerte er, sah an den zwei mächtigen Eisenflügeln hoch, dann trat er hindurch.

Vor dem Haus waren sie anscheinend dabei, einen kleinen Park anzulegen. Er umrundete einen Teich, in dem ein paar Wasserrosen zögerlich ihre Blätter ausbreiteten, und ging über den frisch aufgeschütteten Kies an den angelegten Beeten vorbei zur Rückseite des Hauses. Zum Tatort.

Im Schatten der Mauer sah er sie: eine alte Frau, an die Hauswand gelehnt, den Blick starr auf das Gitter gerichtet. Sie rauchte.

«Hallo», rief er.

Langsam wandte sie den Kopf. Sie war schlank und ziemlich groß. Über ihre rechte Schulter fiel ein weißer Zopf. Sie hatte sich fest in einen schwarzen Umhang gehüllt, den sie mit einer Hand über der Brust zusammenhielt, so als würde sie in der Hitze frieren. Nur die Hand mit der Zigarette ragte heraus.

«Was machen Sie hier?», fragte er.

«Ich plane, das Ganze in die Luft zu sprengen», sagte sie und wandte den Blick wieder zum Zaun. «Oder anzuzünden. *Le Chêne brûlé* – die verbrannte Eiche.»

Ihre Stimme klang müde und tonlos.

«Gehört Ihnen der Renault?»

Sie nickte.

«Sie haben den Schlüssel stecken lassen.»

Gleichgültig sah sie geradeaus.

Sie hatte ein gut geschnittenes Profil, eine sehr klassische Nase, hohe Wangenknochen. Als junge Frau hätte sie ihm bestimmt gefallen.

Er verscheuchte den Gedanken und lehnte sich ein Stück entfernt von ihr an die Hauswand. Gemeinsam sahen sie zum Zaun, an dem immer noch Teile des Absperrbandes hingen.

«Haben Sie Dr. Bernd gekannt?», fragte der Kommissar.

Die Alte warf ihre Zigarette auf den Boden und trat sie sorgfältig aus. «Mein ganzes Leben lang», sagte sie leise. Aus den Tiefen ihres Umhangs zog sie ein zerknülltes Päckchen vor und zündete sich eine neue Zigarette an. Als sie seinen gierigen Blick bemerkte, hielt sie ihm die Schachtel hin.

«Ich bin gerade dabei, es mir abzugewöhnen», sagte er bedauernd.

«Ich habe es mir schon abgewöhnt.» Unverwandt hielt sie ihm die Schachtel entgegen.

Zögernd griff er zu. Er rollte die Zigarette zwischen Daumen und Zeigefinger, spürte die bröckelige Substanz in ihrem Inneren.

«Wann haben Sie wieder angefangen?», fragte er.

«Gestern.»

Er merkte gar nicht, wie er die Zigarette in den Mund steckte. Sie gab ihm Feuer, und sofort war er wieder da, der Kick im Kopf. Tief inhalierte er den Rauch und ließ ihn durch seine Lunge strömen.

Ihr Blick streifte den Mann, der entspannt an der Hausmauer lehnte und selbstvergessen und gierig den Rauch einzog. «Wie lange haben Sie es denn geschafft?», fragte sie.

«Heute wäre der dritte Tag.»

«Bei mir ist es ein Jahr.»

«Erzählen Sie mir von Dr. Bernd?»

Sie schluckte, zog an ihrer Zigarette und betrachtete den Zaun. Angenehm benommen vom Nikotin, sah er sie auffordernd an.

«Wir haben zusammen studiert. In Paris, Kunstgeschichte.

Theo war einen Kopf kleiner als ich und grauenhaft kurzsichtig. Immer lief er mit so einer dicken Brille herum. Aber er war sehr gescheit und witzig. Er hat immer behauptet, dass sein Hirn so viel Platz bräuchte, dass keiner mehr für Haarwurzeln bliebe. Er war schon damals ziemlich kahl. Der Teufel mit den drei goldenen Haaren.» Sie lächelte.

Es überraschte ihn, dass sie so bereitwillig Auskunft gab. Damit hatte er nicht gerechnet.

«Der Teufel mit den drei goldenen Haaren?»

«Nur ein Märchen», sagte sie abwehrend. «Ist das nicht lächerlich? Nach welch nebensächlichen Kriterien man sich sein Leben versaut?»

Ruhiger fuhr sie fort: «Wir sind beide hierher zurückgekommen. Er hat das Heimatmuseum geleitet, geheiratet. Ich hatte einen Antiquitätenladen. Dann ist seine Frau gestorben. Und gerade als ich alt genug war, um das Leben nicht mehr in Zentimetern zu messen, fällt er aus dem Fenster. Das ist doch ein Witz.»

Sie warf die halb gerauchte Zigarette zu Boden, zertrat sie mit einer heftigen Fußbewegung.

Er sah den kleinen alten Mann vor sich. Auf den Zaun gespießt wie ein Hähnchen auf den Bratrost, die Brille schief im Gesicht, dünne Blutfäden an den Mundwinkeln.

«*Le Chêne*», stieß sie zwischen den Zähnen vor. «Hier gibt es nur Mord und Tod. Ein schlechter Ort, man kann es spüren.»

Nachdenklich blinzelte er in die Nachmittagssonne. *Genius Loci.* Der Geist des Ortes.

«Ich war neulich im Elsass. Richtig schön», sagte er träumerisch. «Ein kleiner Ort hat mir besonders gefallen. *Wissembourg*, Weißenburg. Kennen Sie den?»

Sie nickte.

«An der Kirche ist eine Inschrift, tief in den Stein gemeißelt ...»

«He vor is diss gemichet – Das ist hier geschehen», unterbrach sie ihn.

«Sie kennen die Inschrift?»

Wieder ein Nicken.

«Ich weiß nicht, was dort geschehen ist, warum sich jemand die Mühe gemacht hat, diesen Satz in den Stein zu meißeln. Aber als ich es gelesen habe, wurde mir kalt.»

«Auf *Le Chêne* ist mir immer kalt», sagte sie leise. «Schon als Kind. Vielleicht ist es Einbildung, aber ich glaube, Orte saugen etwas von dem, was an ihnen geschieht, auf.»

Still standen sie nebeneinander. Ein leichter Wind kam auf, kräuselte sanft die Blätter der Bäume. Es roch nach Sonne und Staub. Die Frau zog ihren Umhang enger um den Körper. Wie alt sie wohl war? Sie könnte seine Großmutter sein, allerdings hatte sie nichts Großmütterliches an sich. Vielleicht tat es ihr gut, zu reden.

«Erzählen Sie mir von *Le Chêne*», bat er.

Sie sah ihn an. Als er schon nicht mehr damit rechnete, begann sie: «Ein recht blutrünstiges Lothringer Adelsgeschlecht hat sich *Le Chêne* als Stammsitz gebaut. *Le Chêne*, die Eiche. Im Volksmund hieß das Schloss immer *Chêne brûlé*, die verbrannte Eiche. Es gibt eine Sage um das Schloss», fuhr sie fort, «während der Französischen Revolution ist eine Kammerfrau von Marie Antoinette mit einem Teil des Schmucks der Königin hierher geflohen.»

«Marie Antoinette. Die mit dem Kuchen?»

«Genau die. *Das Volk hat kein Brot? Dann soll es Kuchen essen.* Dabei war der Ausspruch noch nicht einmal von ihr.»

«Die wurde doch geköpft.» Wenigstens so viel hatte er aus dem Geschichtsunterricht behalten.

Sie nickte beiläufig. «Jedenfalls wurde die Kammerfrau ermordet, und der Schmuck verschwand. Natürlich wurde er gesucht und dabei das Schloss geschleift. Dem Erdboden gleichgemacht. Nur das Torhaus blieb übrig.»

«Und? Wurde der Schmuck gefunden?»

«In Wirklichkeit wurde das Schloss nach und nach abgetragen, um Baumaterial zurückzugewinnen und zu verkaufen. Unser Rathaus wurde damit gebaut und die alte Brücke.»

«Und warum hassen Sie den Ort so? Das kann doch nicht an der Kammerfrau liegen.»

Stumm sah sie zum Tor.

«In welcher Beziehung standen Sie zu Herrn Dr. Bernd?»

«Das geht Sie nichts an.»

Er zog seine Marke. «Entschuldigen Sie, ich habe mich nicht vorgestellt. Hauptkommissar Müntzer, ich untersuche den Fall.»

Mit einem Ruck stieß sie sich von der Wand ab. «Und wenn Sie der Papst wären, würde Sie das nichts angehen.»

Ohne ihn eines Blickes zu würdigen, ging sie.

«Da irren Sie sich», murmelte er in ihren Rücken.

Kurz bevor sie um die Hausecke bog, drehte sie sich noch einmal zu ihm um. «Die arme Kammerfrau war übrigens nicht die Einzige, die auf *Le Chêne* ermordet wurde. Und das ist keine Sage.»

«Wir sehen uns», rief er ihr zu. Einige Sekunden blieb sie regungslos stehen, dann verschwand sie.

Er lehnte sich wieder an die Hausmauer und spürte die Sonnenstrahlen auf seinem Gesicht. Eine Kammerfrau. Ein Historiker, der eines mittelalterlichen Todes starb. Ein merkwürdiges Gespräch mit einer merkwürdigen alten Frau. *Das ist hier geschehen.*

Mit den Füßen scharrte er die zertretenen Zigarettenstummel zu einem Häufchen zusammen. Mist, jetzt hatte er wieder geraucht. Das war hier geschehen.

• 4 •

«Mein lieber Philipp.»

Der Bürgermeister streckte dem Bankdirektor beide Hände entgegen. Philipp Stroh überließ ihm zögernd eine Hand, die sofort gepackt und kräftig geschüttelt wurde.

«Mein lieber Philipp», wiederholte Dr. Dolb bedeutsam. Jetzt legte er sogar noch einen Arm um seine Schulter und drückte herzhaft zu.

Stroh hasste es, angefasst zu werden. Schon das dauernde Händeschütteln mit den Bankkunden kostete ihn Tag für Tag mehr Überwindung. Räuspernd drehte er sich aus dem festen Griff.

«Schrecklich, dieser Unfall.» Der Bürgermeister schüttelte das graue Lockenhaupt und quetschte einen feuchten Schimmer in seine Augen.

Angewidert wendete sich der jüngere Mann ab und wies mit der ausgestreckten Hand zum Haus. «Meine Frau hat Kaffee gemacht. Wollen wir uns auf die Terrasse setzen?»

Ein tiefer Seufzer, ein Straffen der Schulter, und die kleinen, kugelrunden Augen waren wieder klar. «Gut, dass Bettina auch da ist. Ich wollte mit euch beiden reden.»

Es ging also um die Initiative. Hätte er sich denken können, so kurz nach Theos Tod. Mit einer steifen Bewegung wies Philipp Stroh auf den von Koniferen begrenzten Pflasterweg, der rund um das lang gestreckte Haus führte.

«Ganz schön heiß heute», schnaufte Dr. Dolb vor ihm. Der Bürgermeister öffnete sein helles Leinenjackett und griff sich in den Hosenbund, um ihn zu lockern. «Gut, dass die Leichenhalle eine neue Klimaanlage hat. Ihr wart ja alle dagegen, aber Theo wird es mir danken.»

Stroh fühlte einen kurzen Würgereiz. Unwillkürlich hatte er das Bild der Leichenhalle vor Augen, diesen kühlen Raum mit seinem penetranten Blumengeruch. Und darunter etwas anderes. Kaum wahrnehmbar. Süßlich. Hastig hob er die Hand und winkte seiner Frau auf der Terrasse zu. Im Weitergehen sog er mit tiefen Zügen die warme Gartenluft ein.

«Ist er denn schon wieder ...?»

«Nein, nein. Er ist noch in der Gerichtsmedizin. Keine Ahnung, was die mit ihm anstellen. Hoffentlich nähen sie ihn wieder ordentlich zu», antwortete Dolb munter.

Mit demonstrativ ausgestreckten Armen ging er auf die Terrasse: «Meine liebe Bettina!»

Bettina Stroh schenkte ihm ein strahlendes Lächeln und umklammerte die Kaffeekanne. «Mögen Sie Kaffee? Ich kann Ihnen auch gern etwas anderes anbieten. Saft? Oder lieber einen Wein?»

«Aber, aber! Wir waren doch beim Du.»

Etwas scherzhaft Schmollendes hatte sich in seine Stimme geschlichen, das Bettina mit einem hellen Lachen kommentierte. Verwundert sah Philipp Stroh seiner Frau zu. Er wusste, dass sie Dolb nicht ausstehen konnte, aber davon war nichts zu spüren. Wie sie den Hals beim Lachen zurückwarf, und natürlich trug sie das blaue Kleid. Bis zum Nabel konnte man sehen, was dieser alte Schleimer auch tat.

«Ich muss noch ein paar Besuche machen. Also leider Kaffee», sagte der alte Schleimer gerade und ließ sich umständlich auf dem gepolsterten Gartenstuhl nieder.

«Weiß man schon etwas Neues über den Unfall?», fragte die Schlange und schlug ein Bein über das andere.

«Schreckliche Geschichte.» Wieder ein bedächtiges, endloses Wiegen der grauen Locken.

«Aber das Leben geht weiter. Und Theo wäre der Letzte, der gewollt hätte, dass diese Geschichte der Initiative schadet.»

«Diese Geschichte» – damit war wohl Theos Tod gemeint. Flüchtig sah Stroh den alten Museumsdirektor vor sich. Sein pfiffiges Gesicht, das mit den spöttisch nach unten gezogenen Mundwinkeln manchmal an einen zufriedenen Teufel erinnerte.

«Und deshalb wollte ich so schnell wie möglich mit euch reden.»

Aha, jetzt kam es.

«Theo hinterlässt eine betrübliche Lücke in unserer Initiative. So schmerzhaft es ist, diese Lücke muss geschlossen werden. Und ich weiß auch, von wem.»

Bedeutungsvoll blinzelnd beugte sich Dolb vor, griff nach seiner Tasse und rührte bedächtig den heißen Kaffee. Aus den Augenwinkeln sah er, dass Bettina ihn erwartungsvoll ansah. Schöne Frau, völlig verschwendet an ihren fischköpfigen Mann, der so tat, als würde ihn das alles nichts angehen.

«Wir brauchen einen Fachmann, einen, der bereit ist, Zeit und Spürsinn in die Remöblierung von *Le Chêne* zu stecken. Und wen haben wir da?»

«Heinz Eiselein», antwortete der Bankdirektor prompt.

Klirrend stellte Dr. Dolb die Tasse auf den Tisch zurück. «Einen Fachmann, sagte ich.»

«Aber Heinz Eiselein ist doch unser Heimatkundler.»

«Von mir aus! Wir brauchen einen richtigen Fachmann.

Jemand, der sich mit dem Antiquitätenmarkt auskennt und über Preise und Möglichkeiten Bescheid weiß.»

«Und an wen hast du gedacht?»

«Marie Weller», kam es wie aus der Pistole geschossen von seiner Frau. Anerkennend nickte Dolb ihr zu. «Genau. Sie ist Händlerin, sie kennt sich aus. Und sie ist Mitglied der Initiative.»

«Kein sehr begeistertes Mitglied», wandte der Bankdirektor ein.

«Manchmal denke ich, sie ist nur dabei, weil Theo dabei ist. War, meine ich», sagte seine Frau mit einem merkwürdigen Unterton. Was sollte dieser Ton? Meinte sie etwa ...?

«Sie waren Freunde», sagte er fest und versuchte, das verstohlene Lächeln der beiden anderen zu übersehen.

«Sie ist unsere Fachfrau», beharrte der Bürgermeister und verschränkte die Arme.

Abstoßend, dieser wuchtige Körper unter dem vornehmen Kopf. Die edel geschnittenen Züge eines Julius Caesar auf dem Körper eines übergewichtigen LKW-Fahrers.

«Heinz wird damit nicht einverstanden sein.»

«Um den kümmere ich mich.» Dolb schob entschlossen das Kinn vor.

Philipp Stroh lehnte sich in seinem Gartenstuhl zurück und blinzelte über den Rasen, der in der späten Nachmittagssonne erfrischend grün schimmerte. Wenn Dolb nur endlich ginge, dann könnte er die Fuchsien gießen. In ihren Terrakottatrögen waren sie bestimmt schon ganz ausgetrocknet.

«Gott, ich müsste unbedingt mal wieder in den kleinen Laden von Frau Weller. Den hat sie doch noch?», hörte er mit halbem Ohr seine Frau plappern.

«Wir waren neulich da», antwortete Dolb und beugte sich vertraulich zu ihr hin. «Meine Jüngste und ich. Wir haben für meine Frau was zum Geburtstag besorgt. Man muss die alte Dame doch unterstützen.»

Ohne den Blick von seinen Töpfen zu wenden, stieß Stroh leise hervor: «Der Laden ist nicht angemeldet. So etwas ist illegal. Betrug.»

«Mein Gott, Philipp. Jetzt sei nicht päpstlicher als der Papst. Du weißt doch, dass ihr Vater das Familienvermögen verschleudert hat. Und von irgendwas muss sie leben. Allein das riesige Haus. Ich will mir gar nicht vorstellen, was das kostet.»

«Den hat sie doch so lange gepflegt, oder?», fragte seine Frau.

«Du hast ihn nicht mehr gekannt. Aber als ich ein junger Mann war, hat der alte Weller mal mit seinem Spazierstock die Scheiben von fünf Autos eingeschlagen, weil sie auf dem Gehweg parkten. Ganz schön verrückt, der Alte. Seine Tochter konnte einem leidtun.» Mit einem anerkennenden Kichern fuhr der Bürgermeister fort: «Aber immerhin: Er hat in seiner Jugend ganz schön was rangeschafft.»

«Und im Alter alles verloren. Seine Tochter kann auch nicht mit Geld umgehen.» Stroh drehte sich ihnen wieder zu. «Ich weiß nicht, ob sie die richtige Wahl ist. Immerhin handelt es sich um Spendengelder.»

«Mein Gott, Philipp. Sie hat kein Geld. Das heißt doch nicht, dass sie unredlich ist.»

War da nicht etwas Aggressives in ihrem Ton? Er musterte seine Frau unter halb geschlossenen Lidern und beschloss, diesen unqualifizierten Beitrag zu ignorieren.

«Ich werde sie jedenfalls morgen Abend vorschlagen. Kann ich auf euch zählen?», fragte Dolb ungeduldig und richtete sich halb in seinem Stuhl auf.

«Ich bin zwar nicht im Vorstand, wie mein moralisch

hoch stehender Mann ...», ein verächtlicher Seitenblick streifte ihn, «aber ich finde die Idee gut. Meine Stimme hast du.»

Stroh zögerte kurz. «Ich werde darüber nachdenken.»

Dolb nickte. «Ich muss los. Noch ein paar andere Mitglieder informieren.»

Manipulieren wäre treffender, dachte Stroh und erhob sich ebenfalls.

Der Abschied war deutlich frostiger als die Begrüßung. Gemeinsam sah das Ehepaar dem Bürgermeister nach, bis er um das Haus verschwunden war.

«Und Theo ist noch nicht einmal beerdigt», sagte Bettina nachdenklich.

Besitzergreifend legte ihr Mann den Arm um ihre sonnenwarmen Schultern. Wie gut sie roch. Er näherte sich ihrem Ohr. Mit belegter Stimme flüsterte er: «Aber er hat es schön kühl. In der Leichenhalle.» Befriedigt spürte er, wie sich der Körper in seinem Arm versteifte.

• 5 •

Wenn man diese verdammte Karre nur fünf Minuten in der Sonne stehen ließ, war sie schon der reinste Backofen. Ihm ein schwarzes Auto anzudrehen! Diesem Weber würde er was erzählen.

Ungeduldig drehte Dolb den Zündschlüssel. Kühle Luft strömte aus der Klimaanlage. Genüsslich lehnte er sich in den weichen Ledersitz. Kein schlechter Wagen. Mit sanftem Schnurren startete der BMW und rollte durch die vor Hitze flirrenden Straßen.

Interessant, dass Philipp die Weller nicht für vertrauenswürdig hielt. Immerhin kannte er ihre Konten. Gut zu wissen. Wer weiß, wann man diese Information brauchen konnte.

Trotzdem kam es überhaupt nicht in Frage, dass dieser aufgeblasene Eiselein Theos Posten übernahm. Er tat doch jetzt schon so, als wäre er der Chef von *Le Chêne*. Wie er sich bei dieser Journalistin aufgeführt hatte ...

Die Presseerklärung musste raus. Vielleicht sollte er einen Nachruf schreiben, schließlich waren sie beide im Vorstand. Vereinsbrüder, sozusagen. Gab es da nicht noch ein Foto? Er und Theo bei der Schlossbegehung. Medienpräsenz, das war das Zauberwort.

Mit Schwung drehte er das Steuer und bog in die kleine Seitenstraße. Sogar eine Parklücke vor Eiseleins Haus. War das überhaupt die Paukerhütte? Diese verdammten Reihenhäuser waren ja nicht auseinander zu halten.

Erst nach dem dritten Klingeln wurde die Haustür vorsichtig geöffnet, und Irma Eiselein blinzelte ins Freie. Als sie den Bürgermeister erkannte, riss sie die Tür weit auf.

«Jürgen. Das ist aber nett.»

Irrte er sich oder klang sie vernuschelt? Wahrscheinlich hatte sie wieder ein Glas zu viel.

«Meine liebe Irma.» Gott, ihre Hände fühlten sich an wie trockenes Laub. War sie noch dürrer geworden? Wie ein Skelett sah sie aus.

«Hat dir Heinz nicht erzählt, dass ich vorbeikomme?»

Wollte sie ihn vor der Tür stehen lassen? Sie machte keine Anstalten, ihn hereinzubitten. Nur ein leerer Blick aus Kuhaugen.

«Wir haben telefoniert», erklärte er und schob sich entschlossen an ihr vorbei.

Endlich erwachte sie zum Leben. «Er erzählt mir nie etwas. Heute hat er den ganzen Tag noch kein Wort mit mir geredet.»

«Na, na. Jetzt übertreibst du aber.»

Mit einem Ruck zog sie die Tür hinter sich zu. «Kein einziges Wort.»

Erleichtert hörte er Schritte auf der Treppe. Heinz Eiselein, in obligatorisch schmuddeliger Strickjacke, kam vorsichtig die engen Stufen herunter.

«Ich habe Jürgen erzählt, dass du kein Wort mit mir geredet hast», rief seine Frau ihm entgegen. Ohne sie zu beachten, nickte Eiselein ihm zu. «Gehen wir in mein Arbeitszimmer?»

Der Bürgermeister lächelte Irma an. «Deine Frau sollte auch dabei sein.»

«Siehst du, deine Frau soll auch dabei sein», wiederholte sie triumphierend.

Völlig ausdruckslos sah der Oberstudienrat sie an. Einen kurzen Moment fühlte Dolb Mitleid mit der grobknochigen, hageren Frau.

Im Wohnzimmer waren die Fensterläden gegen die Hitze geschlossen.

«Schön kühl habt ihr es», erklärte Dolb und stieß im Halbdunkel gegen einen Sessel.

Lächelnd öffnete Heinz Eiselein einen der Läden. Ein heller Klecks Sonnenlicht eroberte den Raum. Mit einer lässigen Handbewegung wies der Oberstudienrat auf das braune Sofa.

«Trinkst du ein Gläschen mit mir? Er trinkt nie ein Gläschen mit mir», nuschelte Irma in seinen Rücken.

«Ich muss noch ein paar Besuche machen.»

«Komm. Ein Gläschen.»

«Also gut.» Umständlich zerrte Dolb unter sich eine zerknüllte Decke hervor, die auf dem Sofa lag.

Als der Bürgermeister sich endlich installiert hatte, kam Irma mit Gläsern und einer Flasche zurück und ließ sich neben ihm nieder.

«Könntest du dich bitte kurz fassen? Ich will gleich nach *Le Chêne* fahren und Theos Listen holen», forderte Eiselein ungnädig.

«Welche Listen?», fragte Dolb verblüfft.

«Möbellisten, Anschaffungen, Arbeitspläne, all das. Nach Theos Tod muss ja einer für Ordnung sorgen.»

«Das würde ich an deiner Stelle nicht tun», sagte Dolb freundlich.

«Es macht mir nichts aus, schließlich muss die Arbeit ja weitergehen.»

«Der arme Theo», schluckte Irma neben ihm. «Ich kann gar nicht glauben, dass er tot ist.» Mit schimmernden Augen füllte sie die beiden Rotweingläser und reichte ihm seins.

Er prostete ihr zu. «Ein schwerer Verlust. Für uns alle und für die Initiative.»

«Jeder ist ersetzbar», sagte Eiselein trocken.

Über den Rand seines Glases musterte Dolb den Mann am Fenster. Aufgeplustert saß er da. So verdammt sicher, dass er jetzt alle Fäden in die Hand bekam. Es war Zeit, ein bisschen Luft aus dem Ballon zu lassen.

Bedächtig stellte er sein Glas auf den braun gekachelten Couchtisch. «Deshalb bin ich hier. Der Ersatz für Theo, ich habe an Marie Weller gedacht.»

Befriedigt sah er, wie der Oberstudienrat verständnislos hinter seinen Brillengläsern blinzelte.

«An wen?»

«Marie Weller. Sie ist Händlerin, sie kennt sich mit alten

Möbeln aus und weiß über unsere Arbeit Bescheid. Und vor allem: Sie kennt den Markt.»

Heinz Eiselein schnappte nach Luft.

Behaglich fuhr der Bürgermeister fort: «Von uns hat keiner die gleiche Qualifikation. Zeit hat sie auch. Dir könnte man diese Aufgabe doch gar nicht zumuten, neben der Schule. All dieses Herumfahren, das Aufspüren, die Verhandlungen. Abgesehen davon, dass es ja auch nicht dein Metier ist.»

«Nicht mein Metier?», kam es atemlos vom Fenster. «Ich bin doch derjenige, der *Le Chêne* am besten kennt. Ich habe mich am meisten damit beschäftigt ...»

«Das war Theo», unterbrach ihn der Bürgermeister. Ein lautes Aufschluchzen von Irma ließ ihn kurz zusammenzucken.

«Morgen Abend werde ich Marie Weller vorschlagen. Ich bin sicher, dass sie die Beste für diesen Job ist. Und wir wollen doch alle das Beste für *Le Chêne*, oder?»

Mit schmalen Lippen erhob sich Heinz Eiselein. «Sei nicht böse, Jürgen, aber ich möchte jetzt weiterarbeiten.»

Dolb spürte, wie ihm das Blut in den Kopf stieg. Schmiss der Kerl ihn etwa raus? Lächelnd stand er auf und knöpfte sein Jackett zu. «Und denk bitte daran, Theos Papiere dort zu lassen, wo sie sind. Frau Weller wird sie brauchen.» Ein kurzes Nicken, und er stapfte hinaus.

«Ich frage mich nur, wer Theo geschubst hat», murmelte Irma Eiselein in ihr Glas.

Langsam wendete ihr Mann den Kopf. Er schien nur allmählich diese zusammengesunkene Gestalt auf dem Sofa, die ihr Glas umklammerte, wahrzunehmen.

Er holte Luft. «Es war ein Unfall. Theo ist aus dem Fenster gefallen.» Mit diesen Worten verließ er den Raum. Als sie seine Schritte die Treppe hochpoltern hörte, hob sie ihr Glas und flüsterte: «Sie haben ihn geschubst, auf *Le Chêne.* Wie damals Fritz.»

• 6 •

Im Schuppen brannte Licht, er konnte durch das Fenster Hannas rotes Haar sehen.

Vorsichtig klopfte Jascha an die Scheibe.

Die junge Frau sah aufgeschreckt zu ihm. Eine ungeschickte Handbewegung, und sie stieß gegen die Tasse. Der Kaffee schwappte auf den Tisch und spritzte auf die ausgebreiteten Papiere.

«Mist!» Sie hob den Saum ihres Sommerkleides und tupfte vorsichtig über die Bögen.

Als er durch die Tür trat, empfing ihn ein raues «Jascha, du Blödmann».

«Kaffee gibt keine Flecken. Zumindest bei dir nicht», entgegnete er.

Eine Sekunde sah sie ratlos an sich herunter, die Hand um den feuchten Saum ihres braunen Kleides geballt. Dann fiel der Groschen. Ein kurzes Lächeln huschte über ihre Mundwinkel.

Er verschränkte die Arme und lehnte sich gegen den Türrahmen. «Der Raum steht dir.»

Grünes Blitzen in ihren Augen. «Weil er voll Gerümpel ist, was?»

Langsam ließ er seinen Blick durch den engen Gartenschuppen gleiten. Musterte das karge Mobiliar, die erdverkrusteten Gartengeräte in der Ecke, die Holzregale, voll geladen mit Düngersäcken, alten Farbdosen, zusammengeknüllten Plänen, schmutzigen Gartenhandschuhen.

Jetzt legte der Blödmann auch noch sein Kinn in die Hände. Eine Sekunde lang kribbelte es in ihren Fingern. Einmal noch durch seine nachtschwarzen Locken fahren. Sehen, wie sich seine dichten Wimpern über den hellgrauen Augen senkten ... Kinderschänderin!, rief sie sich zur Ordnung. Einmal war genug.

Sie drehte ihm den Rücken zu.

«Es sind die Farben», sagte er nachdenklich, hielt Daumen und Zeigefinger wie einen Kameraschlitz vor ein Auge und kniff das andere zu. «Das Holz der Wände – Goldbraun. Das Licht einwandfrei golden.» Mit der imaginären Kamera umrundete er sie. «Und in der Mitte: du!»

Jetzt stand er ihr gegenüber am Tisch.

«Kleid, na ja, eher kakao- als kaffeebraun. Haare wie Feuersglut. So was Glimmendes, verstehst du? Alles erdfarben. Wie sich's für 'ne Gärtnerin gehört. Erdiges Feuer.»

Sie ließ den Rockzipfel fallen, stützte sich mit beiden Händen am Tisch ab und senkte den Kopf.

Er stutzte und trat zögernd näher. «Hey, Hanna. Was ist denn los?»

Er angelte sich einen der wackeligen Gartenhocker und ließ sich zusammengekrümmt darauf nieder. Versuchte, von unten in ihr Gesicht zu sehen. «Komm, sag Onkel Jascha, was los ist. Es ist, weil alles so weitergeht, als wäre nix passiert, oder?», fragte er leise.

«Außer Theo sind die von der Initiative doch alles Idioten», stieß sie unvermittelt hervor.

Er räusperte sich.

«'tschuldigung. Ich wollte deinen Vater nicht beleidigen.» Lässig winkte er ab. Na ja, er hoffte zumindest lässig.

«Theo war der Einzige, mit dem ich mich unterhalten konnte. Über den Garten, über meine Pläne. Es hat ihn wirklich interessiert, was ich vorhatte. Verstehst du?»

Natürlich verstand er. Das war immer so mit Theo. Er war der geborene Zuhörer gewesen. Man konnte mit dem verrücktesten Zeug zu ihm kommen. Theo hatte ihm auch erklärt, dass der Unterschied zwischen einer Vierundzwanzigjährigen und einem Achtzehnjährigen zwanzig Jahre mehr war als zwischen einer Vierunddreißigjährigen und einem Achtundzwanzigjährigen. Na super!

«Landschaftsgärtnerei. Hat er was von verstanden», und sie fügte resigniert hinzu: «Im Gegensatz zu den anderen Dilettanten.»

«Sag das mal unserem Eiselein. Der kriegt garantiert 'nen Herzinfarkt.»

«Wäre doch gar nicht so schlecht, oder?»

Sie grinsten sich an. Sein Herz klopfte schneller, wie immer in den seltenen Momenten ihrer Vertrautheit. Wenn sie für einen Moment den Altersunterschied zwischen ihnen vergaß. Wie in der Nacht am Teich ... Er schluckte die Bilder hinunter und fragte stattdessen: «Kommst du morgen zur Sitzung?»

«Muss ich ja wohl. Ich kann das Projekt nicht einfach so sausen lassen, schließlich ist das eine Semesterarbeit.»

Ein kurzes Schniefen, und sie begann, die Bögen auf dem Tisch zusammenzurollen.

«Julius Caesar will, dass Marie Theos Arbeit übernimmt», sagte Jascha, während sie die Rollen sorgfältig in den ramponierten Metallspind packte.

«Den Garten auch?»

«Glaube ich nicht. Die Möbel und so. Aber Marie ist auch 'ne prima Gärtnerin.»

Hanna sah ihn mitleidig an. «Du hast echt keine Ahnung.»

Er grinste. «Nee. Von Barockgärten wirklich nicht. Aber ich bin ein super Mäher. Frag Marie.»

«Ich sperre jetzt ab.»

Er erhob sich von seinem Hocker und folgte ihr nach draußen. Die warme Nachtluft streichelte seine bloßen Arme. Ein paar Frösche quakten, weit entfernt bellte ein Hund. Tief atmete er ein. «Ich möchte gerne der Sommerabend sein. Oder die Luft.»

«Oder das Gequake?»

Er lachte.

Sie blieben stehen und sahen in den Himmel. Er spürte ihren warmen Körper, roch den leicht salzigen Schweißgeruch ihrer Haut, den Geruch von Erde, der immer nach der Gartenarbeit an ihr zu haften schien. Ihm wurde ein bisschen schwindelig.

«Stimmt es, dass auf *Le Chêne* Blut liegt?», fragte sie leise.

«Glaubst du, irgendein Herrschersitz wurde nicht mit Blut gebaut?», fragte er zurück.

«Das meine ich nicht», entgegnete sie ungeduldig. «Theo hat mir erzählt, dass hier ein Mord passiert ist, als er noch jung war.»

«Das ist schon ewig her. Hundert Jahre oder dreißig.»

«Du bist ein Küken.»

Verdammter Mist. «Ihr habt viel geredet?», fragte er hastig.

«Nicht besonders, aber ich hätte ihn ganz gerne richtig gekannt.»

«Ich habe ihn auch nicht gekannt, obwohl ich ihn mein Leben lang kenne.» Jascha bohrte die Hände in seine Hosentaschen.

«Das liegt am Altersunterschied», sagte sie und schlenderte los.

«Quatsch.» Mit einigen Schritten holte er sie ein. «Bei Marie ist das nicht so. Und die ist fünfzig Jahre älter als ich. Altersunterschiede sind nur im Kopf, nicht in den Jahren.»

Mit einem Ruck blieb sie stehen.

Er biss sich auf die Unterlippe. Falsches Thema. Nein. Richtiges Thema zur falschen Zeit. «Zeit ist nicht linear», beharrte er trotzig.

«Was?» Verständnislos sah sie ihn an.

«Wir denken, Vergangenheit ist der Vorläufer der Gegenwart», sprudelte er los. «Und nach der Gegenwart kommt die Zukunft. Eben linear.»

Sie verschränkte die Arme. «Und?»

«Dann guck mal nach oben», sagte er und hob den Kopf. «Millionen Sterne. Die meisten davon sind schon erloschen. Trotzdem sehen wir in unserer Gegenwart das Licht ihrer Vergangenheit.»

«Licht der Vergangenheit», wiederholte sie spöttisch. Sah wieder nach oben, breitete die Arme aus und sagte mit theatralischer Stimme: «Deshalb bauen wir *Le Chêne* wieder auf, damit das Licht der Vergangenheit nicht erlischt.»

«Glaub ich nicht», entgegnete er trocken. «*Le Chêne* ist unser Staudamm gegen die Angst.»

«Angst?»

«Unsere Angst vor der Sterblichkeit.»

«Du meinst, wenn die vor 250 Jahren es geschafft haben, dass etwas von ihnen bleibt, schaffen wir das auch?»

«Klar, so bleiben auch wir selber ewig. Unsterblich.»

«Und da die Zeit nicht linear, sondern – gleichzeitig? – abläuft, steht das alte *Le Chêne* neben dem neu errichteten? Oder liegen sie übereinander? Du weißt schon? So ein Geisterschloss mit verschwommenen Linien. Asynchron verschoben?»

Diese spöttischen Augen. Er streckte die Arme aus und zog sie an sich. «Vorsicht», flüsterte er dicht an ihrem Ohr. «Beinahe hättest du einem alten Burgfräulein im Weg gestanden. Es kam aus der Vergangenheit und war gerade dabei, durch dich hindurchzugehen.»

Die Linien ihres leicht geöffneten Mundes waren ganz nah. Die Mundwinkel kaum merkbar nach oben geschoben.

Mit trabendem Schritt lief Christoph Fischer auf die zwei Gestalten zu, die eng beieinander auf dem Kiesweg standen. Im matten Licht der Wegbeleuchtung erkannte er Jascha und die Landschaftsgärtnerin.

«Guten Abend», rief er herüber.

Sie fuhren auseinander.

«Dr. Fischer. Hallo», nuschelte der Junge tonlos.

Freundlich trippelte er neben ihnen auf der Stelle. «Mein Ausgleich zu eitrigen Zähnen und entzündeten Kiefern. Viel los in der Praxis. Da bin ich heute ein bisschen spät dran. Und ihr?»

«Wir sehn uns ja morgen», sagte Jascha. Wenn der Kerl nur endlich weiterrennen würde. Stattdessen trippelte der nur langsamer und fragte: «Morgen?»

«Sitzung der Initiative. War Dr. Dolb nicht bei Ihnen?»

«Hat mich wohl verpasst», sagte der Zahnarzt und wischte sich mit dem Handtuch, das er locker um den Hals hängen hatte, die Stirn. «Morgen geht's schlecht bei mir.»

Jascha nickte und hob die Hand. «Also! Wir müssen los. Viel Spaß in der Vergangenheit.»

«Wie meinst du das?» Fischer blieb wie angewurzelt stehen.

«Nichts. Ich meine, weil Sie doch auf *Le Chêne* laufen. Die

Vergangenheit. Da haben wir uns gerade drüber unterhalten», sagte der Junge hastig.

«Also, gute Nacht», schaltete sich Hanna ein. «Wir drehen das Licht am Tor aus.»

Sie schien sich so zu fühlen wie er selbst. Unbehaglich, als passten einem plötzlich die eigenen Kleider nicht mehr.

Sie wandten sich zum Gehen.

Was hatte er nur Schreckliches gesagt? Fischer hatte ein Gesicht gemacht, als wäre er einem Gespenst begegnet. Bloß wegen so 'nem blöden Satz über die Vergangenheit.

• 7 •

«Frau Weller, wir wären wirklich dankbar, wenn Sie diese Aufgabe übernehmen würden.» Der Bürgermeister sah sie erwartungsvoll an. Sein schmal geschnittenes Gesicht unter den kurzen weißen Locken erinnerte sie mehr denn je an Julius Caesar. Beziehungsweise an dessen Büste im Flur ihres alten Gymnasiums. Und wie immer irritierte sie diese Ähnlichkeit gründlich.

Hilfe suchend blickte Marie in die Runde. Philipp Stroh lächelte irgendwie verkniffen. Fatalerweise dasselbe Lächeln, mit dem er ihr mitteilte, dass ihr Konto mal wieder hoffnungslos in den Miesen war.

Die Frau Bankdirektorsgattin neben ihrem Mann. Höflich desinteressiert, wahrscheinlich war sie in Gedanken ganz woanders. Wenigstens etwas, das sie mit der Frau gemeinsam hatte.

Daneben Eiselein. Der musterte sie so konzentriert, als wäre sie eine seiner Abiturientinnen im Mündlichen. Unangenehmer Blick, nicht zu deuten hinter den Bifokalgläsern seiner schwarz gerandeten Brille. Die schmalen Lippen leicht offen, die hohe Stirn in strenge Runzeln gelegt.

Das tote Pferd neben ihm legte ihr die knochige Hand auf den Arm. Marie hätte die Hand gerne abgeschüttelt, doch stattdessen wurde sie stocksteif. Ihr Vater hätte nach der Hand geschlagen. Wie immer, wenn ihn jemand anfasste.

Seliger Altersschwachsinn. Na ja. Würde bei ihr ja auch nicht mehr lange dauern.

Ein Witz, dass ausgerechnet sie für die Wiederherstellung von *Le Chêne* arbeiten sollte. Ein Witz, dass sie überhaupt in der Initiative war.

Selbst auf Jascha war kein Verlass. Statt wie sonst während der Sitzungen nur Augen für die schöne Hanna zu haben, zwinkerte er ihr verschwörerisch zu.

Nur sein Vater tat so, als ginge ihn das Ganze nichts an. Er hielt den Blick stur auf irgendwelche Papiere gesenkt. Dasselbe dunkle Haar, nur an den Schläfen von dekorativen Silberstreifen durchzogen. Seine Augen hatten dieses verblüffende Grau, das Jascha von ihm geerbt hatte. Doch alle Gesichtszüge, die bei Jascha einfach gut proportioniert und fast klassisch schön waren, wirkten bei seinem Vater kantig und hart.

Erwartungsvolle Stille in dem Nebenraum der Kneipe. Von der Gaststube her klangen einzelne Rufe, Lachen und Gläserklirren herüber.

«Nun, Frau Weller?», legte der Bürgermeister leicht ungeduldig nach.

«Vielleicht ist es ja noch ein bisschen früh, einen Nachfolger für Theo zu suchen», sprang ihr unvermutet Weber bei. Überrascht sah Marie den Autohändler an. Aber sein Gesicht war so glatt und ausdruckslos wie die glänzenden Karosserien der Wagen in seinen Schaufenstern.

Ablehnen, ganz klar. Theo war tot. Was hatte sie mit *Le Chêne* zu schaffen? Oder mit dieser Bande von Honoratioren?

«Je früher, desto besser», behauptete Dr. Dolb mit fester Stimme und festem Blick. «Das ist auch im Sinne von Dr. Bernd. Wir wissen alle, wie viel ihm an unserem Projekt gelegen war.»

Woher wussten die Lebenden immer so genau, was im Sinne der Toten war? Vielleicht wäre es Theo lieber, wenn niemand seine Arbeit übernahm? Wenn *Le Chêne* wieder vergessen würde? Nein, ihr wäre das lieber.

Theo hatte von der Wiederbelebung von *Le Chêne* geträumt. Zumindest das Torhaus wollte er mit Originalmöbeln ausstatten und den Garten instand setzen. Vielleicht hatte Caesar Recht, und sie sollte ...

«Fairerweise sollten wir Frau Weller darauf hinweisen, dass der Verein nicht in der Lage ist, ihr die sicherlich entstehenden Unkosten zu ersetzen», ließ sich unvermittelt Jaschas Vater hören.

Überrascht sah Marie ihn an. Der war doch normalerweise der Letzte, der sich mit solchem Kleinkram wie Aufwandsentschädigungen abgab. Hatte er auch nicht nötig, bei dem Geld, das er mit seiner Fabrik verdiente. Wollte er sie abschrecken? Er wusste bestimmt, dass es ihr finanziell nicht gerade rosig ging. In diesem Kaff wussten das alle.

«Nun mal langsam, Thomas», sagte Philipp Stroh und zog hochmütig die Augenbrauen nach oben. Natürlich. Sein Ressort.

«So schlecht stehen wir finanziell nicht.»

«Ihr wisst, dass Theo dem Verein nie etwas berechnet hat. Weder seine Telefonate noch die Fahrtkosten», beharrte Thomas Krätz.

«Wenn Frau Weller den Job übernimmt, lässt sich sicherlich eine Regelung finden, die weder den Verein noch sie selbst übermäßig belastet», sagte Philipp Stroh.

«Trotzdem», entgegnete Krätz ungeduldig. «Wir sollten im Sinne des Vereins die Kostenfrage klarstellen. Wenn Frau Weller es übernimmt, die Möbel von *Le Chêne* wiederzubeschaffen, muss ihr klar sein, dass das Zeit und Geld kostet.» Fast aggressiv hob er sein kantiges Kinn und sah in die Runde.

Warum ritt er nur so auf der Geldgeschichte herum? Als wollte er ihr nahe legen, aus finanziellen Gründen abzulehnen.

«Du tust ja gerade so, als hätte Theo die Möbel von seinem eigenen Geld beschafft», fuhr ihn der Bankdirektor an.

«Das ist doch alles Pillefitz», rief Dr. Dolb und schlug mit der flachen Hand auf den Tisch. «Wir brauchen jemanden, der Theo Bernds Aufgabe übernimmt, und ich schlage Marie Weller vor.» Mit bürgermeisterlicher Autorität blitzte er seine Mitstreiter an. Thomas Krätz senkte den Kopf wieder über seine Papiere und schwieg.

«Ich finde es schrecklich, einfach so weiterzumachen», jammerte plötzlich das tote Pferd. «Der arme Theo. So ein scheußlicher Tod.»

Angewidert sah Marie in ihre wässrigen Augen. Einen kurzen Moment lang hasste sie die Frau neben sich. Diese ewig jammernde Stimme, die wie das Echo eines toten kleinen Mädchens in diesem unglücklichen Körper hauste. Das tote Pferd. Der Spitzname passte. Dabei hatte sie Jascha zurechtgewiesen, als er Irma Eiselein das erste Mal so nannte.

Ihr Mann saß neben ihr, als habe man ihn gerade gezwungen, in eine Zitrone zu beißen. Er hatte den schmalen Mund so fest zusammengepresst, dass die Lippen in dem faltigen Unterkiefer verschwanden.

Als Marie seine selbstgerechte, verschlossene Miene sah, schämte sie sich für die heftige Abneigung, die sie eben noch für seine Frau empfunden hatte. Das tote Pferd war immer noch erträglicher als sein Reiter.

«Sentimentales Gewäsch», ließ sich Bürgermeister Dolb lautstark vernehmen.

Mit einer heftigen Bewegung warf Thomas Krätz seinen Kugelschreiber auf den Tisch. «Sie hat doch völlig Recht. Wir benehmen uns, als wäre Theos Tod ...» Alle sahen überrascht zu Jaschas Vater. Der strich sich müde über die Stirn und ergänzte leise: «Als wäre sein Tod gleichgültig. Nur schnell die Lücke schließen und so tun, als wäre nichts geschehen.»

Marie sah auf ihre Hände, die sie fest ineinander verschränkt hatte. Schnell die Lücke schließen, nicht nachdenken, nicht in dem schwarzen Loch versinken.

Um sie herum wurde es unruhig. Thomas Krätz hatte bei allen den wunden Nerv getroffen. Aber sie fingen sich schnell wieder.

«Du bist doch Geschäftsmann», warf Heinz Eiselein in das allgemeine Unbehagen. «Ein sehr erfolgreicher, wie wir alle wissen. Gerade von dir wirkt so ein Einwand, nun, sagen wir mal: befremdlich.»

«Du sagst immer, man darf nicht aufgeben. Was ist denn mit all der vielen Arbeit? Dem Garten? Den Möbeln, die wir schon haben? Den Prospekten? Den Leuten, die Geld gespendet haben? Ich glaube, Marie ist klasse für den Job. Und darum geht's doch. Es geht nicht darum, Theo zu vergessen», rief Jascha mit seiner überkippenden Jungmännerstimme. Sein Gesicht war gerötet, und seine Augen funkelten.

«Lieber Thomas, glaub mir, gerade mir ist Theos Tod nicht gleichgültig. All die vielen Stunden, die wir beratend zusammengesessen haben.» Bei Eiseleins salbungsvollem Ton schloss Marie kurz die Augen. Sie sah Theo vor sich, der nach den «beratenden Stunden» mit Heinz Eiselein kichernd und bösartig genau diesen salbungsvollen Ton perfekt persifliert hatte.

Als jetzt auch noch der Bürgermeister und der Banker in ein tiefsinniges Nicken verfielen und sich eine gefühlige Stille im Raum breit machte, überlegte sie, ob sie nicht einfach aufstehen und gehen sollte.

«Also, was ist jetzt? Können wir weitermachen?» Fast dankbar hörte sie Webers gelangweilte Frage.

In diesem Moment öffnete sich vorsichtig die Tür zum Nebenraum, und die Besitzerin der Gaststätte, Frau Schmidtke, trat ein. «Entschuldigen Sie, dass ich unterbreche, aber da sind Herren von der Polizei», sagte sie mit beflissenem Kopfnicken in Richtung Bürgermeister. Hinter ihr schoben sich zwei Männer in den Raum. Ein untersetzter mit spärlichem Haarwuchs und ein jüngerer Mann, in dem Marie ihren Gesprächspartner von *Le Chêne* erkannte. Er blinzelte ihr vertraulich zu und baute sich neben seinem Kollegen auf, den er um einiges überragte.

Der zog eine Marke aus seinem verknitterten Anzug, nickte in die Runde und nuschelte: «Mordkommission. Hauptkommissar Nass und ...», mit dem Daumen wies er auf seinen Kollegen, «Hauptkommissar Müntzer.»

Bürgermeister Dolb, sich seines Amtes bewusst, erhob sich und eilte mit ausgestreckter Hand auf die Kommissare zu. «Meine Herren. Was verschafft uns ...» Er stockte. Offensichtlich wurde ihm bewusst, dass der Besuch der Mordkommission weder eine Freude noch eine Ehre war.

«Wir untersuchen den Todesfall Bernd», nuschelte Nass.

«Sicher, sicher», sagte der Bürgermeister. «Aber was können wir für Sie tun?»

«Einiges», entgegnete der Kommissar.

Interessiert sah sie zu, wie er sich einen Stuhl schnappte und ihn wie selbstverständlich am Kopfende platzierte. Gezwungenermaßen rückte Dolb ein Stück zur Seite.

Kein Zweifel, dieser komische, ein bisschen schlampig wirkende Mann übernahm das Kommando.

«Dr. Theobald Bernd war Mitglied in Ihrer Initiative?», eröffnete er das Gespräch.

«Einer der Initiatoren, gemeinsam mit mir», erklärte Heinz Eiselein. «Wir sind beide Heimatkundler, müssen Sie wissen. Und da gibt es in unserer eigenen Gemeinde dieses Schloss, *Le Chêne.* Bis vor kurzem nur Eingeweihten ein Begriff.»

Ein selbstgefälliges Lächeln ließ keinen Zweifel, wer zum illustren Kreis der Eingeweihten gehörte.

«Kulturhistorisch sehr interessant», fuhr der Oberstudienrat fort. «Der Stammsitz der *de la Forêt*, ein bedeutendes lothringisches Adelsgeschlecht. Der erste, historisch sicher belegbare Vertreter des Geschlechtes wird 1075 erwähnt. In einer Arbeit von 1557 heißt es ...»

«Bitte, Herr Eiselein», unterbrach ihn Dolb, der während der Ausführungen begonnen hatte, nervös auf dem Tisch herumzutrommeln. «Die Herren sind bestimmt nicht an einer Geschichtsstunde interessiert.»

«Aber die geschichtlichen Zusammenhänge ...», begehrte Heinz Eiselein auf.

«Sie und Herr Bernd haben also diese Initiative gegründet?», unterbrach der Kommissar.

Heinz Eiselein nickte nur beleidigt. Falls er die Anwesenden mit seinem Schweigen strafen wollte, ging dieser Versuch daneben.

«Der Denkmalschutz war nicht in der Lage, den Wiederaufbau zu finanzieren», warf Thomas Krätz ein. «Das Gebäude, obwohl in Gemeindebesitz, verfällt. Die Initiative hat es sich zur Aufgabe gemacht, das noch vorhandene Torhaus und einen Teil der Gartenanlage zu sanieren.»

«Ohne öffentliche Gelder?», fragte der Kommissar.

«Eigeninitiative, meine Herren», trumpfte der Bürgermeister auf. «Das Erfordernis der Stunde. Unsere Gemeinde ist in dieser Hinsicht vorbildlich.»

Hauptkommissar Nass schien wenig Interesse an kommunalpolitischen Kampfreden zu haben, er wandte sich wieder Thomas Krätz zu. «Welche Aufgaben hatte denn Herr Bernd in Ihrer Initiative?»

«Die Originalmöbel von *Le Chêne* sind mit einem Wappen gekennzeichnet. Theo sollte sie aufspüren und, falls möglich, zurückkaufen.»

«Ein rotes Kreuz mit zwei gefiederten Löwen», warf Heinz Eiselein dazwischen. Auf den fragenden Blick von Kommissar Nass fügte er hinzu: «Das Wappen. Sehr interessant, wenn man bedenkt ...»

Der Bürgermeister räusperte sich. Heinz Eiselein hob beide Hände und zog theatralisch den Kopf ein. «Schon gut, schon gut.»

Ohne auf die Unterbrechung einzugehen, fragte der Kommissar: «Herr Dr. Bernd hatte also von Ihnen den Auftrag, die Möbel zurückzukaufen. Um welche Summen ging es denn?»

«Da kann Ihnen unser Kassenwart besser helfen», sagte Thomas Krätz und wies mit einer Handbewegung auf den Banker.

Marie fand, dass Krätz müde aussah. Die sonst so professionelle Schale hatte einen kleinen Riss. Ein Leck, durch das Müdigkeit sickerte. Müdigkeit und vielleicht sogar ein bisschen Trauer. Der Einzige außer ihr, den Theos Tod zu berühren schien. Sie schloss kurz die Augen und versuchte zu schlucken. Die Traurigkeit wegzuschlucken. Aus dem immer gleichen Kreislauf der Gedanken auszusteigen und sich zu konzentrieren.

«Die Summen halten sich im Rahmen», erklärte Philipp Stroh gerade. «Aber ich verstehe nicht, wieso das bei einem Unfall relevant ist.»

«Tja!» Hauptkommissar Nass lehnte sich auf seinem Stuhl zurück und musterte die Runde. Marie hatte das Gefühl, als würde er jeden Einzelnen taxieren. Sie fühlte sich plötzlich unbehaglich.

«Wenn wir auf einen nicht natürlichen Todesfall stoßen, gibt es immer drei Möglichkeiten», sagte der Kommissar bedächtig. «Selbstmord, Unfall oder Mord.» Fast beiläufig sah er sie alle an. «Einen Selbstmord können wir ausschließen. Der Selbstmörder springt weit und liegt daher meist weit von der Absprungstelle entfernt. Bei einem Unfall oder einem Mord dagegen versucht der Betroffene, sich im letzten Moment noch festzuhalten, und liegt daher knapp an der Hauswand. Unglücklicherweise, in diesem Fall. Denn nah an der Hauswand steht das verhängnisvolle Gitter.»

Wieder hob sich Maries Magen.

«Also bleiben Unfall oder Tod durch Fremdeinwirkung.»

«Ein Unfall, natürlich», sagte Bürgermeister Dolb bestimmt.

«Ein Mann fällt aus dem Fenster. Warum?», antwortete Nass nachdenklich. «Kein Teppich, über den er gestolpert sein könnte. Kein anderes Hindernis als mögliche Unfallursache, kaum Alkohol im Blut.»

«Vielleicht ist ihm schwindelig geworden. Er öffnet das Fenster, verliert das Gleichgewicht. Dr. Bernd war ja nicht mehr der Jüngste.» Befriedigt von seiner Erklärung sah der Bürgermeister seine Mitstreiter an. Die meisten nickten zustimmend.

Auch Hauptkommissar Nass nickte. Marie wurde es kalt bei diesem Nicken.

«So könnte es gewesen sein», stimmte der Kommissar zu. «Aber es gibt da ein kleines Problem.»

Schlagartig wurde es still im Raum. Alle Blicke waren auf den Kommissar gerichtet.

«Dr. Bernd ist definitiv durch das Einwirken scharfer Gewalt ums Leben gekommen. Eine dieser lanzettenförmigen Stangen hat die Lunge verletzt. Leider hat der Tote aber eine Schädelverletzung, die durch den Sturz nicht erklärbar ist. Also, wie kam es zu dieser Schädelverletzung? Das ist unser Problem.»

«Moment», warf Dr. Dolb ein. «Was wollen Sie uns damit sagen?»

Kommissar Nass lächelte leicht. Marie fiel auf, dass sein Mund ein bisschen schief war. Wieso bemerkte sie nur immer Nebensächlichkeiten? Aber dieser schiefe Mund hatte etwas Faszinierendes. Sie sah nur noch diesen Mund, der sich öffnete und sagte: «Ganz einfach. Dr. Bernd wurde niedergeschlagen. Das Ganze war kein Unfall, sondern Mord.»

• 8 •

Die Nacht schoss vorbei. Schwarze Bäume zu beiden Seiten näherten sich, schlugen mit ihren Zweigen nach dem Wagen, wichen zurück. Die Straße war ein dunkles Band voller Windungen und Kurven.

Ihr Fuß drückte das Gaspedal fest nach unten, die Hände hielten das Lenkrad umklammert.

Immer wilder wirbelte die Nacht an der Windschutzscheibe vorüber. Die jagenden Wolken, die rasenden Bäume, die Leitplanke. Und über allem ein sichelförmiger, böser Mond.

Ihr Hals war zusammengeschnürt und schmerzte beim Schlucken. Der Atem ging schnell und heftig. Die Scheibe beschlug, verschwamm. Sie schaltete die Scheibenwischer ein, bis sie merkte, dass das Verschwommene nicht von draußen kam.

Ihr Fuß trat hart auf die Bremse. Die hinteren Wagenräder brachen aus, schlingerten über den Asphalt, fingen sich wieder. Schräg zur Fahrbahn kam der Wagen zum Stehen.

Sie ließ den Kopf auf das Lenkrad sinken.

Ein Unfall. Damit hätte sie leben können. Eine der tausend Ungerechtigkeiten. Dumpfe Schläge, denen man nicht ausweichen konnte. Aber nicht das. Nicht Mord. Irgendjemand ging einfach hin und ermordete Theo. Er hätte nicht sterben müssen. Die Uhr war nicht abgelaufen. Als hätte das Leben irgendetwas mit einer Uhr zu tun.

Der Teufel mit den drei goldenen Haaren. So zärtlich. So bösartig. Nichts, was er nicht mit einer frechen Bemerkung gerade rücken konnte. Mit ihm war das Leben leicht, schwebend.

Es war gemein!

Fast musste sie lachen über dieses Kinderwort.

Sie schluckte, hob den Kopf vom Lenkrad und starrte auf die kleine, helle Insel, die das Scheinwerferlicht auf die Straße warf.

Das war kein Schicksal. Theo könnte leben. Etwas wie Schmerz zuckte durch ihren Körper. Als würde sich jeder Nerv in ihr nach seiner Berührung sehnen.

Jemand hatte ihn ihr weggenommen. Aus irgendeinem beschissenen Grund, den sie nicht kannte.

«Ich kriege dich», flüsterte sie der Windschutzscheibe zu. Die Wut brachte Wärme in ihren Körper zurück. «Ich lasse das nicht zu. Ich bin noch nicht tot, und ich schwöre dir: Ich kriege dich. Und dann gnade dir Gott!»

Mit einer entschlossenen Bewegung wischte sie sich mit dem Jackenärmel über die laufende Nase. Sie legte den ersten Gang ein und drehte den Schlüssel.

Nichts geschah. Abgesoffen. Die Notbremsung hatte den alten Wagen einfach überfordert.

Sie lehnte sich im Sitz zurück und kurbelte das Seitenfenster nach unten. Atmete tief den Geruch von Bäumen, feuchter Nachterde, stehendem Wasser und Kühle ein. Wo war sie überhaupt gelandet?

Die Straße nach *Le Chêne*. Die kleinen Wassergräben links und rechts der Straße, sumpfig und voll Froschlaich. Die verwilderten Brombeerhecken, struppig und staubig am Tag, in der Nacht geheimnisvoll-bizarres Flechtwerk.

Sie tastete nach dem Zigarettenpäckchen auf der Lenkradkonsole und riss ein Streichholz an. Kurz füllte der scharfe Geruch nach Schwefel die Luft, schnell verdrängt von würzigem Tabak. Vom Scheinwerferlicht gefangen, tanzte ein riesiger Nachtfalter vor ihr auf und ab.

Dieser Hauptkommissar schien anzunehmen, dass Theos Tod etwas mit der Arbeit für die Initiative zu tun hatte. Warum sonst war er mitten in ihre Sitzung geplatzt und hatte sie befragt? Der tat nichts ohne Grund. Er hatte ihre Alibis abgefragt.

Der Bürgermeister war ins Stammeln geraten. Nein, er war zum vermeintlichen Todeszeitpunkt nicht zu Hause gewesen. Eine Sitzung, ein Treffen. Die Sekretärin wisse Bescheid.

Sichtlich überfordert von der neuen Situation. Ein Mordfall, und er mitten darin.

Die Eiseleins. Das tote Pferd mit seinem «Ogottogott-ogott». Die schmallippige Versicherung ihres Mannes, sie hätten den Abend zusammen verbracht.

Familie Stroh. Er – merkwürdig gefasst. Als würde es ihn nicht weiter erstaunen, nach einem Alibi gefragt zu werden. Sie mit verstohlenem Seitenblick zu Weber. War das nicht merkwürdig gewesen?

Jascha, dessen Vater sofort versicherte, sein Sohn habe Musik gehört. Der Sohn, der angab, Licht im Arbeitszimmer seines Vaters gesehen zu haben. Und die Mutter? Was war mit ihr?

Ralf Weber in einer Bar. Mit Namen und Zeitangaben.

Die schöne Hanna auf einem Unifest. Tausend Leute, so gut wie keiner.

Und sie selber? Zu Hause zwischen Forellen, Sahnemeerrettich und dem Warten auf Theo. Wütend, während er auf den Eisenstangen hing.

Wann genau war er gestorben? Wie lange hatte er auf diesem verdammten Gitter gehangen? Mit was war der Schlag gegen seine Schläfe geführt worden?

Dieser Nass, der immer nur von stumpfer Gewalt und scharfer Gewalt gefaselt hatte. Bis sie endlich verstand, dass er mit stumpfer Gewalt den Schlag gegen den Kopf und mit scharfer Gewalt das Gitter meinte.

Warum? Um Gottes willen, warum hatte jemand Theo umgebracht?

Wer tötet den Leiter eines popeligen Museums? Seit Elisabeth tot war, lebte er still in seinem Haus. Keine große Karriere. Kein großes Vermögen. Keine Neider.

Doch – Heinz Eiselein war neidisch. Auf Theos Fachwissen. Auf seine Stellung als unangefochtener Fachmann für *Le Chêne*.

Irma, seine Frau ... Hatte die sich nicht besonders um Theo gekümmert? Seit Elisabeths Tod? Sie hatte Theo leid getan. In seinen bösartigen Momenten hatte er über das tote Pferd gelacht. Keine heimliche Liebesgeschichte. Die hatte er mit ihr. Aber davon wusste niemand. Hatte sie zumindest geglaubt.

Dr. Dolb. Der hatte sich doch sofort auf diese Initiative gestürzt. Publicity. Wählerstimmen. Die Modellgemeinde, die alles in Eigeninitiative hinkriegt. Theos spöttische Bemerkungen, mit was sich alles Politik machen lässt. Seine Sticheleien. Ein Streit mit Dolb? Er war kein impulsiver Mann, sonst wäre er kein Politiker. Der schmiss seine Gegner nicht aus dem Fenster. Oder?

Weit entfernt zerschnitt wütendes Hundegebell die Nacht, brach plötzlich ab und ließ Stille zurück.

Weber? Hatte Ilse Blum nicht neulich erzählt, das Autohaus Weber stünde kurz vor dem Bankrott? Sie musste mit dem Frosch reden. Der wusste alles. Aber was könnte Theo damit zu tun haben?

Philipp Stroh verwaltete die Finanzen. Gab es vielleicht Unkorrektheiten, die Theo bemerkt hatte? Wer kontrollierte Stroh? Das Geld der Initiative? Da müsste einiges auf dem Konto sein.

Seine Frau, die schöne Bettina. Hatte die jetzt was mit Weber oder nicht?

Denk nach, Marie. Unter jedem Stein, den du umdrehst, lauert Ungeziefer.

Mit der Hand fuhr sie sich über die Stirn. Sie schwitzte.

Mein Gott, all diese Leute. Ihre Nachbarn, ihre Freunde ...

Hatte sie überhaupt Freunde? Eher Bekannte, die man auf

Taufen und Beerdigungen sah, beim Einkaufen und beim Doktor. Das tägliche Allerlei und darunter die kleinen, schäbigen Geheimnisse.

Die Untreue von Bettina Stroh, das Trinken von Irma Eiselein, die Eitelkeit ihres Mannes. Allgemein bekannt, dass Philipp Stroh sein Abitur nur auf einer Presse geschafft hatte. Es wurde darüber getuschelt, dass Thomas Krätz sich eine junge Frau genommen hatte. Dass Dr. Dolb sich schon mit vierzig die Haare weiß färben ließ, um seine Ähnlichkeit mit Caesar zu unterstreichen, und Weber ein windiger Hund war.

Alles mehr oder weniger harmlos. Keine Gründe für einen Mord. Andererseits ... Was wusste sie wirklich über die Leidenschaften, die wirklichen Geheimnisse?

Wieder ließ sie die Gesichter Revue passieren. Fischer. Der Zahnarzt und seine dicke Frau, die hatten heute Abend gefehlt. Der sonnengebräunte Fischer mit dem glatten Lächeln ...

Wer von ihnen könnte ein Mörder sein? Wie sah ein Mörder aus?

Ein letzter Zug, und sie warf den glühenden Stummel aus dem Fenster. Plötzlich hielt sie inne. Gänsehaut kroch über ihre Arme.

Sie hatte einen Mörder gesehen, damals auf *Le Chêne.* Ein nebliger Herbstmorgen, sie und Alois beim Pilzesuchen. In den Eichenwäldern um *Le Chêne* wuchsen wunderbare Steinpilze. Es war die Aufgabe der Kinder, den kargen Kriegsspeiseplan zu füllen. Der Lastwagen, der vor *Le Chêne* stand.

Alois hatte ihr Zeichen gemacht, sich näher zu schleichen. Unbeholfen war sie hinter ihm hergewackelt.

Es waren zwei Jungen, nicht viel älter als Alois. Blass und verloren in diesem nebligen Morgen. Und ein paar Soldaten. Der große blonde Mann in schwarzer Uniform mit roter

Armbinde hatte ganz freundlich gelächelt. Die ganze Zeit gelächelt. Auch als die Schüsse fielen.

Die zu Boden fallenden Jungen hatte sie gar nicht gesehen. Nur das Prinzenlächeln des großen Mannes. Alois hatte sie weggezogen und war mit ihr gerannt. Nur weg.

Das Getuschele in der Stadt. Über Plünderer, von der SS erschossen. Die Wirren der letzten Kriegstage.

Sie hatten niemandem gesagt, dass sie dabei gewesen waren. Auch sie und Alois hatten nie darüber gesprochen. Aber seit dieser Zeit war *Le Chêne* rot. Rot wie Blut. Obwohl sie gar kein Blut gesehen hatte. Und es war rot geblieben. Mit Fritz. Und jetzt mit Theo.

Theo hatte nicht sehr ausführlich über seine Reisen erzählt. Ihre Abneigung gegen *Le Chêne*, sein Lieblingskind. Ganz kurz stieg ein heißer Kloß in ihren Hals.

Aber Theo hatte Buch geführt. Sie musste seine Aufzeichnungen überprüfen. In seinem Arbeitszimmer in *Le Chêne* hatte er alles gesammelt.

Wieder wischte sie sich mit dem Ärmel über die Nase. Die Leuchtbuchstaben der automatischen Uhr zeigten 22.18 Uhr. Noch nicht zu spät. Dr. Dolb hatte die Schlüssel. Sie würde jetzt zu ihm fahren und die Schlüssel holen. Schließlich brauchte sie die Aufzeichnungen, wenn sie Theos Arbeit fortführen sollte. Und sie würde sie fortführen. Theos Tod hing mit *Le Chêne* zusammen. Auf einmal war sie ganz sicher.

Mit *Le Chêne* und der Initiative.

Energisch drehte sie den Schlüssel. Der Wagen sprang ohne Mucken an. «Ich kriege dich!»

Sie wendete und raste in die Nacht.

• 9 •

Rattern und wildes Gewieher, die Pferde galoppieren über die holprige Zufahrt. Der Kutscher im schwarzen Umhang hebt den Arm mit der Peitsche. Die Kutsche schlingert durch die tiefen Schlaglöcher. Das junge Mädchen schleudert von einer Seite zur anderen. Die Augen aufgerissen, das Gesicht blass. Die Lippen murmeln Gebete, die Hände halten eine Schatulle fest an den Körper gepresst. In der Ferne ist Licht, Sicherheit. Das Licht wird größer, zerschneidet die Dunkelheit, kommt näher. Motorengebrumm ...

Verwirrt blinzelte Hauptkommissar Müntzer in die Scheinwerfer. Mit einem großen Schritt verschwand er in den Schatten der Bäume. Ob der Fahrer ihn gesehen hatte? Mit offenem Mund stand er träumend mitten auf der Straße. Zu viel Phantasie. Hatten sie ihm schon während der Schulzeit bescheinigt.

Erst im Vorüberfahren erkannte er den rostroten Kastenwagen. Was machte Marie Weller denn schon wieder hier?

Der Wagen hielt an der kleinen Parkbucht, die Scheinwerfer erloschen, ein lautes Klappen der Autotür.

Mit langen Schritten ging die Alte auf das Eisentor zu.

Er schlich hinterher.

Wollte sie Abschied nehmen? Oder das Ganze anzünden? Zuzutrauen wäre es ihr. Er traute dieser alten Dame einiges zu. Kollege Nass hatte sofort gemerkt, dass sie schwierig werden würde.

Netter Kerl, dieser Nass. Waren alle ganz nett, hier im Saarland, am Arsch der Welt.

Leise schlüpfte er durch das Tor und sah, wie die Weller sich an der Eingangstür zu schaffen machte.

Er ging durch das Tor auf sie zu. Den schweren Wagen, der

mit ausgeschalteten Scheinwerfern langsam die Eichenallee entlangrollte, hörte er nicht.

«Kann ich helfen?»

Erschrocken drehte sich die alte Frau um. Der Schlüsselbund, der nur halb im Schloss gesteckt hatte, fiel klirrend zu Boden. Mit zwei Schritten war er bei ihr, bückte sich und hob ihn auf. Auffordernd streckte sie ihm die Hand entgegen. Er lächelte.

«Was machen Sie überhaupt hier?», fuhr sie ihn an.

«Diese Frage müssen Sie mir beantworten. Schon vergessen? Ich bin der Kommissar.»

«Ja, und?»

«Das heißt: Ich stelle Fragen, Sie antworten. Also, was machen Sie hier?»

Interessiert sah er, wie sie die Stirn runzelte und die Lippen fest zusammenpresste. Sie kämpfte. Dann schien sie zu einem Entschluss gekommen zu sein. Sie warf den Kopf in den Nacken und sah ihn hochmütig an. «Die Initiative hat mich gebeten, Theos Arbeit fortzuführen. Dazu brauche ich seine Papiere.»

«Mitten in der Nacht?»

«Ich kann sowieso nicht schlafen.»

Er nickte. Das zumindest konnte er ihr glauben. Sogar im Mondlicht sah er die schwarzen Schatten unter ihren Augen, die eingefallenen Wangen und die scharfen Gesichtszüge.

«Sollen wir uns nicht ein bisschen setzen? Eine Zigarette zusammen rauchen?»

Abwehrend sah sie zur Tür.

«Das Arbeitszimmer ist sowieso versiegelt. Die Unterlagen von Dr. Bernd sind schon längst zur Durchsicht im Kommissariat.»

«Aha.»

So etwas wie Interesse blitzte in ihren Augen auf. Sie schien kurz zu überlegen, dann lächelte sie plötzlich. «Also gut.»

Ohne nach rechts oder links zu sehen, ging sie direkt auf den kleinen Teich zu. Am Stamm einer Trauerweide lehnte eine schmiedeeiserne Bank.

Aus den weiten Taschen ihres Mantels kramte sie das Päckchen vor und hielt es ihm hin. «Das wird wohl nichts mit dem Nichtrauchen», sagte sie spitz.

Er beugte sich vor, als sie ihm Feuer gab. «Scheitern, wieder scheitern, besser scheitern», sagte er lächelnd.

Das Licht des Zündhölzchens beleuchtete kurz ihr Gesicht, den Mund mit den pergamentfeinen Fältchen, die großen braunen Augen. Erstaunlich jung in dem alten Gesicht.

Er lehnte sich wieder zurück und sog den Rauch tief in seine Lungen. Wieso sollte er das Rauchen überhaupt aufgeben? Es war ...

Er stockte. Drehte sich um. Nichts.

Einen Moment lang hätte er schwören können, dass da Schritte waren. Verstohlene Schritte auf dem Kiesweg.

«Was ist?», flüsterte die Frau neben ihm, aufgeschreckt von seiner hastigen Bewegung.

Mit einer Handbewegung brachte er sie zum Schweigen und lauschte in die Nacht.

Da waren nur vertraute Geräusche. Eine Grille, die in der Ferne lärmte, Wasserglucksen, das leichte Rauschen der Bäume, ein paar unermüdliche Frösche, die ihre hohlen, nervigen Brunftlaute durch die Nacht quakten.

Langsam lockerte er seine sprungbereiten Muskeln. «Ich dachte, ich hätte etwas gehört», sagte er. Beruhigend, wie er hoffte. Aber ein Teil von ihm lauschte weiter ins Dunkel.

«Sie haben also Theos Papiere? Warum?», fragte sie.

Also da lag der Hase im Pfeffer. Sie wollte ihn aushorchen. Deshalb die plötzliche Freundlichkeit. Er lächelte.

«Dr. Bernd war ein harmloser, zurückgezogener Witwer. Seit etlichen Jahren pensioniert. Unauffällig. So jemand wird nicht ermordet. So jemand stirbt friedlich im Bett. Also: Worin war er verwickelt? Wen hat er gestört? Was hat er gewusst?»

«Sie schnüffeln in seinem Leben.» Ihr leicht angewiderter Ton störte ihn.

«Genau», antwortete er knapp.

«Und? Was haben Sie in seinen Unterlagen gefunden?»

Er drehte ihr das Gesicht zu, versuchte ihren Ausdruck zu deuten. Aber sie saß weit zurückgelehnt. Nur das rote, viel zu schnelle Aufglühen ihrer Zigarette verriet ihm, wie wichtig diese Frage für sie war.

«Gefunden haben wir Ortsnamen, Beschreibungen von Möbeln, Spesenzettel. Tankquittungen. Und Liebesbriefe.»

«Welche Ortsnamen?»

Die Frage überraschte ihn. Er hatte erwartet, dass sie nach den Briefen fragen würde. Was, um Himmels willen, wollte sie mit Ortsnamen?

«In ein paar Tagen können Sie die Unterlagen haben. Sobald wir mit der Sichtung fertig sind», entgegnete er zögernd.

«Wann?»

«Die Liebesbriefe waren alle an Sie gerichtet.»

Er hörte, wie sie scharf die Luft einzog, spürte, wie sie sich versteifte.

«Ich habe nie einen Brief von Theo bekommen.»

Ihre Stimme klang heiser.

«Sie sind alle für Sie. Dreiundzwanzig Briefe.»

«Sie haben sie gelesen?»

Er nickte. Er hätte gerne etwas gesagt, sich entschuldigt, erklärt, dass es Teil seiner Arbeit war. Dass er wusste, wie schrecklich es war, wenn das Private an die Öffentlichkeit gezerrt wurde.

Stattdessen schwieg er, hörte ihrem heftigen Atmen zu. Den Schritten – er sprang auf.

Mit zwei, drei Sätzen umrundete er den kleinen Teich, lief über den Kies, der unter seinen Tritten zur Seite spritzte, auf das Tor zu. Ein schwarzer Schatten löste sich, rannte los.

Er stürmte hinterher, stolperte über die Schlaglöcher der Allee, versuchte im Laufen den schlimmsten Unebenheiten auszuweichen, doch der Fliehende kannte den Weg besser. Er sprang wie ein Hase von einer Seite zur anderen und hängte den Verfolger ab. Eine Autotür fiel ins Schloss, ein Motor brummte auf.

Als Müntzer die Straße erreichte, sah er nur noch das Heckteil eines davonbrausenden Wagens. Heftig atmend lehnte er sich an einen Baum.

«Mist. Verdammter Mist.» Mit dem Fuß trat er gegen den Stamm. Der scharfe Schmerz durch die dünnen Ledersohlen seiner Sommerschuhe brachte ihn wieder zu sich.

Ein letztes «Mist», und er machte sich langsam auf den Rückweg.

Jemand hatte sie beobachtet und belauscht. Was hatten sie besprochen? Nichts Wesentliches. Hoffte er zumindest. Ein Mann, einer, der sich hier auskannte. War er ihm gefolgt? Oder Marie Weller?

Nach der Besprechung im Gastzimmer des *Adler* war er direkt hierher gefahren, um sich noch einmal in Ruhe den Tatort anzusehen. Ungefähr um diese Zeit war Bernd gestorben. Kurz nach zehn. Er hatte versucht, sich vorzustellen, wie Dr. Bernd hier ankam. Ein kleiner, dicklicher Mann. Eine Nacht wie diese ... Aber es hatte nicht funktioniert. Stattdessen hatte er von einer rasenden Kutsche und der Kammerfrau der Marie Antoinette geträumt.

Er beschleunigte seine Schritte. Sie saß immer noch so auf der Bank, wie er sie verlassen hatte.

«Ein Mann. Er ist mir entwischt.»

Sie regte sich nicht.

«Sind Sie direkt vom *Adler* hierher gefahren?»

Ihre Stimme klang wie in Trance, als sie sagte: «Wie? Nein. Ich war noch kurz beim Bürgermeister. Die Schlüssel holen. Wegen Theos Papieren.»

«Ist Ihnen auf der Fahrt hierher etwas aufgefallen? Ein Wagen? Irgendetwas? Frau Weller, ich vermute, der Mann ist Ihnen gefolgt.»

«Welcher Mann?»

Verdammt, hörte sie ihm nicht zu? Bekam sie nicht mit, was um sie herum vorging?

«Der Mann, dem ich eben nachgelaufen bin.»

«Wahrscheinlich ein Jugendlicher. Oder jemand, der sich den Ort ansehen wollte, an dem ein Mensch gestorben ist», sagte sie gleichgültig. «Wann bekomme ich denn die Papiere?»

Warum war sie so scharf auf die Aufzeichnungen? Nichts anderes schien in ihrem Kopf Platz zu haben. Nicht die Liebesbriefe an sie, nicht der Mann, der sie verfolgt hatte.

«Erzählen Sie mir etwas über die Arbeit von Dr. Bernd.»

«Wir haben nicht viel darüber gesprochen. Er hat Anzeigen in die Fachblätter gesetzt, dass er Möbel mit dem *de la Forêt*-Wappen sucht. Den Meldungen ist er dann nachgegangen. Von manchen Möbeln kannte er den Weg, den sie gegangen waren. Von anderen nicht. Wie gesagt, wir haben nicht viel darüber geredet.»

«Warum nicht?»

«Mein Gott, es hat mich nicht interessiert», fuhr sie auf.

«Und warum führen Sie seine Arbeit jetzt weiter, wenn es Sie nicht interessiert?»

Sie schwieg. Er wartete eine ganze Zeit, bis er an ihrem Schweigen erkannte, dass sie nicht antworten würde.

«Frau Weller, vielleicht ist Dr. Bernd bei seiner Arbeit auf etwas gestoßen und wurde deshalb ermordet. Es ist nicht ungefährlich, in seine Fußstapfen zu treten.»

Sie antwortete nicht.

Plötzlich fühlte er sich müde. Er hatte keine Lust mehr, neben diesem Granitblock zu sitzen und das Schweigen auszuhalten. Er wollte nach Hause. Zurück in diese fremde Stadt, die jetzt sein Zuhause war. Auf diesem komischen, kleinen Marktplatz sitzen. Ein kaltes Bier trinken. Nichts mehr wissen von toten Historikern, alten Möbeln, vergilbten Liebesbriefen und Schlossruinen.

Er stand auf. Schließlich hatte er noch eine gute halbe Stunde Fahrt nach Saarbrücken vor sich.

«Es ist spät.»

Sie stand ebenfalls auf und trat ihre Zigarette aus. Im Gehen warf er einen Blick zurück. Dunkel stand das Torhaus gegen den Nachthimmel.

«Sie hatten übrigens Recht mit den Todesfällen hier», sagte er unvermittelt. «Auch wenn der Mord an der Kammerfrau nur eine Sage ist. Ich habe mich kundig gemacht. Die Geschichte von *Le Chêne* ist, zumindest in den letzten hundert Jahren, wirklich blutig. Schon die zwei toten Bauarbeiter 1913.»

«Das wusste ich gar nicht», sagte sie. Klang da so etwas wie Interesse durch?

«Bei Abbrucharbeiten ums Leben gekommen. 1940 ein

erschossener Deserteur und 1945 zwei angebliche Plünderer.»

«Das weiß ich noch», warf sie leise ein. «Zwei junge Männer aus dem Nachbarort. Die letzten Naziopfer hier aus der Gegend.»

«Und dann 1974 der ungeklärte Todesfall Clarin.»

«Das Fritzchen», sagte sie merkwürdig tonlos.

«Kannten Sie den Toten?»

«Jeder kannte ihn. Der obligatorische Dorfdepp, wenn Sie so wollen.» Sie stockte und sah an ihm vorbei ins Dunkel. Doch dann fuhr sie fort: «Er war nett, freundlich Zurückgeblieben. Die Gemeinde hat ihn angestellt für die Straßenreinigung. Die Kinder haben ihn geärgert, wenn er in seiner orangen Uniform kehrte. Er hat das nie verstanden. Er mochte Kinder. Hat ihnen von seinem Gehalt Bonbons gekauft. Die haben sie genommen und sind weggerannt. Nicht ohne ihn zu verspotten. Kleine, halslose Ungeheuer.»

Halslose Ungeheuer. Jetzt brauchte er sie nicht mehr zu fragen, warum sie selbst kinderlos geblieben war.

«Die Erwachsenen waren auch nicht viel besser. Immer haben sie ihn beäugt. Sie dachten wohl, er wolle sich an den Kindern vergreifen. Dabei wollte er nur mit ihnen zusammen sein und spielen. Er kam in meinen Garten, dort hat er sich oft versteckt und geheult.»

Auffallend emotionslos erzählte sie diese Geschichte. Fast, als wäre es nicht ihre.

«Sie haben sich angefreundet?», fragte er vorsichtig.

«Hier auf *Le Chêne* wurde er erschlagen. Liegen gelassen wie ein Stück von dem Abfall, den er Tag für Tag eingesammelt hat.»

Sie waren bei ihrem Wagen angekommen. Sie kramte

ihren Schlüssel aus der Tasche. Als wäre ihr plötzlich etwas eingefallen, drehte sie sich ihm zu. «Die Polizei hat den Fall untersucht. Nicht besonders begeistert. Es war ja nur das Fritzchen, ein verrückter Straßenkehrer.»

Er hatte die Akten gelesen. Die Ermittlungen damals waren wirklich nicht sorgfältig gewesen. War sie deshalb so unkooperativ? Weil die Polizei sie enttäuscht hatte?

Umständlich setzte sie sich in ihr Fahrzeug, raffte den langen Mantel zusammen und wollte die Tür schließen.

Mit einer Hand hielt er sie offen. «Frau Weller, seien Sie bitte vorsichtig.»

Er wusste nicht genau, was er damit meinte, warum er ihr das sagte.

Er blieb noch eine ganze Weile reglos in der dunklen Eichenallee stehen. Marie Weller, du machst mir Magenschmerzen, dachte er.

• 10 •

Vorsichtig blinzelte er durch die halb geschlossenen Lider. Alles okay. Sonnenflecke auf der Bettdecke, Sommerduft durch das geöffnete Fenster, ein strahlend schöner Tag. Mit einem Ruck öffnete er die Augen.

Sein Blick streifte seine afrikanischen Holzmasken, den massiven Kleiderschrank, aus dessen halb geöffneten Türen Strümpfe und Pullover quollen, als wollten sie entkommen. Das Fenster mit den blauen Gardinen, die sich leise im Wind bewegten. Alles war wie immer, und trotzdem fühlte es sich anders an, unbehaglich – wie ein Kiesel im Schuh.

Dann fiel es ihm ein. Theo war tot. Maries Gesicht gestern

bei der Sitzung. Ein eingeschrumpelter Winterapfel mit zwei erschreckten Eichhörnchenaugen.

Ein kurzes Pochen an seiner Tür: «Jascha?»

Stöhnend rollte er sich auf die Seite und kringelte sich zusammen.

«Jascha.» Wieder ein Pochen, diesmal energischer.

Er zog sich die Decke über den Kopf. Schließlich hatte er Ferien.

Ein drittes Pochen. Entnervt riss er sich die Decke vom Gesicht und brüllte zur Tür: «Ja. Ja. Ja!»

Schritte entfernten sich. Missmutig rollte er sich aus dem Bett, gähnte laut und streckte seine Glieder. Die Jeans lag noch von gestern reinschlüpfbereit vor dem zerwühlten Bett.

Hanna. Heute Nachmittag würde er Hanna sehen. Ein warmes Gefühl breitete sich in seiner Magengrube aus und er summte, misstönend und keiner Melodie folgend: «Hanna, Hahannaaa ...

Sein Blick fiel auf seine kleinen Holzschnitzereien. Er würde Hanna eins von den Dingern mitbringen.

Er kniete sich vor das Sideboard und nahm sorgfältig ein Figürchen hoch. Der Hund? Wie er sich, den Rücken zusammengerollt, den Schwanz leckte. Bisschen anzüglich vielleicht.

Die Amsel war auch nicht schlecht. So groß wie sein Daumen. Aber der aufgesperrte Schnabel mit dem sich windenden Wurm darin? Vielleicht doch nicht so ideal.

Grinsend hob er den kleinen Frosch mit den überdimensionalen Ringen an den Schwimmhäuten hoch. Den könnte er Marie schenken, das würde sie vielleicht aufheitern. Wenn man ihn genau ansah, sah er der alten Blum schon verdammt ähnlich.

Plötzlich hatte er die Idee. Er würde Theo für Marie schnitzen. So klein, dass sie ihn überall mitnehmen könnte. Ohne dass irgendein Schwachkopf es sah. Theo war nicht schwer. Ovale Kopfform, die winzigen Ohren, schräg stehende Brauen und geschlitzte Teufelsaugen. Die Nase ... Kurz schloss er die Augen und versuchte, sich Theos Nase vorzustellen.

«Jascha!», schrie es von unten.

Angewidert äffte er dieses «Jascha!!!» nach.

Eifrig kramte er seine Holzkiste durch. Da musste noch ein Stück Linde ... Linde war ideal. Nicht zu fest, nicht zu weich, gute Form. Der Kopf lag schon im Holz, er brauchte ihn nur noch freizulegen.

Ein Holzstück nach dem anderen landete auf dem Teppich. Kurz hielt er ein Wurzelholz fest, strich zart darüber. Nein, zu klobig. Da steckte was anderes drin.

Da! Das war's. Das perfekte Stück. Handgroß, gut gelagert. Ein Stammstück mit einem Durchmesser von acht Zentimetern. Keine Einschüsse.

Behutsam strich er über das Holz, schloss die Augen. Ja, da könnte Theos Kopf drin sein. Marie hatte sicher ein Foto von Theo. Ob er das hinbekäme? Einen Menschenkopf hatte er noch nie gemacht, aber seine Tiere wurden immer besser.

Seine Zimmertür öffnete sich. «Jascha, kommst du bitte?» Leicht ungeduldig sah seine Mutter zu ihm herunter.

«Ja, verdammt. Ich bin doch schon da.»

«Bitte, Jascha ...»

Entnervt schloss er die Augen und nickte.

So leise, wie die Tür geöffnet worden war, schloss sie sich auch wieder.

Er zog sich ein weißes Shirt über und, nach flüchtigem Spiegelblick, eine Baseballkappe auf den Kopf, Schirm nach unten. Das Holz und sein zusammenklappbares Schnitzmesser verstaute er in den Knietaschen der Oversized-Jeans. Waschen und Zähneputzen mussten warten.

Im Esszimmer empfing ihn das gewohnte Bild. Sein Vater hinter der Zeitung verbarrikadiert, seine Mutter, die weichen Innereien aus ihrem Brötchen pulend, den Blick ins Nirwana gerichtet.

«Morgen», brummelte er und griff nach der Tasse. Der Kaffee roch würzig und frisch. Die Sommersonne strahlte durch die Terrassentür. Der beste Moment.

Aus den Augenwinkeln sah er, wie sein Vater die Zeitung senkte. Aus mit dem besten Moment. Allmorgendlicher Familien-Smalltalk.

Er nahm sich ein Brötchen aus dem Korb und schnupperte daran.

«Was habt ihr beide denn heute geplant?», fragte sein Vater.

Jascha schnitt hingebungsvoll sein Brötchen auf und tat so, als sei er von der schwierigen Aufgabe, es auch noch zu belegen, völlig in Anspruch genommen.

Seine Mutter kehrte kurzfristig zurück: «Ich muss unbedingt deine Hemden aus der Reinigung holen. Wir wollen die Gardinen im ersten Stock waschen, und dann muss ich mit Hilde noch den Empfang besprechen.» Sie lächelte abwesend. «Kleinkram eben.»

Jascha wusste, dass sie nichts davon tun würde. Wie immer würde Hilde alles alleine erledigen und seiner Mutter treu und brav Bericht erstatten. Sie würde, auch wie immer, die Zeit in ihrem Atelier verbringen und malen. Aber wozu das dem Alten auf die Nase binden? Wenn's ihn glücklich machte, dass seine Frau das treu sorgende Hausmütterchen spielte ...

«Und du, Jascha?»

«Ich werd mir mit meinen Freunden erst mal ’nen Joint reinziehen und dann ’ne Bank überfallen. Vielleicht vergewaltigen wir vorher noch ein, zwei Kindergärtnerinnen», gab Jascha zerstreut zurück.

«Musst du eigentlich diese Kappe beim Frühstück tragen?»

«Keime Seit sum Haarewaschen», nuschelte Jascha mit vollem Mund. Er registrierte, dass sich der Kiefer seines Vaters anspannte.

«Du weißt, dass wir um acht frühstücken.»

«Er hat Ferien», warf seine Mutter ein.

Jascha fand es bewundernswert, dass sie das überhaupt wusste. Hatte ihr wahrscheinlich Hilde gesteckt.

«Er weiß, dass wir um acht frühstücken. Also muss er früher aufstehen», schnarrte Thomas Krätz seine Frau an. «In seinem Alter bin ich um sechs aufgestanden. Gerade in den Ferien. Da habe ich nämlich gearbeitet.»

Entnervt verdrehte Jascha die Augen. Da war er wieder, der Sermon über die harte Kindheit, das entbehrungsreiche Leben, das nur mit strikter Selbstdisziplin gemeistert werden konnte.

«Ohne Disziplin erreicht man nichts. Und die muss er lernen.»

«Ich arbeite», warf Jascha ein.

Sein Vater sah ihn verächtlich an. Dann zog er sein Ei zu sich heran und köpfte es mit einem präzisen Schlag. «Mähen! Das ist etwas für Siebenjährige, die sich Taschengeld verdienen. In deinem Alter habe ich in den Ferien in der Fabrik gestanden. Meine Familie ernährt.»

«Klasse, dass du das bei uns alleine kannst», entgegnete Jascha. «Ich finde es gut, dass du nicht so ’n Krüppel wie Opa bist.»

Ruckartig hob sein Vater den Kopf. Eisgraue Blitze aus zusammengekniffenen Augen. Jascha duckte sich leicht. Seine Mutter sog scharf die Luft ein.

«Dafür hätte dein Großvater dich erschlagen», sagte sein Vater leise.

Jascha spürte sein Herz im Hals. Mit Mühe setzte er sich wieder gerade und erwiderte den Blick seines Vaters. «Er war ein brutaler Hund, was?», fragte er genauso leise zurück.

Statt einer Antwort löste Thomas Krätz den Blick, griff nach dem Salzstreuer und schüttelte ihn voller Ingrimm über dem Ei. Nach einer Weile sagte er ruhiger: «Du hast einen besseren Start als ich. Komm in den Ferien in die Firma. Lern etwas.»

«Wie man Venenzangen verkauft? Danke, kein Bedarf.» Demonstrativ gelangweilt rührte Jascha seinen Kaffee.

«Wie schwer es ist, Geld zu verdienen», antwortete sein Vater, wischte sich mit der Serviette über den Mund und warf sie neben seinen Teller. «Wie man sich Anerkennung und Respekt verschafft. Das könntest du lernen.»

Jascha lehnte sich vor und starrte seinen Vater an. «Geld. Anerkennung. Respekt. Das sind deine Götter, was? Dafür würdest du alles machen.»

Sein Vater starrte zurück. «Du hast ja keine Ahnung, Junge.» Beunruhigend leise. Mit eisgrauen Augen, die Jascha festhielten. Vor denen er als Kind Angst gehabt hatte. Und die ihm jetzt manchmal aus dem Spiegel entgegenblickten. Eisgrau und leer. Nein, so waren seine Augen nicht! Auch wenn sie dieselbe Farbe hatten.

«Herr Krätz. Telefon.» Klar und sachlich zerschnitt Hildes Stimme die Spannung. Jascha hatte nicht bemerkt, dass sie hereingekommen war. Auch sein Vater schien erst wieder auftauchen zu müssen. Nur widerwillig stand er auf.

Als sich die Tür hinter ihm schloss, fragte Hilde: «Dicke Luft?»

Ein paar Sekunden betretenes Schweigen.

«Er will, dass sich Jascha für die Firma interessiert», antwortete seine Mutter.

«Interessierst du dich denn dafür?», schoss ihr Sohn zurück.

«Wir leben gut.»

«Mama! Chirurgische Instrumente! Kann ja sein, dass er das spannend findet. Ich nicht.»

«Du könntest so tun als ob», schlug Hilde vor.

«Nein.»

Sie warf einen prüfenden Blick auf seine Mutter, ihn, den Frühstückstisch. Dann ging sie.

Seine Mutter strich sich die mausbraunen Haare hinter die Ohren und fuhr mit den Fingerspitzen über die Tischdecke. Ein bisschen sah es aus, als würde sie unsichtbare Miniaturen malen.

Schweigend nahm Jascha sein Brötchen und biss hinein. Verdammt, warum war er bloß nicht als Waise auf die Welt gekommen? Nach dem Abi sofort weg. Ganz klar. Und wenn Tim ihm hundertmal vorrechnete, wie günstig es war, nicht auszuziehen. Daheim hocken bleiben? Das gesparte Geld in Lebensversicherungen anlegen? Dann ein Haus bauen, eine Familie reinsetzen und die graue Hölle seiner Eltern nahtlos weiterführen? Er schüttelte sich. Abhauen. In ein anderes Land. Vielleicht in den Süden? Tischler werden. Schnitzen. Frei sein.

Die Esszimmertür öffnete sich mit einem Ruck. «Unglaublich.» Kopfschüttelnd machte sich sein Vater auf den Weg zu seinem Stuhl.

«Was ist unglaublich?», fragte seine Frau automatisch.

«Ilse Blum war am Telefon. Völlig ratlos. Sie hat mir eine Geschichte über Marie Weller erzählt ...»

«Was hat die blöde Kröte denn jetzt schon wieder zu quaken?», schoss Jascha alarmiert hoch.

«Ich muss da wirklich ...», Thomas Krätz brach ab.

«Was ist denn?», beharrte seine Mutter.

«Erzähl schon», forderte Jascha. «Wenn Ilse Blum etwas weiß, weiß es in fünf Minuten sowieso die ganze Stadt.» Geistesabwesend nahm sein Vater den Salzstreuer und begann, ihn wieder wild über seinem Ei zu schütteln. Langsam freute sich Jascha auf seinen ersten Bissen.

Aber statt zum Löffel zu greifen, sah Thomas Krätz seine Frau an: «Ilse Blum sagt, dass Theo und Marie Weller mehr als nur befreundet waren. Sie denkt, dass die Polizei das wissen sollte. Schließlich geht es um Mord.»

«Diese widerliche Mistunke», entfuhr es Jascha. «Das geht sie doch einen Scheißdreck an. Und die Polizei auch. Das ist ganz allein die Angelegenheit von Marie.»

«Du hast das gewusst? Dass ...» Sein Vater brach ab.

«Ja, und? Theo und Marie hatten ein Verhältnis. Sind doch erwachsen, oder? Das hat überhaupt nichts mit Theos Tod zu tun. Diese fette Kröte!»

«Jetzt reicht's, Jascha. Warum hast du mir nichts davon gesagt? Theo und Marie Weller ...»

«Und wenn du's gewusst hättest? Hättest du es ihnen verboten? Dich geht es genauso wenig an wie die Blum.»

Angriffslustig starrte Jascha seinen Vater an. Sah den zuckenden Nerv über der Augenbraue, die zusammengepressten Lippen. Warum regte der sich so auf? So verklemmt war er doch gar nicht.

«Jascha, ich möchte, dass du dich von Frau Weller fern hältst.»

Verblüfft starrte Jascha seinen Vater an. Drehte der jetzt völlig durch?

«Das ist unnatürlich. Diese Bindung an eine alte Frau. Du solltest mehr mit Leuten deines Alters zusammen sein.»

Sein Sohn schnaubte nur verächtlich durch die Nase.

«Ich meine das ernst, Jascha. Diese Weller ... Mein Gott, sie und Theo sind über siebzig.»

«Besser mit siebzig an Sex denken als mit siebzehn an Lebensversicherungen. Wie die ‹Leute meines Alters›. Da kann man doch nur kotzen.»

«Herr Krätz. Zwei Herren von der Polizei», verkündete Hilde mit gewohnter Sachlichkeit. Wenn sie verwundert über den Besuch war, ließ sie es sich nicht anmerken.

«Ich komme, Hilde.»

Schweigend sahen sie ihm nach.

Auf den fragenden Blick seiner Mutter erklärte Jascha: «Die Polizei war gestern schon bei der Sitzung. Die überprüfen Alibis und so.»

Sie nickte.

«Sag mal, warum dreht er so durch? Ich meine, klar ist er prüde, aber die Reaktion war völlig überzogen.»

Nachdenklich strich Frau Krätz wieder über das Tischtuch. «Der Tod von Dr. Bernd hat ihn geschockt.»

«Nicht nur ihn.» Er sah ihr zu, wie sie über das Tischtuch strich. Als wollte sie ihre Malereien von eben ausstreichen.

Als er es nicht mehr aushielt, griff er nach ihrer Hand und hielt sie fest. Seine Mutter lächelte.

Er lächelte kurz zurück. «Ich geh mich mal waschen. Dann bin ich weg.»

«Aber die Polizei will vielleicht mit dir reden.»

«Ich aber nicht mit denen.»

In der geräumigen Diele stand Hilde vor dem Arbeitszimmer seines Vaters. Die Tür war einen kleinen spaltbreit geöffnet, und sie hielt ihr Ohr dicht an die Öffnung gepresst. Als sie ihn bemerkte, legte sie mahnend einen Finger auf die Lippen. Vorsichtig schlich er näher. Sie machte bereitwillig Platz.

«... Frau Blum meinte, es sei vielleicht wichtig für ihre Ermittlungen. Sie war ratlos, wie sie sich verhalten sollte. Immerhin ist die Situation etwas delikat ...», hörte er von drinnen.

«Sie können Frau Blum beruhigen. Wir wissen über das Verhältnis zwischen Frau Weller und Dr. Bernd Bescheid», entgegnete eine Stimme. Das war bestimmt das Schiefmaul von gestern Abend.

Grinsend legte Hilde Daumen und Zeigefinger zu einem Okay-Zeichen zusammen. Jascha grinste zurück. So schnell war die Bombe verpufft. Die Bullen kannten das schreckliche Geheimnis, schienen sich aber nicht besonders darüber aufzuregen.

«Was uns interessieren würde, Herr Krätz: Sie waren gestern Abend bei Herrn Dolb, als Frau Weller den Schlüssel abgeholt hat?» Die Stimme kannte er auch. Das war der Schönling, den Hanna angehimmelt hatte. Was für einen Schlüssel?

Sein Vater bejahte.

«Herr Dolb hat ausgesagt, dass Sie unmittelbar nach Frau Weller das Haus verlassen haben?»

Wieder ein «Ja, ich glaube» seines Vaters.

«Ist Ihnen irgendetwas aufgefallen», fuhr der Schönling fort. «Ein Wagen auf der Straße, jemand, der hinter Frau Weller herfuhr?»

Sein Vater schien kurz zu überlegen. «Nein, nicht dass ich wüsste. Warum fragen Sie?», antwortete er schließlich.

«Noch einmal zu Ihrem Alibi, Herr Krätz ...»

In diesem Moment bemerkte jemand im Zimmer die leicht geöffnete Tür. Schnelle Schritte, dann wurde sie ins Schloss gezogen.

Hildes Dackelgesicht verzog sich bedauernd. Jascha wuschelte ihr einmal durch das kurze graue Haar, dann sprang er die Treppe hoch ins Bad.

Das kalte Wasser prickelte auf der Haut. Prustend hielt er sein Gesicht unter den Hahn. Schwimmen gehen, das wär's. Ganz kurz sah er den kleinen Teich von *Le Chêne* vor sich. Mit der nackten Hanna darin ... Mist. Mist. Mist. Was hatte er bloß falsch gemacht?

Mit beiden Händen schaufelte er sich kaltes Wasser ins Gesicht. Betrachtete im Spiegel das Abperlen der Tropfen. Er sah dem Alten schon verdammt ähnlich.

Er kniff die Augen zusammen, bis sein Gesicht, der Spiegel, das ganze Bad vor seinen Augen verschwammen. Stattdessen sah er den Zaun, den Körper ... Er riss die Augen wieder auf. Bloß keine Schwachheiten. Wenn er nur nicht dieses blöde Gefühl hätte, dass nach diesem Sommer nichts mehr so sein würde wie vorher.

• II •

«Huhu, Frau Weller! Sind Sie's?»

«Nein, ich bin ihre wahnsinnige Zwillingsschwester, und wenn Sie mich noch einmal fragen, ob ich es bin, schneide ich Ihnen die Kehle durch.»

Ilse Blum kicherte entzückt. «Ich bin ja sooo froh, dass Sie Ihren Humor nicht verlieren.»

«Mit dir als Nachbarin ist das in der Tat eine Leistung», murmelte Marie.

«Wie bitte?» Der Frosch hielt sich eine Hand hinter das, was bei Menschen das Ohr wäre.

«Schon wieder auf der Leiter?», brüllte Marie übertrieben laut. «Wenn das mal gut geht.»

Mit einem ihrer Patschehändchen winkte Ilse Blum ab. «Ich muss doch mal nach Ihnen schauen. Gerade jetzt.»

Als müsse sie ihre Worte illustrieren, musterte sie Marie mit vorquellenden Augen. Die bekam eine Ahnung, wie sich eine Fliege fühlt, die von einem hungrigen Frosch belauert wird. Sie drückte ihr Kreuz durch und rief: «Mir geht es gut. Danke der Nachfrage.»

«So sehen Sie aber gar nicht aus», stellte Ilse Blum ungerührt fest. «Ganz im Gegenteil. Richtig schlecht sehen Sie aus, Sie Ärmste.»

«Vielen Dank», knurrte Marie zurück.

«Gestern war doch wieder eine Sitzung der Initiative. Wie geht es denn da weiter ohne Dr. Bernd?» Ilse Blum reckte den nicht vorhandenen Hals. «Er war ja wirklich eine Stütze. So ein netter Mann. Ich kann mir gar nicht vorstellen, wie das ohne ihn weitergeht.»

Aber ich, dachte Marie. Die Anzeige, die sie heute Morgen telefonisch den Fachblättern durchgegeben hatte, würde spätestens Montag erscheinen.

«Viel zu tun», rief sie zur Mauer und schwenkte die Gartenschere.

Ilse Blum ließ sich von billigen Abwehrmanövern nicht schrecken. «Gestern habe ich noch zu meiner Tochter gesagt: Die arme Frau Weller. Jetzt ist sie ganz alleine.»

Marie, schon ihrem Salat zugewandt, blieb alarmiert stehen.

«Ohne den lieben Dr. Bernd», fuhr die Frau an der Gartenmauer fort.

Lauernd, wie Marie fand. Was wusste die Blum über ihr Verhältnis mit Theo? Solange er lebte, hatte sie sich bestimmt nicht getraut, über seine Besuche zu tratschen. Sie beide zu «verschreien», wie man hier sagte. Eine der netten Angewohnheiten einer Kleinstadt. Leute durch Klatsch erledigen. Ein kurzer Moment der Wut. Dann fing sie sich wieder. Sollten sie doch reden, was sie wollten. Theo war tot.

Entschlossen bückte sie sich zu ihrem Salat. Schon zwei Tage keine Schnecken mehr gejagt. Wahrscheinlich fühlten sich die Biester wie im Freizeitpark.

«Frau Weller, jetzt gehen Sie doch nicht einfach. Frau Weller, ich will noch ...»

Marie stellte die Ohren auf Durchzug. Nach kurzer Zeit gab Ilse Blum auf.

Im Hocken spähte Marie unter ihren Achselhöhlen hindurch. Als sie den dauergewellten Kopf ihrer Nachbarin hinter der Mauer abtauchen sah, atmete sie durch.

Wenn sie es sich nur erlauben könnte, immer so unhöflich zu sein. Aber da war der Laden. Sie brauchte das Geld, das ihre Nachbarn und Bekannten bei ihr ließen. Geld, Geld, Geld. Man konnte über Geld sagen, was man wollte, aber genug davon zu haben war Freiheit.

Mit einem energischen Ruck schnitt sie eine Schnecke in zwei Teile. «Zweihundertneununddreißig.»

Lautes, anhaltendes Fahrradklingeln, und mit quietschenden Reifen enterte Jascha die Auffahrt. In der Hand hielt er eine Plastiktüte, die er übermütig schwenkte.

«Ein Gruß dem Eichmann der Schnecken, dem Robespierre der Spinnen, dem Mussolini der Blattläuse.»

Mit einer Hand strich sie sich die Haare aus der Stirn

und sah ihm entgegen. «Schön, dass du wenigstens im Geschichtsunterricht aufpasst.»

«Na, Massenmörderin. Wie geht's?», fragte er und ging vor ihr in die Hocke.

Sie sah in seinen hellgrauen Augen Besorgnis und freute sich darüber. Trotzdem schnauzte sie: «Hast du in deinem Alter nichts anderes zu tun, als dir um ein altes Weib Sorgen zu machen?»

Er zog die Stirn in Falten und schien zu überlegen. «Wenn du so fragst ... Nein. Momentan nicht. Aber du bist so – überaus heiter. Was ist los?»

Mit einer Hand deutete sie zur Gartenmauer.

Er nickte. «Da habe ich was für dich. Schau mal.»

Mit großer Geste öffnete er seine Plastiktüte und hielt sie ihr unter die Nase. Sie sah mitten in ein Gewimmel von Regenwürmern und Maden. Die glitschigen Tiere schienen sich in ihrem Gefängnis nicht gerade glücklich zu fühlen. Unruhig kletterten und wimmelten sie durch- und übereinander.

«Ein Geschenk. Frösche lieben das. Ich lege es ihr in den Briefkasten. Anonym natürlich. Sie braucht mir nicht zu danken.» Grinsend schloss er die Tüte mit dem Gewürm.

«Reizende Idee.»

«Natürlich ohne die Verpackung.» Jascha grinste. «Ein Gentleman entfernt das Blumenpapier.»

«Eigentlich bist du für solche Kleinjungenstreiche schon zu alt.»

«Uneigentlich nicht», gab er zurück.

«Und warum?»

Verlegen drehte er die Tüte in der Luft. «Die Blum hat heute Morgen bei uns angerufen. Angeblich wollte sie einen Rat, ob sie der Polizei von dir und Theo erzählen soll.»

Marie wiegte die Gartenschere in ihrer Hand. Es ging also los. Jetzt würde ihr Privatleben in die Öffentlichkeit gezerrt. Nicht nur, dass dieser junge Polizist die Briefe kannte – und weiß der Kuckuck, was Theo geschrieben hatte. Nein. Jetzt würde die Blum auch noch jedem, ob er es wissen wollte oder nicht, irgendwelche erfundenen Details auf die Nase binden. Und kein Theo, um sie zu beschützen. Sie schluckte.

«Ist doch egal», meinte sie schließlich.

Jascha sah unglücklich aus. «Ist es nicht. All das Getuschel. Das ist doch widerlich.»

«Nur, wenn ich es widerlich finde», sagte Marie und merkte im selben Moment, dass es stimmte. «Komm, trinken wir einen Kaffee.»

Federnd erhob sich Jascha aus der Hocke. Marie folgte merklich langsamer. «Aber dieses Zeug kommt nicht in meine Küche», befahl sie und deutete auf seine Tüte.

«Wird sofort an seinen Bestimmungsort geliefert.» Tütenschwingend ging Jascha die Einfahrt hinaus.

Marie sah ihm nach. Bei dem Gedanken an Ilse Blums Gekreische, wenn sie ihren Briefkasten öffnete, kicherte sie. So ein lieber Junge. Wo er nur die ganzen Maden und Würmer herhatte? Ihr Rächer. Ein schönes Gefühl, auch wenn es nichts änderte.

Sie ließ ihren Blick schweifen. Der Garten war wirklich schön. Trotz des zu hohen Grases, der wuchernden Hecken und wilden Blumen. Gerade deswegen. Hinter dem Stamm eines mächtigen Apfelbaums schimmerte die Vorderfront ihres Hauses. Ihr Haus. Der Quell aller Sorgen. Und Freuden. Nie konnte sie es ansehen, ohne ein warmes Gefühl zu spüren. Die schönen Proportionen, das heruntergezogene Dach voller Gauben. Die schwere Eichentür, die, verklemmt und verzogen, wie sie war, sie doch immer willkommen hieß. Ein freundliches Haus.

Idiotisch, so für ein Gebäude zu empfinden.

Der junge Kommissar fiel ihr ein. Er würde das verstehen.

Lächelnd ging sie langsam auf ihr Haus zu.

Die Diele mit ihrem bunten Licht empfing sie glitzernd. Sie blieb einen Moment stehen und genoss das Farbenspiel. Als kleines Mädchen hatte sie gedacht, die bunten Fenster würden die ganze Pracht ihr zu Ehren zaubern. Wenn sie ehrlich war, dachte sie das noch immer.

«Marie, mach dir nichts vor. Das Einzige, was du liebst und je geliebt hast, ist dieses Haus.» Theos Stimme.

Sie schüttelte den Gedanken ab und ging in ihre Küche, um die Kaffeemaschine anzustellen. Wenige Augenblicke später stürmte Jascha herein. Er schnupperte. «Apfelkuchen. Du hast gebacken.» Er setzte sich erwartungsvoll an ihren glänzenden Tisch. Der süße Duft von Teig und warmen Äpfeln mischte sich mit dem Duft frisch gebrühten Kaffees. Als Marie sich eine Zigarette anzündete, stöhnte er: «O nein. Mach den Stinkstängel aus.»

Ohne seinen Einwand zu beachten, schnitt sie, die Zigarette ostentativ im Mundwinkel, den Kuchen auf und verteilte zwei Stücke auf den Tellern mit dem altmodischen, schon fast verblassten Blümchenmuster.

Gierig machte er sich über sein Stück her, verschlang es mit drei Happen, hielt ihr auffordernd den Teller entgegen. Mit einer Kopfbewegung bedeutete sie ihm, sich selber zu bedienen, und hielt mit beiden Händen ihre große, henkellose Tasse umfasst.

«Deine Asche», sagte er mahnend mit dem Blick auf ihre Zigarette. Vorsichtig balancierte sie den langen Aschestreifen auf ihre Untertasse.

«Ich habe es mir überlegt.» Sorgsam drückte sie die Zigarette auf der Untertasse aus. «Ich werde Theos Arbeit weiterführen.»

«Super», grummelte er mit vollem Mund.

«Nicht, weil er mein Liebhaber war. Oder aus irgendeinem der Gründe, die du dir in deiner kitschigen Seele ausmalst», fügte sie hinzu.

«Sondern?»

«Um seinen Mörder aufzuspüren.»

Überrascht blickte er hoch.

«Mach den Mund zu.»

Gehorsam klappte er die Lippen zu, nur um gleich darauf ein lautes «Wow!» auszustoßen.

«Hör zu. Wer sollte Theo schon umbringen? Er war ein alter Mann, nicht besonders aufregend. Sein größtes Geheimnis war unser Verhältnis. Also?» Auffordernd sah sie ihn an.

«Vielleicht war eine der anderen alten Schnepfen in der Initiative rettungslos in ihn verliebt?»

«Quatsch», fuhr sie ihn an. «Theo war nicht reich, Theo war nicht schön, und die anderen Schnepfen – vielen Dank übrigens – sind alle viel jünger als er. Bettina Stroh? Vergiss es. Die Eiselein? Okay, mit der war er befreundet. Aber abgesehen vom Altersunterschied ...»

«Das tote Pferd ist zu tot», pflichtete Jascha bei.

«Bleibt noch deine Hanna ...»

«Jemand aus seiner Vergangenheit», schlug Jascha vor.

«Seine Frau ist tot. Und wenn es in seiner Vergangenheit heiße Affären gab, sind die ‹Schnepfen› mittlerweile alle in meinem Alter. Glaub mir, da werden Morde aus Leidenschaft selten.»

«Du!», rief Jascha triumphierend. «Er wollte dich verlassen, und da hast du ihn aus dem Fenster geworfen.»

«Die Polizei wird diese Möglichkeit sicher nicht außer Acht lassen», sagte Marie. «Der junge Kommissar, dieser Müntzer, verfolgt mich schon auf Schritt und Tritt.»

«Ich würde dir jederzeit einen Mord zutrauen», sagte Jascha fröhlich und griff sich das dritte Stück Kuchen. Marie war nicht sicher, ob das als Kompliment gemeint war.

«Also kein Mord aus Leidenschaft. Was dann?», überlegte er weiter.

«*Le Chêne.*»

«Du kannst dieses Schloss einfach nicht leiden», stellte er fest. «Ohne Theo hättest du doch nie bei der Initiative mitgemacht. In keiner Sitzung sagst du was. Oder interessierst dich für die Fortschritte. Bei all deiner Vorliebe für alten Kram.» Mit einer Handbewegung umfasste er ihre Küche, ihr ganzes Haus.

Nachdenklich strich sie über das polierte Holz ihres Küchentisches. Ein Refektoriumstisch. Was er wohl alles erlebt hatte? Im Kloster, mit Mönchen, die um ihn herum saßen, ihre Gebete, ihre Sorgen und Zweifel in sein schweres Holz murmelten ...

«Kannst du bitte damit aufhören? Weiber, die Tische streicheln, hatte ich heute Morgen schon», unterbrach Jascha ihre Gedanken.

Überrascht sah sie ihn an. Hatte er mal wieder einen Familienkrach hinter sich? Bei ihm zu Hause lief es nicht gut. Das wusste sie aus seinen Erzählungen. Einen anspruchsvollen Vater zu haben war nicht einfach. Das wiederum wusste sie aus eigener Erfahrung.

«*Le Chêne* ist die einzige Möglichkeit», sagte sie fest.

«Es muss ganz einfach etwas mit der Arbeit für die Initiative zu tun haben. Im letzten Jahr hat Theo sich nur um die Wiederbeschaffung der Möbel gekümmert. Reisen gemacht, mit Leuten gesprochen. Vielleicht ist da etwas passiert. Ein Streit. Eine Geldgeschichte. Fälschungen, hinter die er gekommen ist. Irgendetwas.»

«Fälschungen. Das ist eine Möglichkeit», fiel Jascha begeistert ein. «Du hast mir doch erzählt, dass geschickte Fälscher aus einem einzigen echten Tischbein eine ganze Sitzgruppe machen.»

Sie nickte.

Theo hätte Falsifikate sofort erkannt. Meist wurden die edlen Hölzer der Originalmöbel durch chemisch behandeltes, billiges Holz ersetzt. Das hätte er gesehen. Genau wie die Spuren moderner Hobelmaschinen. Oder zu glatte Innenwände, zu dünne Furniere, neue Schlösser und zusätzlich angebrachte Leisten und Schnitzereien. Er kannte alle Tricks, mit denen Fälscher neue Möbel auf alt trimmen.

Das Telefon klingelte. Marie sprang auf und ging ins Esszimmer, in dem ihr alter Apparat lärmte.

Jascha stützte die Arme auf den Tisch und sah aus dem Fenster.

Sie würde also mit der Möblierung von *Le Chêne* weitermachen. Sie würden herumfahren. Mit all den Leuten reden, mit denen Theo geredet hatte. Ein Fälscherring. Super.

Er sah vor seinem inneren Auge eine unterirdische Werkstatt mit finsteren, muskulösen Männern. Alle mit gefährlichen Werkzeugen in der Hand. Ein offenes Feuer, an dem ein Schmied alte Beschläge hämmerte. Lastwagen, die über die grüne Grenze fuhren, um ihre Fracht loszuwerden. Er und Marie hinter einem Felsvorsprung.

Er lachte laut auf. Zu viel Indiana Jones. Abenteuerromantik. Aber super. Marie musste ihn einfach mitnehmen. Er musste es Hanna erzählen. Würde sie bestimmt interessieren. Vielleicht käme sie ja auch mal mit. Er und Hanna frühmorgens auf einer Landstraße in Lothringen oder im Elsass. Zwischendurch eine kleine Kaffeepause in einer Boulangerie. Ein kleines französisches Landgasthaus mit dicken Federbetten ...

«Das war Dr. Dolb», unterbrach Marie seinen angenehmen Gedankenfluss. «Ein Auktionator aus Brüssel hat sich angemeldet. Ein Monsieur Lapin. Er hat der Initiative etwas mitzuteilen.» Mit glänzenden Augen sah sie ihn an. «Es kommt Bewegung in die Geschichte, Jascha.»

«Weshalb kommt der denn? Wer ist das überhaupt? Wann kommt er?»

«Heute Abend. Sondersitzung bei der Schmidtke.»

«Was will er?»

Marie zuckte die Achseln und zündete sich eine neue Zigarette an. «Keine Ahnung. Aber es muss wichtig sein. Er kommt extra aus Brüssel», stieß sie zusammen mit dem Qualm hervor.

Jascha wedelte den Rauch zur Seite. «Wenn wir zusammen rumfahren, musst du die Qualmerei reduzieren. Ich ersticke.»

Überrascht sah sie ihn an.

«Hey, schon vergessen? Wir beide auf Mörderjagd?»

Sie drückte die angerauchte Zigarette wieder aus. «Davon war keine Rede. Ich mache das alleine.»

Jascha sah, wie sich seine schöne Räuberhöhle wieder in Luft auflöste. «Du brauchst mich», sagte er beschwörend. «So 'ne Mörderjagd ist gefährlich. Stell dir vor, du musst jemanden beschatten. Wie willst du das machen? Oder du musst in irgendein Haus. Illegal. Also durchs Fenster oder so? Und die Fahrten über Land? Frühmorgens, allein?»

Sie lehnte sich über den Tisch, hielt ihre Hand in die Höhe und zählte ab: «Erstens hast du keinen Führerschein. Beim

Fahren bist du also keine Hilfe. Zweitens habe ich keine Lust, dauernd aufzupassen, dass du keinen Unsinn machst. In fremde Häuser kletterst oder hinter wildfremden Leuten herschleichst. Drittens ist dein Französisch miserabel. Und ich muss oft nach Frankreich. Und viertens frisst du mir die Haare vom Kopf. Das Ganze wird auch so teuer genug. Noch ein Stück Kuchen?»

Gekränkt schüttelte er den Kopf.

In der großen Küche war nur noch das Zischeln der Kaffeemaschine und das Lärmen der Vögel im Garten zu hören.

«Du wirst Hilfe brauchen. Und du hast sonst niemanden», sagte der Junge in das Schweigen.

Die alte Frau sah ihn an. Er hatte Recht. Außer ihm hatte sie niemanden. Zum ersten Mal kam ihr das ganze Unterfangen lächerlich vor. Eine Alte und ein Halbwüchsiger auf Mörderjagd.

«Zuerst muss ich sowieso an Theos Papiere kommen. Die Polizei hat sie unter Verschluss, kann aber nicht viel damit anfangen.»

«Du schon?»

«Möglich.»

Jascha nickte.

«Außerdem habe ich heute Morgen in allen Fachblättern Anzeigen geschaltet. Dass ich die Arbeit von Dr. Bernd weiterführe und darum bitte, dass alle, die Kontakt zu ihm hatten, sich bei mir melden.»

«Und jetzt?»

«Müssen wir abwarten.»

Jascha lächelte erst vorsichtig, dann strahlend. Sie hatte «wir» gesagt. In der trägen Luft dieses Sommermorgens, im schattigen Halbdunkel der Küche, nahm sie wieder Gestalt an, seine Räuberhöhle.

• 12 •

«Der Thalys von Brüssel über Namur, Arlon, Luxemburg, zur Weiterfahrt nach Frankfurt/Main wird in wenigen Minuten auf Gleis 3 einfahren. Planmäßige Ankunft 17.50 Uhr. Planmäßige Abfahrt nach Frankfurt/Main 17.58 Uhr. Bitte Vorsicht bei der Einfahrt des Zuges.»

Nervös trat er von einem Bein auf das andere. Er hasste Bahnhöfe. Zu viele Leute, zu viel Gewimmel. Ruhe bewahren. Einfach ein Geschäftsmann zwischen anderen sein. Gute Zeit, eigentlich. Noch genug Trubel auf dem Bahnhof, um nicht aufzufallen, zu spät für die allgegenwärtigen Rucksacktouristen mit ihren schlecht geplanten Reiserouten, viel Zeit zum Totschlagen und einem guten Gedächtnis.

Weiterfahrt Frankfurt. Geschäftsleute. Interessierten sich nicht für den Trubel auf Bahnhöfen. Keine Zeit, sich ihre Mitreisenden einzuprägen.

Er fingerte an seiner Sonnenbrille herum und merkte, dass er um die Nase herum schwitzte. Er trug nie Sonnenbrillen. Unter der Hutkrempe schwitzte er auch. Sonnenbrille und Hut. Unangenehm, wie so eine Brille das Gesichtsfeld einengte.

«Vorsicht auf Gleis 3. Es fährt ein der Thalys von Brüssel nach Frankfurt. Die Wagen der ersten Klasse halten im Abschnitt A bis C. Bitte Vorsicht bei der Einfahrt.»

Erwartungsvoll sah er das Gleis hinunter. Nichts fuhr ein. Wollten die ihn verarschen? Komm, bleib ruhig. Die blonde Ziege mit dem vielen Gepäck musterte ihn schon. War er zu auffällig? Oder suchte sie nur einen allein stehenden Trottel als Kofferkuli?

Vorsichtshalber ging er ein paar Schritte weiter.

Nicht zu weit. Abschnitt A bis C. Bestimmt fuhr er erster Klasse. Ihn sofort abpassen, keine Zeit verlieren, kein unnötiges Herumgerenne. Wenn er doch zweiter fuhr?

Der Zug fuhr pünktlich ein. Eine silberne Schlange mit unzähligen Mäulern, die sich lautlos öffneten.

«Willkommen in Saarbrücken Hauptbahnhof. Ihre weiteren Reisemöglichkeiten ...»

Die Lautsprecherdurchsage rauschte an ihm vorbei. Seine Augen rasterten das Gewimmel vor den geöffneten Türen.

Dann sah er ihn. Alt geworden, aber unverkennbar. Der Einzige ohne Hast. Gemächlich stieg er aus, ohne sich umzusehen. Sicher, sich zurechtzufinden. Sicher, abgeholt, geborgen zu werden aus diesem Treibsand der Reisenden. Immer noch schlank, trotz der fortgeschrittenen Jahre. Kleiner als in der Erinnerung.

Jetzt drehte er sich um, und sein Blick blieb an ihm hängen.

Er kam auf ihn zu. Misstrauisch gehobene Augenbrauen. «Sie?»

Er war tatsächlich klein. Höchstens eins fünfundsechzig. Und er hatte ihn erkannt. Trotz Sonnenbrille, Hut und der vielen Jahre.

«Monsieur Lapin, Sie haben sich kaum verändert.»

«Sie aber auch nicht, mein Lieber.»

«Ich wollte Sie abholen.»

«Sie?» Der Belgier wich einen Schritt zurück.

Er würde doch jetzt keine Angst bekommen und sich weigern, mit ihm zu gehen?

Der Mann lächelte beruhigend. «Wir haben einiges zu besprechen, finden Sie nicht?»

«Wo ist Dr. Bernd?»

«Es geht ihm nicht so gut. Gesundheitlich.» Das war noch

nicht einmal gelogen. «Deshalb hat er mich gebeten, Sie abzuholen.»

«Dr. Bernd hat Sie geschickt?»

Der Angesprochene nickte. Monsieur Lapin schien eine Sekunde zu überlegen, dann nickte er. «Gehen wir.»

Gemeinsam stiegen sie die Treppe zu dem Tunnel hinunter, der in die Bahnhofshalle führte. In der Flut der Reisenden bemerkte sie niemand. Der Mann mit Hut ging einen Schritt vor dem kleinen Auktionator.

In der großen Halle herrschte weniger Betrieb, als er es sich gewünscht hätte. Vor den gläsernen Eingangstüren blitzte Blaulicht. Polizei. Zwei Einsatzwagen und mindestens fünf Beamte, die eine Gruppe von Pennern mit zwei großen Hunden umzingelten.

Dem Hutträger lief der Schweiß über die Stirn. Monsieur Lapin sah interessiert zu dem Volksauflauf, der sich um die streitende Gruppe bildete, und murmelte: *«Mon Dieu!»*

Alle blickten auf die Polizisten.

Das war gut, sehr gut. Jetzt kam der riskanteste Teil.

Mit einer ausholenden Handbewegung wies der Mann mit Hut auf den schmalen Parkstreifen direkt vor dem Bahnhofsgebäude: «Dort entlang. Ganz hinten habe ich noch einen Parkplatz ergattert.»

«Wie sich Saarbrücken verändert hat», plauderte Monsieur Lapin, als sie an der endlosen Reihe der geparkten Wagen entlanggingen. «Dieses Gebäude ist neu, oder? Die Post war hier früher aber nicht.»

Der Mann nickte und öffnete die Beifahrertür. Einen kurzen Moment zögerte der Belgier. Sah forschend zu seinem Begleiter.

Der lächelte.

Monsieur Lapin stieg ein und angelte nach dem Gurt.

«Moment, ich helfe Ihnen. Der Gurt klemmt ein bisschen», sagte der Mann freundlich. Er beugte sich ins Wageninnere. Nestelte am Gurt. Bis er in einem günstigen Winkel über dem Sitzenden stand. Dann stach er zu.

Verwundert spürte Monsieur Lapin Kälte. Als wäre ein Eiszapfen in seine Brust gedrungen. Keinen Schmerz. Nur Kälte, die sich ausdehnte und durch seinen Körper schoss.

Dann spürte er nichts mehr.

Mit langen Schritten lief Thomas Krätz über den Bahnhofsvorplatz. Vor den Türen ein Menschenauflauf. Heruntergekommene Penner mit zwei räudigen Kötern, die sich ein Wortgefecht mit einer Hand voll Polizisten lieferten. Schaulustige Reisende hatten sich um die Gruppe geschart.

Leise fluchend umrundete Krätz die Streithähne. Ein Blick zur Bahnhofsuhr zeigte 18.12 Uhr. Suchend sah er sich in der Halle um. Dann eilte er zum Checkpoint.

In dem halb offenen Rondell saßen zwei Bahnhofsbeamte, die sich redlich bemühten, einer aufgeregten Blondine Fahrplanauskünfte zu geben. Krätz trat näher und versuchte, die Aufmerksamkeit auf sich zu lenken. Mit einem kurzen Blickwechsel kämpften die Beamten, wer von ihnen sich der attraktiven Blonden ab- und diesem schwitzenden, ungeduldigen Fahrgast zuwenden sollte.

Der Verlierer wandte sich, sichtlich frustriert, an Krätz, der vorstieß: «Der Thalys aus Brüssel. Ist der schon durch?»

«Fahrplanmäßig», knurrte der Beamte.

«Ich sollte jemanden abholen, habe mich aber leider verspätet. Feierabendverkehr.»

Der Beamte nickte etwas mitfühlender.

«Hat sich bei Ihnen ein Monsieur Lapin gemeldet?»

Der Beamte schüttelte den Kopf.

Thomas Krätz überlegte kurz. «Auf welchem Bahnsteig ist der Thalys angekommen?»

«Moment ...» Ein Blick auf die Tabelle. «Gleis 3.»

«Könnten Sie für mich eine Durchsage machen?»

Der Beamte zögerte.

«Bitte. Es ist wichtig. Der Mann ist fremd hier und irrt jetzt vielleicht durch den Bahnhof.»

Endlich schien sich der Beamte an seine saarländische Freundlichkeit zu erinnern. «Wie war der Name?»

«Lapin.»

Er griff sich das Mikrofon. «Monsieur Lapin wird gebeten, sofort zum Checkpoint in der Bahnhofshalle zu kommen. *Monsieur Lapin est prié de s'adresser à notre Point de Service.* Monsieur Lapin wird gebeten ...»

• 13 •

Die Bonmaschine neben der Anrichte ratterte und spie einen langen Zettel aus. Frau Schmidtke riss ihn ab, warf einen prüfenden Blick darauf und hastete zur Küche. Schon in der Tür rief sie ihrem Koch entgegen: «Hans-Peter, Sonderwünsche! Den Käsescheiterhaufen wie letzte Woche, also kein Gouda, sondern Bergkäse. Den Flammkuchen halb und halb für den Eiselein. Ein bisschen mehr Sherry in die Suppe ...»

«Für seine Frau», unterbrach sie der Koch grinsend.

Frau Schmidtke ignorierte den anzüglichen Ton. Über Gäste machte man keine Scherze, vor allem nicht über deren Alkoholkonsum. Und schon gar nicht, wenn der junge Küchenhelfer mit gespitzten Ohren daneben stand.

«Den Marktsalat mit Joghurtdressing und ohne Tomaten.»

«Die Fischers sind auch da?», fragte der Koch interessiert. «Scheint ja eine wichtige Sitzung zu sein.»

«Mach genug Dressing an den Salat, sonst beschwert sie sich wieder, dass er nicht schmeckt.»

«Ist dann aber nicht gerade kalorienarm», gab der Mann in den karierten Hosen und der weißen Jacke zu bedenken.

Frau Schmidtke senkte den Block und sah ihren Koch an: «Der Gast ist König.»

«Werbung für Molly-Moden», schmetterte der Aushilfskoch fröhlich und hievte einen Sack Zwiebeln auf den Arbeitstisch.

Vorwurfsvoll sah Frau Schmidtke ihren Koch an, der seiner Aushilfe pflichtschuldig einen freundschaftlichen Klaps auf den Hinterkopf gab.

«Was denn? Ich hab doch nur gesagt, dass sie die beste Werbung für ihre Boutique macht. Bei den Formen ...», meinte der junge Mann schmollend.

Pikiert zog Frau Schmidtke ihr blaues Kleid in Form. Das war auch von Molly-Moden. Dummer Name, zugegeben. Aber hübsche Sachen. Mit den weißen Krägelchen.

«Die Zwiebeln in feine Ringe. Nicht schon wieder Wagenräder», wies Hans-Peter seinen Küchenhelfer an.

«Frau Schmidtke», rief es ungeduldig aus dem Gastraum.

Ein letzter Kontrollblick, Frau Schmidtke verließ die Küche und trat geschäftig hinter ihren Tresen.

«Noch ein Glas Roten für Hanna, bitte», bestellte Jascha. Die Wirtin nickte und machte sich ans Ausschenken.

«Ich nehme ihn gleich mit.»

«Lass nur, Jascha. Ich bringe es mit den anderen Bestellungen.»

Als sie seinen enttäuschten Blick sah, reichte sie ihm das gefüllte Rotweinglas: «Na, nimm's doch schon mal. Ich komme gleich.»

Das Glas vorsichtig balancierend, verschwand er. Frau Schmidtke sah ihm mitfühlend hinterher und machte sich ans Zapfen.

Im Nebenraum setzte sich Heinz Eiselein in Positur. «Ich wüsste jetzt gerne, was dieses überstürzte Treffen soll. Wer ist überhaupt dieser Monsieur Lapin?»

«Ein Auktionator. Möbelexperte», antwortete Dr. Dolb, ohne von seinem Aktenordner, den er wie ein Bollwerk vor sich aufgeklappt hatte, aufzusehen.

Marie versuchte, einen Blick in die Unterlagen zu erhaschen. Soweit sie sehen konnte, waren es nur Mitteilungen vom Amt für Denkmalschutz und alte Korrespondenz. Wahrscheinlich schleppte Dolb die nur mit sich herum, um sich und den anderen seine Wichtigkeit zu beweisen.

«Hmm», schnappte Heinz Eiselein. «Und warum wendet sich dieser angebliche Experte nicht an mich?»

«Warum sollte er?», schoss Dr. Fischer über den Tisch.

Interessiert sah Marie zu dem etwas in die Jahre gekommenen Bilderbuch-Zahnarzt. Wirkte nervös, der Gute. Ganz ohne sein sonstiges joviales Onkel-Doktor-Gebaren.

«Mein lieber Christoph», zischte Eiselein. «Jeder weiß, dass du dich nur sporadisch für unsere Initiative interessierst ...»

«Dafür kommen meine Spenden regelmäßig. Und das ist ja wohl auch nicht zu unterschätzen.» Der Arzt grinste.

Komisch. Sogar sein übliches Vierundsechzig-Zähne-Lächeln wirkte verkrampft.

«Geld ersetzt nicht Engagement und Kultur», giftete der Oberstudienrat.

«Meine Herren, bitte», sagte Dr. Dolb begütigend.

Die anderen Mitglieder der Initiative hatten dem Schlagabtausch der beiden nur mäßig interessiert zugehört. Marie betrachtete die Kontrahenten aufmerksam. Sie konnten nicht gegensätzlicher sein. Der Zahnarzt in schicker Freizeitkluft und der Oberstudienrat mit schlampiger Bügelfalte. Ob sie sich schon als Jugendliche nicht leiden konnten?

«Lieber Heinz», fuhr der Bürgermeister fort und klappte seinen Aktenordner zu. «Natürlich bist du nach Theo Bernd unser Experte ...»

«Theo ist tot», zischte der aufgebrachte Lehrer.

«Aber das wissen wir doch alle, Heinz», wunderte sich das tote Pferd.

Die meisten der Anwesenden sahen entnervt unter sich. Irma Eiselein ließ sich davon nicht aus dem Konzept bringen. «Ermordet», fuhr sie schaudernd fort. «Ich kann es immer noch nicht glauben. So etwas passiert doch nicht hier. Ich meine, nicht bei uns.»

Schnell musterte Marie die Gesichter. Der Bürgermeister, das edel geschnittene Gesicht in kummervolle Falten gelegt. Mord passte nicht in das Konzept der Modellgemeinde.

Eiselein, sichtlich angefressen. Der Mann war einfach dauerbeleidigt. Sogar seine Brillengläser funkelten wütend. Seine Frau Irma neben ihm, schon mit leicht glasigen Augen, die ins Leere starrten.

Philipp Stroh, der seine Krawatte lockerte, als würde ihm schon der Gedanke an Mord die Kehle zusammenschnüren. Der auffallend kleine Mund war abwehrend zusammengepresst. Die schöne Bettina, die sich ungerührt mit einem Stift die großzügigen Lippen nachzog.

Hanna, die an ihrem Glas nippte, und Jascha, der jede ihrer Bewegungen beobachtete und nicht sonderlich beteiligt wirkte.

Die Fischers. Der große, gut gebaute, gut gebräunte Zahnarzt. Hielt den Kopf gesenkt und trommelte mit den Fingerspitzen auf dem Tisch herum. Seine dicke, unförmige Frau, die sich hinter wallenden Gewändern und klobigem Schmuck versteckte.

Und schließlich Weber. Der Autohändler machte ein Gesicht, als leide er an tödlicher Langweile.

War einer von ihnen der Mörder? Einer von diesen Leuten, die sie schon ihr ganzes Leben lang kannte? Wem war es zuzutrauen, dass er sich nachts mit Theo traf und ihn aus dem Fenster stürzte? Und ihn dann auf diesem Zaun verbluten ließ?

«Sicher, sicher. Das ist alles ganz schrecklich. Ich kann mir nur vorstellen, jemand von außerhalb ...», stammelte Dolb hilflos.

Die einzig akzeptable Lösung. Besonders überzeugend vertrat er sie aber nicht. Oder ging es dem Bürgermeister wie ihr? Hatte er etwa auch diesen beunruhigenden Gedanken im Kopf, ob einer von ihnen ein Mörder war?

«Jugendliche. Sie sind eingebrochen, und Theo hat sie erwischt. Das habe ich auch der Polizei gesagt», ließ sich Irma Eiselein schon wieder ganz kregel vernehmen.

«Wieso Jugendliche?», fragte Jascha, der widerwillig aus Hannas Dunstkreis auftauchte. «Erwachsene morden nicht, oder wie? Außerdem gab es keine Einbruchsspuren.»

Verwirrt sah das tote Pferd zu dem Jungen. «Nein, nein. Ich meine nur, warum sollte jemand Dr. Bernd ermorden?»

Eins zu null, dachte Marie. Genau das ist die Frage.

Mit lautem Klappen schlug der Bürgermeister seinen Aktenordner wieder auf. «Das ist doch müßig. Spekulationen sollten wir der Polizei überlassen.»

«Genau», sprang ihm Eiselein bei. «Kommen wir zur Sache. Was will dieser Monsieur denn nun?»

«Meine Sekretärin hat mit ihm gesprochen. Offensichtlich war dieses Treffen mit Theo Bernd ausgemacht. Leider hat sie verabsäumt, Monsieur Lapin mitzuteilen, dass Dr. Bernd, nun, verstorben ist.»

«Du weißt also auch nicht, was er von uns will? Na, wunderbar», warf Heinz Eiselein gereizt über den Tisch.

«Nein, Heinz», gab der Bürgermeister in scharfem Ton zurück. «Aber da Theo dieses Treffen verabredet hat, nehme ich an, dass es sich um etwas Gravierendes handelt.»

«Dein Wort in Gottes Ohr», murrte Eiselein halblaut. «Und warum hat sich dieser Auktionator nicht mit mir in Verbindung gesetzt?»

«Warum sollte er?», fragte diesmal Weber vom anderen Tischende her.

Dieses erneute In-Frage-Stellen seiner Person und seiner Wichtigkeit war offensichtlich zu viel für Eiselein. Sein Gesicht wurde rot bis zum zurückweichenden Haaransatz.

«Weil ich der Experte bin», schnauzte er wütend.

«Dr. Dolb ist der Erste Vorsitzende», antwortete Weber lässig. «Ist doch klar, dass er sich an ihn wendet. Ich gehe auch zum Chef, wenn ich was will, und nicht zur Aushilfe.»

Jetzt kriegt er einen Schlaganfall, dachte Marie, und ein Hauch von Mitleid für den nach Luft schnappenden Eiselein streifte sie.

Fischer fing an zu lachen: «Das tut weh, was, Heinz? Aushilfe.»

«So war das aber nicht gemeint», versuchte Weber zu entschärfen. Aber zu spät.

Heinz Eiselein musterte die Runde mit bitterbösem Blick, verschränkte die Arme und starrte mit rotem Kopf zur Wand.

Eiselein war ein eitler Mann. Was, wenn Theo ihm die ganze Zeit schon ein Dorn im Auge war? Sie hatten Streit. Eiselein wird handgreiflich und – peng. Wahrscheinlich war er so entsetzt, als er Theo fallen sah, dass er schleunigst das Weite gesucht hatte.

Als sie merkte, dass sie den Lehrer mit offenem Mund anstarrte, rief sie sich zur Ordnung. Trotzdem konnte sie dieses Szenario nicht ganz verscheuchen.

«Wo bleibt dieser Auktionator?», ließ sich plötzlich Hanna vernehmen.

«Eigentlich, meine liebe Hanna», sagte Dr. Dolb nach einem kurzen Blick auf seine Uhr, «müssten sie längst hier sein. Thomas Krätz hat sich freundlicherweise bereit erklärt, Monsieur Lapin in Saarbrücken abzuholen.»

«Das hättest du doch auch tun können», wandte sich Irma an ihren schmollenden Gatten. «Du warst doch sowieso in Saarbrücken.»

«Mich hat niemand gefragt», schnauzte er sie an.

«Wenn wir schon einmal hier sind, können wir doch einige Dinge klären», sagte Marie. «Herr Eiselein, ich bräuchte eine Liste der Leute, mit denen Theo bereits wegen des Rückkaufs von Möbeln verhandelt hat. Und von Ihnen, Herr Stroh, brauche ich einen Überblick über die Finanzen. Wo liegen meine Spielräume, was ist geplant, wie viel Geld habe ich zur Verfügung?»

«Da kommen Sie am besten in mein Büro», sagte der Bankdirektor abwehrend.

«Ein grober Überblick würde mir reichen», gab Marie freundlich zurück.

«Ich habe die Unterlagen jetzt nicht parat.»

«Nur ein grober Überblick», beharrte Marie.

Philipp Stroh sah Hilfe suchend zu Dr. Dolb.

Wieso wich er ihr aus? Stimmte etwas nicht mit den Finanzen? Es gab kapitalkräftige Sponsoren, da musste einiges vorhanden sein. Und alle verließen sich vertrauensvoll auf Stroh. Mit Geld brauchten sie ja auch nicht umzugehen. Bis auf Theo natürlich.

«Grob geschätzt müssten wir hunderttausend Euro zur Verfügung haben, oder, Philipp?», sprang der Bürgermeister ein.

«Nun ja, wir hatten schon Ausgaben. Allein die Restaurierung des Gebäudes, die Gartenarbeiten ...»

«Genau 1800 Euro», sagte Hanna laut. «Den Bagger für die Aushubarbeiten und die anderen schweren Geräte hat mein Bruder zur Verfügung gestellt. Kostenlos. Erde und Kies waren Spenden vom Baumarkt, den Brunnen haben wir selbst in Gang gesetzt, und der Rest war private Muskelarbeit. Bleibt nur die Bepflanzung. 1800 Euro. Bis jetzt.»

«Die Arbeiten am Gebäude dürften um die dreißigtausend machen», ergänzte Weber.

Der Bankdirektor warf ihm einen bitterbösen Blick zu.

Gab es ein Problem zwischen den beiden? Oder war es dem Finanzchef unangenehm, wie gut seine Vereinsbrüder Bescheid wussten?

«Sanitär-Schmidt hat die gesamten Arbeiten gespendet. Neue Wasserleitungen, Toiletten für die Besucher, alles», ergänzte der Autohändler.

«Alle Geschäftsleute unserer Stadt haben ihr Bestes getan. Wir können wirklich stolz auf unsere Gemeinde sein», strahlte der Bürgermeister.

«Also hunderttausend», überlegte Marie.

«Das kann ich ohne Unterlagen nicht genau sagen», wehrte der Bankdirektor ab. Steif und unnahbar saß er auf seinem Stuhl. Das lang gezogene Gesicht mit dem schmalen Mund war streng verschlossen.

Warum wand er sich nur so? Für sie selber waren hunderttausend Euro viel Geld. Aber für ihn? Mit seiner Villa, den zwei großen Autos, den Kindern im Internat? Vielleicht gerade deswegen. Wie viel verdiente ein Bankdirektor überhaupt? Vielleicht hatte das Geld der Initiative ihm über einen Engpass hinweghelfen sollen? Nur leider war Theo dahinter gekommen ...

«Passt Ihnen morgen früh um zehn Uhr?»

Stroh nickte. Unwillig, wie Marie fand. Sie würde sehen.

«Herr Eiselein?»

«Ich habe keine Aufzeichnungen von Theo. Es müsste alles bei seinen Papieren sein», sagte der Oberstudienrat mit hochgezogenen Augenbrauen.

«Die hat die Polizei», gab Marie zurück. «Aber sobald ...»

In diesem Augenblick hastete Thomas Krätz in den Raum.

«Entschuldigt bitte meine Verspätung, aber ich war bis eben auf dem Bahnhof.»

«Und Monsieur Lapin?», fragte der Bürgermeister und spähte hinter Krätz zur Tür. Als würde der Auktionator davor stehen und sich nicht trauen einzutreten.

Thomas Krätz zuckte mit den Achseln. «Nicht gekommen. Ich habe ihn ausrufen lassen, war selbst auf dem Bahnsteig, aber er war nicht da.»

Heinz Eiselein lachte auf. Weber verdrehte die Augen, und Hanna murmelte halblaut, aber deutlich «Scheiße».

Alle Anwesenden zeigten Spuren der Verärgerung.

Nur bei Dr. Fischer glaubte Marie, Erleichterung zu spüren. Vielleicht hatte er keine Lust gehabt, sich den endlosen

Vortrag eines Möbelspezialisten anzuhören. Trotzdem war es komisch, dass er ausgerechnet heute Abend erschienen war. Wo er sonst ohne schlechtes Gewissen fast alle Termine der Initiative versäumte.

Bevor Marie über dieses Problem weiter grübeln konnte, fuhr Krätz fort: «Ich war ein bisschen zu spät. Stau, ihr kennt das ja. Der Zug war erst ein paar Minuten durch. Wenn er gekommen wäre, hätte ich ihn getroffen.»

Die Tür öffnete sich lautlos, und Frau Schmidtke kam mit den bestellten Getränken.

«Ähm, Frau Schmidtke», wandte sich der Bürgermeister an sie, «... unser Gast, den wir erwartet haben, kommt wohl doch nicht. Wegen der Zimmerbestellung ...»

«Kein Problem», sagte die Wirtin. «Er wäre eh der einzige Hotelgast gewesen», und verteilte die Getränke. «Soll ich jetzt das Essen bringen?»

Zustimmendes Gemurmel erklang, aber Marie meinte bestimmt: «Vielleicht noch zehn Minuten, Frau Schmidtke?»

Die Wirtin nickte und entschwand mit weiteren Bestellungen.

«Herr Eiselein?», fragte Marie in die erwartungsvolle Runde.

«Was wollen Sie? Ihnen hat Theo doch bestimmt mehr erzählt als mir», gab der Lehrer zurück. Sein Ton war eindeutig zweideutig, und schlagartig wurde es still im Raum.

Aha, dachte Marie. Ilse Blum hatte ganze Arbeit geleistet.

«Also wirklich, Heinz», murmelte der Bürgermeister im Ton einer schockierten Gouvernante.

«Ich weiß nur das, was alle wissen. Über die Truhe, den Frankfurter Schrank und die Ahnenbilder», verteidigte sich Eiselein. «Die letzten zwei Wochen hat Theo nur gesagt, dass er an irgendetwas ‹dran› sei. Das habe ich auch der Polizei erzählt. Und außerdem stimmt es doch. Sie müsste das doch besser wissen als jeder von uns.»

«Müsste ich vielleicht, tue ich aber nicht», gab Marie zurück. «Gut. Sobald die Polizei Theos Papiere freigibt, erfahre ich, was ich wissen will.»

«Also, ich finde, wir sollten jetzt alle auf Frau Weller anstoßen und ihr viel Glück für ihre Arbeit wünschen», sagte der Bürgermeister und hob sein Glas.

Froh über die Entschärfung der Situation, prosteten alle Marie zu. Sie hob das Glas und sagte lächelnd: «Trinken wir doch lieber auf Theo. Und auf sein Geheimnis.»

«Welches Geheimnis denn, meine liebe Frau Weller?», fragte Dolb und strich sich über das weiße Haupt.

«Das Geheimnis, weswegen er ermordet wurde», antwortete Marie fröhlich. «Wer weiß, vielleicht stolpere ich ja darüber. So ganz zufällig ... Und jetzt, meine Damen und Herren, muss ich gehen.» Marie setzte ihr Glas ab und stand mit einem Ruck auf. «Ich danke Ihnen für Ihr Vertrauen in mich. Eins kann ich versprechen: Ich halte die Augen auf. Und nicht nur nach Möbeln.»

Alle sahen ihr verwundert nach, als sie mit hoch erhobenem Kopf den Raum verließ.

Sie zahlte gerade bei Frau Schmidtke am Tresen, als Jascha sie einholte. «Was sollte das denn?»

Frau Schmidtke beugte sich neugierig vor. Entschlossen packte Marie Jaschas Arm und zog ihn mit nach draußen.

Es war noch hell, und der Sommerabend duftete nach Heckenrosen und warmem Teer.

«Was hast du da gerade abgezogen?»

«In ein Wespennest gestochen», sagte Marie zufrieden.

«Hä?»

«Jascha, wir wissen nicht, wer Theo ermordet hat oder warum. Es hängt mit *Le Chêne* zusammen. Ich stochere. Wer weiß, wen ich aufschrecke. Mehr kann ich momentan nicht tun.»

«Ich glaube nicht, dass jemand was mit deinen Bemerkungen anfangen kann.»

«Der Mörder, Jascha. Der kann etwas damit anfangen.»

Verständnislos starrte der Junge sie an.

«Wenn der Mörder da drin war, habe ich ihn aufgescheucht.»

«Und wozu?»

Ja, wozu? Das wusste sie selber nicht so genau. Sie wusste nur, dass sie etwas tun musste.

«Also weißt du, vielleicht sind meine Vorstellungen von 'ner Mörderjagd ja kindisch. Leute beschatten und so. Aber schon als Kind habe ich gelernt, dass man nicht ungestraft in 'nem Wespennest rumstochert.» Er sah sie lange an. «Mensch, Marie. Jetzt brauchst du wirklich einen, der auf dich aufpasst.»

• 14 •

Die Lampe warf einen warmen Lichtkegel auf den zerschlissenen Sessel, in den sich Marie mit angezogenen Beinen kuschelte. Ein dicker Wälzer, aufgeschlagen und unbeachtet, thronte auf der Armlehne. Der größte Teil des Zimmers lag im Halbdunkel, die vertrauten Schatten der hohen Bücherwände schlossen sich schützend um ihre Besitzerin. Reglos sah sie zum Fenster hinaus, an dem die Zweige des alten Apfelbaums im aufgekommenen Nachtwind kratzten. Die Bilder des Tages wirbelten an ihr vorbei. Gesichter, Gespräche, Momente.

War es dumm gewesen, den Mörder herauszufordern? Ins Wespennest zu stechen? Hatte der Junge Recht? Falls ihr das überhaupt gelungen war. Vielleicht hatte sie die Mitglieder der Initiative nur in der Meinung bestätigt, dass Marie Weller seltsam wurde. Was zum Teufel tat man, um einen Mörder aufzuspüren?

Der Polizei vertrauen. Aber das hatte sie schon einmal getan, und nichts war passiert. Der zerschlagene, zertrümmerte Körper von Fritz ... Nicht daran denken. Und Theo ...

Sie wandte den Kopf vom Fenster. Sie wollte nicht an den Tod denken. Mit leisem Brummen setzte sich die Heizung des Hauses in Gang. Vertraute Geräusche, als wolle das Haus sie beruhigen.

Häuser konnten nicht sterben. Vielleicht konnte man sie deshalb gefahrloser lieben? Alte Kitschnudel. Natürlich starben Häuser. *Le Chêne* war tot. Das Schloss existierte nicht mehr. Nur noch das alte Torhaus. Ein Relikt. Ein fauliger Zahn aus einem einst makellosen Gebiss. Der mit Gewalt überkront werden sollte.

Vielleicht wollte dieses Überbleibsel, dieser einsame Wächter des Schlosses, einfach nur sterben. Still in sich zusammenfallen und alle seine Geheimnisse mitnehmen. Stattdessen wurde an ihm gebohrt, gezerrt, geschminkt.

Wie fing man einen Mörder? Es war wie Schnecken fangen. Man musste sie geduldig beobachten, etwas über sie lernen. Wo sie sich am liebsten aufhielten. Zu welcher Tageszeit sie herausgekrochen kamen. Was sie am liebsten fraßen, was sie hassten. Und wie man sie am effektivsten töten konnte.

Was wusste sie über den Mörder? Nichts.

Doch: Er war rücksichtslos. Welcher Mensch ließ einen

anderen aufgespießt verbluten? Er war schnell. Egal, was Theo herausgefunden hatte, er konnte es noch nicht lange gewusst haben. Er hatte nicht bedrückt oder besorgt gewirkt. Das hätte sie doch gemerkt.

Theo musste eine Bedrohung für jemanden gewesen sein. Jemand, der schnell und rücksichtslos war. Und Dreck am Stecken hatte. Aber was rechtfertigte einen Mord? Wenn sie nur eine Idee hätte, wo sie den Mörder suchen musste. In der Initiative? Bei den potenziellen Möbelbesitzern? Ein alter Bekanntenkreis, von dem sie nichts wusste?

Es schellte laut und durchdringend. Halb zehn. Wer kam sie um diese Zeit noch besuchen?

Mühsam entknotete sie ihren Körper und suchte mit bloßen Füßen die Pantoffeln. Einer war ganz unter den Sessel gerutscht. Während sie noch mit ihrem frierenden Fuß danach angelte, schellte es zum zweiten Mal.

«Ist ja gut! Ich komme ja», murrte sie. Sie ertastete den Pantoffel, schlüpfte hinein, sprang auf – ein scharfer Stich im Rücken. Schmerzvoll verzog sich ihr Gesicht. Was war das bloß? Dieses Steife, Unbewegliche ... Ganz langsam setzte sie einen Fuß vor den anderen. Wenn sie eine kurze Strecke gehumpelt war, ging es wieder. Wie verrostete Scharniere, die quietschend wieder in Gang kamen.

Die Eingangstür klemmte natürlich. Sie musste die schwere Eichentür mit aller Kraft anheben, um überhaupt den Schlüssel drehen zu können. Schließlich ging es. Genau wie bei ihr. Verrostete Scharniere.

Vor der Tür, im matten Licht der Außenlaterne, stand Hans Müntzer. Verlegen tippte der junge Kommissar an den Rand einer nicht vorhandenen Mütze. «Kann ich reinkommen?»

Unschlüssig musterte sie ihn, bis sie sah, dass er eine Kiste unter den Arm geklemmt hatte.

«Theos Unterlagen?»

Er nickte.

Sie öffnete die Tür ein Stück weiter, und er schob sich an ihr vorbei. In der Diele brannte nur ein kleines Nachtlicht. Bewundernd betrachtete er die hohen Dielenfenster. «Schön.»

«Sie sollten es erst sehen, wenn die Sonne hereinscheint.»

«Von wann ist das Haus?»

«Mein Großvater hat es vor hundert Jahren gebaut. Für seine Frau.»

«Und Sie wohnen hier ganz allein?»

Sie nickte.

«Beneidenswert.»

Erstaunt sah sie ihn an. Mit dieser Reaktion hatte sie nicht gerechnet. Normalerweise fingen die Leute an zu lamentieren: Was? Ganz allein in so einem großen Haus? Haben Sie da keine Angst? Sind Sie nicht einsam? Also, für mich wäre das nichts ...

Irgendwann hatte sie aufgehört zu erklären, dass sie gerne so lebte. Hier. In ihrem großen Haus. Ganz allein.

Dieser junge Polizist sagte keine der üblichen Plattitüden.

«Gehen wir in die Bibliothek», meinte sie schon etwas gnädiger und wies mit der Hand auf die offen stehende Tür.

Fast vorsichtig trat er in den Raum, blieb in der Mitte stehen und sah sich um.

«Ich nenne es Bibliothek, aber eigentlich ist es nur ein Bücherzimmer. Mein Arbeitszimmer, sozusagen.»

Sie beobachtete, wie sein Blick an den zimmerhohen Bücherwänden entlangstreifte, über die großen, blumig gemusterten Sessel der Sitzecke glitt und beim Anblick ihres Schreibtisches heller wurde. Behutsam ging er darauf zu. «Ein schönes Stück. Kann ich?» Fragend hob er die Kiste.

«Stellen Sie sie nur dahin. Kann ich Ihnen etwas anbieten? Einen Tee ? Oder etwas anderes? Ein Bier habe ich auch.»

«Wenn es Ihnen nichts ausmacht, ein Bier bitte.»

«Fein. Dann trinke ich eins mit. Gut zum Einschlafen.»

Auf dem Weg in die Küche wunderte sie sich über sich selber. Aber sein offenkundiges Entzücken, die großen Augen, mit denen er ihr Haus betrachtete, nahmen sie für ihn ein.

Als sie mit dem Tablett in die Bibliothek trat, kniete er vor dem Schreibtisch und fuhr mit dem Zeigefinger über die Ornamente.

«Das ist nichts Besonderes», sagte sie verlegen. «Nur Jugendstil, aber ein schönes Stück.»

Er federte hoch. «Dieses Zimmer ist sehr schön. So harmonisch. Irgendwann müssen Sie mir das ganze Haus zeigen.»

«Da ist nicht viel dran», wehrte sie ab. «Alles marode. Die Fensterläden und Wasserleitungen sind noch aus dem Erbauungsjahr. Man müsste richtig Geld hineinstecken. Irgendwann fällt mir das alte Gemäuer über dem Kopf zusammen.»

«Dafür sieht es aber noch ganz solide aus.» Prüfend sah er zur Zimmerdecke. «Aber ich weiß, diese alten Häuser sind Groschengräber.»

«Wenn's mal Groschen wären», gab sie zurück. «Sind Sie mit den Untersuchungen fertig?» Mit dem Kopf wies sie auf die Kiste.

«Nein. Aber ich wollte Ihnen schon einmal alles bringen.» Mit abgewandtem Blick gab er ihr ein zusammengeschnürtes Bündel mit Briefen. «Tut mir Leid, dass ich sie lesen musste.»

Alle Sympathie, die sie noch vor zwei Sekunden für diesen Müntzer gespürt hatte, verflog. Fast barsch riss sie ihm das

Päckchen aus der Hand und stopfte es, ohne einen Blick darauf zu werfen, in die Tasche ihrer Fleeceweste.

«Ich ...», hilflos zuckte er mit den Schultern. «Ich musste sie lesen, verstehen Sie?»

«Nein.» Sie spürte einen Kloß im Hals.

«Darf ich?» Mit einer Kopfbewegung deutete er zum Tablett, das sie auf den kleinen Tisch in der Sitzecke gestellt hatte.

Sie schluckte, ging mit steifen Bewegungen zum Schreibtisch, öffnete die Kiste und nahm die Aufzeichnungen heraus. Müntzer schenkte das Bier in die Gläser und trat zu ihr. Auffordernd hielt er ihr ein Glas entgegen: «Friede?»

Sie nahm das Glas. «Waffenstillstand.»

Kühl und angenehm bitter rann das Getränk durch ihre Kehle, löste den Kloß. Als sie das Glas absetzte, hatte sie sich wieder im Griff.

«Was sind die Motive für einen Mord?», fragte sie.

Erstaunt sah er sie an. «Mehr allgemein oder speziell bei Dr. Bernd?»

«Formulieren Sie es ruhig allgemein. Über Ihre Ermittlungsergebnisse werden Sie mir sowieso nichts sagen.»

Er lachte, lehnte sich mit der Hüfte gegen den Schreibtisch und schien zu überlegen.

Das Lampenlicht streifte sein sandfarbenes Haar und ließ es golden leuchten. Er war gut einen Kopf größer als sie. Nicht unbedingt häufig, immerhin war sie in ihrer Jugend ein großes Mädchen gewesen. Zu groß, da hatte alles Hübschsein nichts genutzt. Damals waren die Menschen einfach kleiner. Kein Mann blamierte sich gerne mit einer Tanzpartnerin, der er beim Tango nicht auf den Busen, sondern auf den Bauchnabel stierte. Sie war einfach zu früh geboren. Die falsche Zeit. Heutzutage waren Mädchen von eins achtzig normal.

«Es gibt unendlich viele, aber eigentlich sind es immer nur Variationen zweier zentraler Motive: Geld und Liebe», sagte er schließlich.

«Liebe?»

«Enttäuschte Liebe, verratene Liebe, betrogene Liebe, verschmähte Liebe, nicht zu vergessen Eigenliebe. Suchen Sie sich etwas aus.»

«Was ist mit Drogen?»

«Geld. Genau wie bei Waffenschiebereien, Autohandel, Markenbetrug, Kinderpornographie.»

«Nur diese zwei? Geld und Liebe?»

«In Variationen so zahlreich wie die Haare auf Ihrem Kopf. Da gibt's natürlich noch die Psychopathen und Triebtäter, aber wenn Sie lange genug graben, kommen auch da die alten Motive ans Licht.» Er nahm einen Schluck und fragte: «Wozu wollen Sie das wissen?»

«Merkwürdig. Ich dachte immer, dass diese beiden Dinge nichts miteinander zu tun hätten. Geld und Liebe.»

«Würden Sie mir bei den Papieren helfen?», fragte er unvermittelt. «Das meiste ergibt keinen Sinn, jedenfalls für uns nicht. Ich dachte mir, dass wir es vielleicht gemeinsam durchgehen könnten.»

Sie zögerte.

«Sie wollen doch, dass der Mörder gefunden wird, oder?»

«Ich dachte, Sie verdächtigen mich.»

«Umso besser für Sie. Da können Sie mich gleich auf eine falsche Spur lenken.» Seine Stimme war weich, verlockend.

«Ein gutes Argument. Also los.»

Hans Müntzer leerte die Kiste mit einem Ruck auf den Tisch. Marie knipste die pergamentfarbene Schreibtischlampe an und setzte sich. «Nehmen Sie sich einen Stuhl», wies sie den Kommissar an und setzte ihre Lesebrille auf, die sie an einem Band um den Hals trug. Suchend sah sich der Kommissar um. Außer den beiden schweren Sesseln gab es keine Sitzgelegenheiten.

«Küche.» Marie begann, die Papiere zu ordnen. «Durch die Diele, erste Tür rechts. Bei den Fenstern.»

Müntzer trottete gehorsam los. In der Diele blieb er stehen, um sich zu orientieren. Diese riesigen Fenster waren einfach phantastisch. Ein großes in der Mitte mit einem Rundbogen, der kurz unter der Zimmerdecke endete. Und zwei etwas schmalere, die vom Fußboden bis nach oben reichten. Die Fenster waren durch Sprossen in ein geometrisches Muster unterteilt, das großzügig genug war, um die Bäume und einen Teil des Gartens zu erahnen. Langsam ging er darauf zu. Das Glas war dicker als normales Fensterglas. Leicht gewellt. Rot, gelb, blau, violett, orange, grün. Wenn die Sonne durchfiel, musste sie Regenbogen in die Diele zaubern.

Die Küchentür stand offen. Er tastete die Wand entlang, bis er den Lichtschalter fand. Keinen modernen Kippschalter, sondern einen Knopf, der sich mit lautem Knacken drehen ließ und erst nach mehreren Drehungen das Licht freigab.

Die Küche war groß, schwarz-weiß gefliest, von einem riesigen, fast zugewachsenen Fenster beherrscht. Ein langer, glänzender Eichentisch, von schweren Stühlen umringt, ein altertümlicher Gasherd, ein mannshoher Kühlschrank und eine marmorierte alte Steinspüle. So etwas hatte er schon lange nicht mehr gesehen.

Ein ganz schwacher Duft nach Kuchen lag im Raum. Apfelkuchen, tippte er. Diese Küche schrie nach einer kleinen, dicken Oma mit geblümter Schürze. Marie Weller konnte er sich nicht richtig darin vorstellen. Irgendwie passte sie besser in ihr Bücherzimmer.

Der Stuhl war noch schwerer, als er aussah. Erleichtert stellte er ihn neben dem Schreibtisch ab.

In seiner Abwesenheit hatte sie die Papiere in drei Häufchen geordnet. Sie schob ihm das erste davon hin: «Das sind die Möbel, die Theo schon angekauft hat. Ein Frankfurter Schrank, um 1720. Schönes Stück. Hier die Kaufbelege, Restaurierungsfotos, Kostenbeleg etc.»

«Und der stand damals schon in *Le Chêne*?»

«Der Schrank hat kein Wappen. Ob es genau dieser war, ist fraglich. Aber sehen Sie, hier gibt es eine alte Inventarliste.» Damit griff sie zum zweiten Stapel und zeigte ihm mehrere kopierte Blätter.

«Es gab einen Frankfurter Schrank in *Le Chêne*. Unser Exemplar ist ein besonders schönes Stück mit dreierlei Nussbaumfurnier. Normalerweise zahlen Sie für so einen 30 000 Euro. Hier sind Unterlagen über den Vorbesitzer. Theo hat ihn auf 10 000 heruntergehandelt, weil er behauptet hat, der Schrank sei nicht mehr zu restaurieren.»

«Ganz schön unfair, oder?»

Sie zuckte mit den Achseln. «So läuft das nun mal. Außerdem hat er dem Restaurator tatsächlich 5000 Euro gezahlt. Sehen Sie sich die Fotos an.»

Interessiert beugte sich Müntzer vor. Es waren verschiedene Farbfotos, die den wuchtigen Schrank, in Einzelteile zerlegt, zeigten. Ein Foto zeigte seinen Unterbau, offen gelegt und mit etwas Zerkräuseltem gefüllt.

«Das ist ein hundert Jahre altes Mäusenest im Sockelgeschoss. Hat der Restaurator gefunden», sagte Marie lächelnd.

Interessiert hob Müntzer das Foto näher an die Augen, konnte aber einfach nur komisches Gekräusel erkennen.

«Das sind Belege über die Ahnenbilder. Von der Familie *de la Forêt* für die Möblierung gestiftet. Nichts Besonderes, unbedeutende Maler, aber ganz dekorativ. Irgendwelche weit verzweigten Vettern.»

Sie schob Müntzer ein Päckchen Fotos hin. Langnasige Männer in schwarzer Kleidung oder mit breiten Spitzenkragen, die hochmütig an dem Betrachter vorbeisahen.

«Und hier eine lothringische Kommode mit Bronzeverzierungen. Um 1700. Hat er auch billig bekommen. Sie hat auf der Rückseite das Brandwappen, ist also ein Original, das früher im Schloss stand.»

Marie lehnte sich zurück und nahm einen Schluck aus ihrem Glas.

«Wollen Sie das ganze Torhaus möblieren?», fragte Müntzer.

Marie lachte. «Das können wir uns gar nicht leisten. Im Wesentlichen geht es um schön platzierte Einzelstücke und ein einziges ‹Schauzimmer›, wenn Sie so wollen. Ansonsten gibt es Pläne, *Le Chêne* mit dem Kulturamt zusammen zu betreiben. Also neben Führungen auch kleinere kulturelle Ereignisse dort zu veranstalten. Lesungen, Kammerkonzerte. So etwas eben.»

«Und dieser Stapel?»

«Das sind handschriftliche Notizen, Vermutungen, wo sich Möbel befinden, Anschreiben. Das muss ich in Ruhe durchsehen.»

«Ich lasse Ihnen die Papiere ungern hier», wandte Müntzer ein. «Nicht ausgeschlossen, dass wir darin einen Schlüssel zu Dr. Bernds Ermordung finden.»

Marie hob bedauernd die Hände. «Dann kann ich Ihnen auch nicht weiterhelfen. Ich brauche bestimmt Tage, um all diese Zettel zu ordnen und ihren Sinn zu verstehen. Zum Beispiel hier: ‹*Fénétrange*, Monsieur X, Heuchelstrass.› Keine Ahnung, was das bedeutet.»

Müntzer nickte und biss sich auf die Unterlippe. «Ein Vorschlag. Sie behalten die Papiere bis morgen Abend. Und sehen, was Sie herausbekommen. Abgemacht?»

Marie nickte und stand auf. «Seien Sie mir nicht böse, aber ich muss jetzt schlafen. Die letzten Tage ...»

Schnell sprang er auf. Natürlich, sie war eine alte Frau. Und er überfiel sie noch so spät.

«Entschuldigen Sie die Störung. Und – danke für die Mitarbeit.»

Als sie die schwere Eichentür hinter ihm schloss, hatte sie kurz ein schlechtes Gewissen. Obwohl – richtig angelogen hatte sie ihn nicht. Sie wusste wirklich nicht genau, was Theos Notizen bedeuteten. Aber sie hatte so eine Ahnung. Jedenfalls wusste sie jetzt, wie es weitergehen konnte bei der Mörderjagd.

• 15 •

Sie wusste nicht, was sie geweckt hatte. Sie war plötzlich wach, das genügte.

Mit weit aufgerissenen Augen lag sie in der Dunkelheit. Der sichelförmige Mond tauchte das Zimmer in fades, bläuliches Licht. Er löste die vertrauten Silhouetten ihres bauchigen Kleiderschrankes, der gedrungenen Kommode und der zierlichen Sesselchen auf. Ließ sie verschwommen und unwirklich werden.

Mit jeder Faser ihres Körpers lauschte sie nach unten. Zu den verstohlenen Schritten in ihrer Diele.

Da war kein Treppenknarren, nur dieses leise Schleichen. Ganz vorsichtig richtete sie den Oberkörper auf und schwang die Beine aus dem Bett. Ein lautes Knistern. Die Briefe. Theos Briefe, die sie mit nach oben genommen hatte. Um sie dann doch nicht zu lesen. Mit zitternden Händen raffte sie die Umschläge zusammen und schob sie unter den Bund ihrer Schlafanzughose. Den Blick unverwandt auf die Türklinke gerichtet.

Bewegte sich die Klinke? Ihr Herzschlag raste. Sie blinzelte heftig. Unbeweglich schimmerte das Messing im Mondlicht. Mit unsicheren Schritten näherte sie sich der Tür. Drehte den schweren Eisenschlüssel im Schloss. Atmete durch.

Vorerst war sie in Sicherheit. Die Tür war stabil. Was jetzt? Jemand war im Haus. In Zeitlupe lehnte sie ihr Ohr an die Tür, versuchte die Geräusche zu orten. Alles war totenstill. Dieses schleichende Geräusch war verstummt. Sie konnte nur ihren eigenen Herzschlag hören, der ihr so laut und pochend vorkam, dass sie befürchtete, sogar der Eindringling könne ihn hören.

Jemand war in ihrem Haus. Sie konnte es spüren. Durch die geschlossene Tür, durch das Treppenhaus.

Suchend blickte sie sich im Zimmer um. Eine Waffe, irgendetwas.

Der Elektroschocker. Natürlich im Wohnzimmer in der Schreibtischschublade. Günstig. Einmal hätte sie ihn jetzt gebrauchen können. Der Kerzenleuchter. Fünfarmig. Schmiedeeisern. Schwer genug, um Schädel zu zertrümmern. Sie machte einen Schritt darauf zu. Dann sah sie sich eine Sekunde lang selbst. Eine dürre alte Frau, die mit einem lächerlichen Kerzenständer, den sie kaum heben konnte, durch das dunkle Treppenhaus geisterte.

Sie musste aus dem Haus.

Lautlos tastete sie sich zum Sessel, schlüpfte in ihre Sandalen, huschte zum geöffneten Fenster.

Der rettende Boden war so weit unten. Sie musste es versuchen. Das Abflussrohr. Müsste eigentlich halten. Raus hier. Weg von diesen heimlichen Schritten, von der Vorstellung, dass die Treppe knarrte, die Klinke sich bewegte, die Tür nicht hielt ...

Ungelenk kletterte sie auf die Fensterbank, umfasste mit einer Hand das Rohr. Viel zu glatt. Das klappte nie. Die Schellen, die die einzelnen Rohrstücke miteinander verbanden, könnten den Füßen Halt bieten. Der Efeu. Die knorrigen Äste, die das Haus umklammert hielten. In Jahrzehnten armdick geworden. Hoffentlich stabil.

Sie legte beide Hände um das Rohr, klammerte sich fest, tastete mit einem Fuß die Mauer ab, bis sie einen Ast fand, der dem suchenden Fuß Stütze bot. Sie zog den zweiten hinterher. Der Ast bog sich, senkte sich nach unten. Die Hände rutschten. Ohne zu überlegen, ertastete sie die Schelle, verlagerte das Gewicht, bevor der Ast brach. Die Hände rutschten am glatten Rohr ab, bis die nächste Schelle sie mit scharfkantigem Eisen stoppte. Die Füße strampelten wild suchend durch das dichte Blätterwerk. Da. Der nächste Halt. Nur weg von hier. Irgendwie nach unten. Schlingernd und wild balancierend über dem Abgrund.

Aber das Haus half. Es schob Äste unter die Leere der Füße, und dort, wo das Rohr zu glatt war, festes Blätterzeug, das durch Saugnäpfe untrennbar mit dem Putz verbunden war.

Einen Meter über dem Boden wurde der Efeu dünner. Ihre Hände und Beine waren aufgerissen und blutig. Die Fingernägel, die sich in den bröckelnden Putz gekrallt hatten, abgebrochen. Sie presste ihr Gesicht fest an die Hausmauer. Atmete tief den dunklen Efeugeruch. Los, spring, dachte sie. Das ist der einzige Weg zum Boden. Spring!

«Kommen Sie, Frau Weller. Trinken Sie.»

Dankbar nahm sie das Glas mit der hellgrünen Flüssigkeit entgegen. Der Duft von Kräutern und Alkohol zog in ihre Nase. Zuerst schmeckte es unangenehm süß, dann wohltuend streng und bitter. Der Alkohol wärmte ihren Körper.

«Achtundfünfzig Prozent. Nicht schlecht. Mmmh. Eigentlich mag ich keinen Likör, aber der hier ...» Anerkennend hob Ilse Blum ihr Cognacglas und schwenkte die Flüssigkeit hin und her. «*Chartreuse.* Den muss ich mir merken.»

«Die Mönche von Chartreuse stellen ihn her. Nur Kräuter und Alkohol.» War das ihre Stimme? So matt und weit entfernt.

«Diese Franzosen», kicherte ihre Nachbarin. «Gut für den Schreck, muss man sagen», und nahm einen weiteren schmatzenden Schluck.

Erschöpft schloss Marie die Augen. Sie fühlte ihren Puls in den zerschnittenen Händen pochen.

«Ich habe ja gedacht, ich bekomme einen Schlag, als Sie an der Tür klingelten. Ganz zerrissen und blutig.»

«Tut mir leid», murmelte Marie.

«Tut es noch weh?», fragte Ilse Blum, mehr neugierig als mitfühlend.

Marie öffnete die Augen und musterte ihre verbundenen Hände.

«Also dass Sie aus dem Fenster geklettert sind ... In Ihrem Alter. Sagenhaft! Gott sei Dank nur Hautabschürfungen. Wenn man diesem jungen Notarzt glauben kann.»

Wieder kicherte Ilse und bediente sich am Chartreuse. «Wirklich ein gutes Zeug. An den könnte ich mich gewöhnen.»

Seufzend richtete sich Marie auf und hielt ihr auffordernd ihr Glas entgegen.

«Auf den Schock», sagte die fröhliche Ilse und schenkte nach.

Peter Blum und ein Beamter in Uniform betraten das Zimmer.

«Er ist durch das Küchenfenster rein», erklärte der Beamte. «Hat einfach das Sprossenfensterchen neben der Klinke aufgeschlagen und den Fensterriegel geöffnet. Mein Kollege nagelt Ihnen da provisorisch was vor.»

Und wirklich erfüllten im gleichen Moment laute Hammerschläge ihr Haus.

«Trotzdem sollten Sie heute Nacht vielleicht besser woanders schlafen.»

«Nein. Ich bleibe hier», erklärte Marie fester, als sie sich fühlte.

«Wir haben ein Gästezimmer. Das ist überhaupt kein Problem», schlug Peter Blum vor und suchte den Blick seiner Frau. Die nickte begierig.

«Sie waren schon so hilfsbereit. Nochmals vielen Dank.»

«Wir sind doch Nachbarn», strahlte Ilse, die die Aufregung sichtlich genoss.

Marie Weller schüttelte entschieden den Kopf. Noch mehr Bemutterung und Geplapper von Ilse Blum konnte sie unmöglich ertragen.

«Und Sie sagen, es fehlt nur diese Kiste?», fragte der Beamte weiter.

Marie nickte. «Ein Pappkarton. Die Unterlagen von Dr. Bernd. Würden Sie bitte Kommissar Müntzer benachrichtigen, dass sie mir gestohlen wurden?»

«Natürlich. Und Sie kommen morgen auf der Wache vorbei. Da nehmen wir die Anzeige auf. Überlegen Sie sich nochmal, ob Sie nicht doch lieber bei Ihren Nachbarn schlafen wollen.»

Wieder schüttelte Marie energisch den Kopf. Allein die Vorstellung, morgens beim Aufwachen in die Froschaugen von Ilse zu schauen – alles, nur das nicht.

«Wie Sie meinen.» Der Beamte tippte an seinen Mützenrand und verließ, gefolgt von Peter Blum, das Wohnzimmer.

«Also, so was», meinte Ilse, die den Männern nachsah. «Erst der Mord an Dr. Bernd, und jetzt geraten auch Sie noch in tödliche Gefahr.»

«Ich bin doch abgehauen.»

«Und Recht hatten Sie.» Ilse senkte vertraulich die Stimme: «Ich finde das ja so etwas von blöde, wenn in den Filmen die Heldin, nur mit einem Kerzenleuchter bewaffnet, nach unten geht, um die Eindringlinge zu stellen.»

Marie sah sich selbst mit dem Kerzenleuchter und begann zu lachen: «Ich auch, ehrlich gesagt.»

Die Hammerschläge verstummten, ein Motor sprang an, und Peter Blum kam zu den beiden Frauen ins Zimmer.

«Also, heute Nacht sind Sie sicher. Aber Sie müssen morgen gleich den Glaser bestellen. Ich würde Ihnen empfehlen, sich Eisengitter an den unteren Fenstern anbringen zu lassen. Ich kenne einen sehr guten Kunstschmied. Wenn Sie wollen, sage ich ihm Bescheid.»

Marie biss sich auf die Lippen. Was das wieder kosten würde? Aber ihr blieb keine andere Wahl.

«Sind Sie sicher, dass Sie heute Nacht allein bleiben wollen?», fragte Peter Blum besorgt.

Wieder nickte Marie, diesmal entschiedener.

«Komm, Püppchen. Dann wollen wir Frau Weller in Ruhe lassen. Sie müssen ja völlig erschöpft sein.»

Püppchen. Fast hätte Marie wieder angefangen zu lachen.

Hastig leerte Püppchen ihr Glas und sprang auf. Marie begleitete die beiden zur Eingangstür.

«Nochmals vielen Dank für Ihre Hilfe.»

Peter Blum nahm vorsichtig ihre Hand. «Gern geschehen. Scheuen Sie sich nicht, anzurufen oder zu klingeln, wenn wir etwas für Sie tun können.»

Seine Frau schlang ihre Arme um Marie und flüsterte: «Wegen der Kosten für die Fenstergitter: Machen Sie sich keine Sorgen. Sie haben doch diesen entzückenden Einkaräter im Laden. Mein Peterchen hat jetzt bestimmt nichts mehr dagegen, dass ich ihn kaufe. So ein schöner Ring.»

Verschmitzt blinzelte sie Marie zu und hüpfte hinter ihrem Mann die dunkle Einfahrt entlang.

Marie sah ihnen nach. In ihrem Rücken spürte sie ihr Haus. Dunkel und fremd, fast bedrohlich. Nie hätte sie gedacht, dass sie es einmal bedauern würde, den Frosch von hinten zu sehen.

• 16 •

Verdammt, es klappte einfach nicht. Entmutigt ließ Marie die verhedderte Verbandsrolle auf den Tisch fallen.

Ein Trommeln am Fenster. Erschrocken fuhr sie hoch. Hinter der Scheibe sah sie Jascha stehen, der leicht mit den Fingerspitzen gegen das Glas schlug. Müde stand sie auf. Die schon verbundene linke Hand schmerzte, als sie den Riegel drehte und das Fenster öffnete. Ob sie so überhaupt Auto fahren konnte?

«Ich war schon zweimal hier.» Jascha zog sich am Fensterbrett hoch und kletterte leichtfüßig in die Küche.

Irritiert sah Marie ihm zu. So einfach war das. Sie musste unbedingt Eisengitter anbringen lassen.

«Tut ganz schön weh, was?», fragte er und zeigte auf ihre Hand. «Soll ich?»

Sie nickte.

Er setzte sich ihr gegenüber und nahm die verletzte Hand ganz zart in seine. «Du hättest dir den Hals brechen können.»

«Habe ich aber nicht.»

«Trotzdem war's 'ne blöde Aktion.»

«Woher weißt du überhaupt schon alles?»

«Buschtrommeln.»

«Ilse Blum.»

Er nickte. Erst nach einer Weile fügte er hinzu: «Die saniert die Telekom. Erzählt jedem, wie du blutüberströmt und im wehenden Nachthemd bei ihr aufgekreuzt bist.»

«Es war ein Schlafanzug.»

Mit dem Zeigefinger verstrich er sorgfältig die Salbe auf ihrer Hand. Geschickt entwirrte er die Verbandsrolle und drehte sie wieder ein.

«Du kannst dir Handschuhe kaufen. Weiße Baumwolldinger. In der Apotheke. Dann brauchst du die Verbände nicht.»

Seit er hier war, hatte er noch kein einziges Mal gelächelt. Keine Witzeleien, keine aufgeregten Fragen.

Behutsam begann er, den Verband um die verletzte Hand zu wickeln.

Besser nicht nachfragen. Wenn er wollte, würde er es ihr schon erzählen.

«Ich war heute Morgen schon auf der Wache. Wegen der Anzeige», sagte sie knapp.

Er nickte.

«Und der Glaser war da.»

Wieder dieses stumme Nicken.

«Der Frosch und ihr Mann waren übrigens sehr nett. Ich war froh, dass sie mir geholfen haben.»

Spätestens jetzt müsste eine Reaktion kommen. Stattdessen befestigte er den Verband mit einer Klemme und murmelte: «Fertig.»

«Heute Nachmittag fahre ich nach *Fénétrange.*»

Endlich zeigte sich so etwas wie Interesse in seinem Blick.

«Ich habe doch Theos Papiere durchgesehen. Da war eine Notiz über den Ort. *Fénétrange*, Monsieur X, Heuchelstrass.»

«Ja und?»

«*Fénétrange* ist ein Ort in Lothringen. Die Heuchelstrass ist die alte Hauptstraße. Johann Michael Moscherosch hat eine Schmähschrift darüber verfasst, um 1700. Monsieur X – ich werde nachfragen, ob dort jemand wohnt, dessen Name mit X beginnt.»

Ohne sie anzusehen, schraubte er die Salbentube zu und ordnete die noch verpackten Verbandsrollen zu einem kleinen Häufchen.

«Und wenn wir da nicht weiterkommen, fahren wir nach Nancy. Plan B.»

Er hielt den Kopf gesenkt und spielte mit den Verbänden.

«Was ist los, Jascha?»

Ein Kopfrucken, ein wütendes Blitzen: «Ist doch alles Quatsch! Mörderjagd. Du bist eine alte Schachtel und ich ...»

Er hielt inne und schluckte. «Ich bin ein Spinner. Ein dämlicher, pubertierender, kleiner Spinner.»

Sie stand auf, packte die Verbandsrollen und verließ die Küche. Auf der Treppe griff sie zu fest an das Geländer und konnte nur mit Mühe ein Stöhnen unterdrücken.

Ihre verdammten Hände hatte sie schon wieder vergessen. Sie musste sich daran gewöhnen, die nächsten Tage nichts zu fest anzufassen.

Im Schlafzimmer warf sie die Reisetasche auf das Messingbett und begann, im Schrank zu kramen. Ein Nachthemd, eine Hose zum Wechseln ...

«Was machst du?» Jascha war ihr nachgeschlichen und stand mit hängenden Schultern an der Zimmertür.

«Ich wollte dich sowieso nicht mitnehmen. Ist schon besser so.»

«Du fährst allein?»

Ohne zu antworten, ging sie an ihm vorbei ins Bad. Sie zerrte ihren Kulturbeutel aus dem verzogenen Wandschrank und trat ans Waschbecken. Im Spiegel sah sie, dass er schon wieder hinter ihr stand.

«Was willst du denn noch?», fuhr sie sein Spiegelbild an.

Mit gesenktem Kopf lehnte er an der Tür. Sie begann, Zahnbürste, Seife und Creme wahllos in ihren Beutel zu werfen.

«Ich habe ihr die Wasserrose geschenkt. Sie hat sie mir zurückgegeben», kam es leise von der Tür.

Sie hob den Kopf und suchte seinen Blick im Spiegel. Unglücklich sah er sie an. «Ich habe ihr erzählt, dass wir versuchen wollen, etwas über Theos Tod herauszubekommen. Sie hat mich ausgelacht. Sie hat gesagt, du wärst eine alte Schachtel und ich bloß ein pubertierender, kleiner Spinner.»

Hanna natürlich. Seine grauen Augen schimmerten verdächtig unter den schwarzen Wimpern. Sein Kehlkopf zuckte. Heißes Mitleid überfiel sie ohne Vorwarnung.

«Du bist siebzehn, oder?», herrschte sie ihn an. «Bald achtzehn. Alt genug, zu entscheiden, welches Urteil der Leute du annimmst. Wenn du selbst denkst, du bist ein pubertierender Spinner, bist du es auch.»

Sie sah ihn nachdenken, diesen jungen Mann. Verliebt

und in seinem Stolz verletzt von seiner Angebeteten, die selbst noch zu jung war, um die Avancen junger Männer zu schätzen. Könnte sich ändern. Spätestens, wenn diese Hanna eine alte Schachtel war und diese Avancen ausblieben.

«Alte Schachtel hat sie gesagt?», fuhr sie fort und schnaubte durch die Nase. «Unverschämt.»

«Stimmt doch.» Ein schwaches Grinsen stahl sich in seine Mundwinkel.

«Nicht zu alt, um es nicht sehr übel zu nehmen, wenn meine Freunde ermordet werden.»

Ihre Blicke trafen sich im Spiegel. Langsam hellten sich seine Gesichtszüge auf. «Bleiben wir über Nacht?»

«Kommt darauf an, wie gut wir vorankommen.»

Sie sah, wie seine Schultern sich strafften. «Okay. Ich sause los und packe meine Sachen.» Er drehte sich um und rief über die Schulter: «Nicht ohne mich fahren!»

Als er verschwunden war, lächelte sie sich zu.

War sie das im Spiegel? Diese alte Frau mit der fahlen Gesichtsfarbe? Das Lächeln verschwand. Hanna hatte Recht. Eine alte Schachtel und ein Kind. Gott, auf was ließ sie sich ein? Jetzt hatte sie auch noch die Verantwortung für den Jungen am Hals.

«Du bist alt genug zu entscheiden, welches Urteil der Leute du annimmst», erzählte sie ihrem Spiegelbild. «Wenn du denkst, du bist eine alte Schachtel, dann bist du eine.»

«Frau Weller? Sind Sie da?», rief jemand von unten.

Hatte Jascha die Haustür nicht zugemacht? Verdammt, hundertmal hatte sie ihm gepredigt, die Tür fest zuzuziehen.

«Ich komme», rief sie und lief zur Treppe.

Am Treppenaufgang stand Thomas Müntzer. Der hatte ihr gerade noch gefehlt.

«Die Kollegen vor Ort haben mir von dem Einbruch erzählt», sagte er, als sie unten bei ihm ankam.

Mit ausgestreckter Hand deutete sie auf das Arbeitszimmer.

«Waren Sie beim Arzt?», fragte er mit Blick auf ihre bandagierten Hände.

«Unsinn. Wegen der paar Schürfungen. Das kommt davon, wenn man in meinem Alter den Klettermaxe spielt.»

«Was ist passiert?»

Sie ging voraus. «Ich bin aufgewacht und habe Schritte im Haus gehört. Da habe ich es mit der Angst zu tun bekommen. Also bin ich aus dem Fenster geklettert.»

Kopfschüttelnd ließ er sich in einen der Sessel sinken.

«Meine Nachbarn, die Blums, haben dann die Polizei informiert und sind auch zusammen mit mir zurück ins Haus. Aber der Einbrecher war schon weg.»

«Und er hat nur den Karton mit den Papieren mitgenommen?»

Sie richtete sich in ihrem Sessel auf. «Werden Sie jetzt Ärger bekommen? Dass Sie mir die Papiere gebracht haben, war doch, na ja, irgendwie inoffiziell, oder?»

Er rieb sich mit einer Hand über sein Kinn: «Viel wichtiger ist, wer überhaupt wusste, dass die Papiere bei Ihnen waren.»

«Niemand», antwortete sie prompt. Dann fiel es ihr ein. Das Wespennest. Die Initiative. Sie hatte zwar nicht gesagt, dass die Papiere an diesem Abend kommen würden. Schließlich hatte sie das selbst nicht gewusst. Aber sie hatte laut und deutlich verkündet, dass sie die Absicht habe, die Papiere durchzusehen. Also musste nur jemand ihr Haus beobachten. Aber das würde sie Müntzer nicht auf die Nase binden.

«Frau Weller, das gefällt mir nicht», sagte der Kommissar.

«Zuerst dieser Mann, der uns auf *Le Chêne* belauscht hat, jetzt der Einbruch ...»

Sie zuckte mit den Achseln und betete, dass Jascha noch eine Zeit lang brauchen würde. Es wäre bestimmt nicht leicht, Müntzer die Fahrt nach *Fénétrange* zu erklären. Schließlich hatte sie ihm gestern noch gesagt, sie könne mit der Notiz nichts anfangen.

«Sie sind in etwas Gefährliches verwickelt. Und ich werde das Gefühl nicht los, dass Sie daran nicht ganz unschuldig sind.»

Empört richtete sie sich auf.

«Frau Weller, der Einbrecher hat noch nicht einmal so getan, als würde er sich für etwas anderes als die Unterlagen von Dr. Bernd interessieren. Sie wissen, was das heißt?»

Und ob sie das wusste. Das hieß, dass sie den Mörder am Wickel hatte. Und was noch wichtiger war: Sie wusste, wo sie ihn suchen musste.

• 17 •

Die Straße schlängelte sich durch die Hügellandschaft. Ein endlos glitzerndes Band unter dem blauen Himmel Lothringens, sanft umrahmt vom grün-gelben Flickenteppich der Felder, von kleinen Wäldchen oder einsamen Bauernhöfen aus braunen, unregelmäßigen Steinen mit Trauerweiden davor, deren üppige Äste die Erde streichelten. Und über allem dieser träge blaue Himmel, an dem nur ganz vereinzelt weiß hingetupfte Wölkchen hingen.

Marie hielt das Steuerrad zwischen den Handballen und genoss den sanften Fahrtwind mit seinem Sommergeruch.

Jascha, die Füße auf das Armaturenbrett gestützt, hielt den Kopf über ein handtellergroßes Stück Holz gebeugt. Sein Schnitzmesser schabte, schnitt Kerben und ließ feine Holzspäne auf seine Hose rieseln.

Seit sie in Forbach über die Grenze gefahren waren, hatten sie kein Wort mehr geredet. Anfangs hatte er noch aus dem Fenster gesehen, vor allem, wenn sie durch eines der zahlreichen Lothringer Straßendörfer fuhren. Doch schon bald hatte er sein Schnitzmesser ausgepackt.

Sie hatte sich gefreut, als sie ihn schnitzen sah. Klug von Hanna, seine Wasserrose nicht anzunehmen. Eines seiner schönsten Stücke mit dem winzigen Käfer auf einem Blatt. Er hätte sich nur falsche Hoffnungen gemacht. Siebzehn, ein grässliches Alter.

Aber siebzig war auch nicht gerade der Hit. Wie schwer nahm er die Geschichte mit seiner Hanna? Wie schwer nahm sie die Geschichte mit Theo? Seine Briefe, die sie aus Angst, der Schmerz könne den Zorn verdrängen, noch immer nicht gelesen hatte. Zorn war kein schlechtes Gefühl. Es mobilisierte. Schmerz lähmte.

«Wer ist denn der Moscherosch, von dem du geredet hast?», fragte Jascha.

Sie schrak aus ihren Gedanken. «Ein Dichter. Er war Amtmann in Finstingen, dem heutigen *Fénétrange*. Er hat den Ursprung alles Schlechten auf der Welt reduziert auf das, was er in Finstingens Hauptstraße sah. Die ‹Straße der Heuchler› als Prinzip der Welt.»

«Der muss die Initiative gekannt haben», sagte Jascha spöttisch.

«Findest du, dass sie alle Heuchler sind?»

«Du nicht?»

«Moscherosch hat in düsteren Zeiten gelebt. Während des

Dreißigjährigen Krieges. Dazu wütete noch der schwarze Tod», erzählte sie und genoss die sonnendurchflirrten Felder, die draußen vorüberrauschten.

«Schön blöd, dass Theos Unterlagen weg sind», sagte Jascha, ohne von seiner Schnitzerei aufzusehen. «Erinnerst du dich noch an etwas? Ich meine, außer dem geheimnisvollen Monsieur X?»

«Kaiserslautern, Roentgen, stand auf einem Zettel.»

«Roentgen?»

«Deutsche Möbelmacher. Kann sein, dass auf *Le Chêne* ein Stück von ihnen stand.»

«Komisch, so viele deutsche Möbel. Auch der Frankfurter Schrank. Das waren doch Franzosen auf *Le Chêne*, oder?»

«Das Schloss war für damalige Verhältnisse sehr modern möbliert. Vergiss nicht, das war zu Zeiten von Marie Antoinette, einer Österreicherin. Mit einem Faible für deutsche Möbelmacher. Die waren damals ‹in›.»

«Wäre doch irre, wenn die Geschichte mit ihrem Schmuck stimmen würde. Stell dir vor, wir würden ihn auf *Le Chêne* finden.» Er grinste mit träumerischem Glanz in seinen Augen.

Sie lächelte. «In meiner Jugend haben wir regelrechte Schatzsuchen veranstaltet. Aber leider ist die Geschichte vom Schmuck der Marie Antoinette wirklich nur eine Sage.»

«Bist du sicher?»

«Sehr. Sieh mal. Reiher.»

Er beugte sich vor. Zwei der großen Vögel standen unbeweglich in einem kleinen Teich am Straßenrand.

«Erst die Reiher, dann die Weiher. So habe ich mir als Kind den Weg gemerkt. Hier müssen wir abbiegen», sagte Marie und fasste das Steuer fester.

«Als ich klein war, sind wir mal zum Mittersheimer Weiher gefahren. Bin fast drin ertrunken. Mein Vater hat mich in letzter Sekunde rausgezogen. Damals hat er noch gedacht, ich wäre ein würdiger Stammhalter.»

«Meinst du, sonst hätte er dich ersaufen lassen?»

«Kann schon sein.» Er zuckte die Achseln.

Marie setzte den Blinker, und gemächlich tuckerten sie auf den kleinen Ort zu.

Wie bei allen lothringischen Städtchen tauchte als Erstes der Kirchturm auf. Die Stoßdämpfer des alten Renault taten ihr Bestes, als sie die steile Kopfsteinstraße hinunterfuhren. Trotzdem wurden sie heftig durchgerüttelt. Als sie sich der alten Stadtmauer näherten, wandelte sich der Straßenbelag in löchrigen Asphalt, und Marie hatte alle Mühe, den schlimmsten Schlaglöchern auszuweichen.

«Hier kannst du parken», rief Jascha, der angestrengt aus dem Seitenfenster spähte.

Als der Wagen endlich stand, atmete Marie tief durch. Ihre Hände brannten.

Mit einem Satz war Jascha aus dem Auto und betrachtete mit großen Augen die alte Stadtmauer mit dem Torhaus.

«Super. 'ne Kneipe», rief er begeistert. «Sollten wir aus unserem Torhaus auch machen.»

Ohne ihn zu beachten, bog Marie in eine der kleinen Gässchen, die, von eng stehenden, schiefen Häusern gesäumt, in einer Art Labyrinth um den kleinen Platz vor der Stadtmauer und dem Torhaus führten.

«Schau dir die Straßenschilder und die Gedenktafeln an. Wir suchen entweder die Heuchelstrass oder das Geburtshaus von Moscherosch.»

«Sollen wir nicht erst was trinken?», fragte Jascha.

Marie nahm seine Anmerkung überhaupt nicht zur Kenntnis. «Sieh dir auch die Namensschilder an. Ob du einen Namen mit X findest.»

Maulend taperte Jascha hinter ihr her.

Die Gässchen lagen verlassen in der spätnachmittäglichen Sommerhitze. Nur vereinzelt sahen sie dunkeläugige Kinder, die ihnen neugierig nachstarrten. Vor manchen der schiefen Eingänge warteten ausgediente Stühle darauf, dass die Bewohner zum abendlichen Schwätzchen zusammenkamen. Aber noch waren sie genauso verlassen wie die Kinderwagen mit ihren hochgeklappten Verdecken und die vergessenen Rollschuhe, die die Hauseingänge blockierten.

«Sieht runtergekommen aus», meinte Jascha und sprang von einer schiefen Treppe, die er erklommen hatte, um die Namensschilder an der Haustür zu entziffern. «Viele Türken oder Griechen, oder so. Den Namen nach.»

Marie, die die Klingelschilder auf der anderen Straßenseite absuchte, nickte nur.

«Hunger, Durst, Pipi», jammerte Jascha ihr entgegen. Sie verdrehte die Augen und ging kommentarlos weiter.

«Marie, das bringt doch nichts. Wie groß ist das Kaff? Wir können doch nicht jedes Türschild untersuchen. Außerdem sind an vielen Eingängen gar keine Schilder dran.»

«Nervensäge», knurrte sie. «Also gut. Gehen wir was essen.»

Jascha schnalzte mit der Zunge.

«Etwas Kleines, hörst du?»

Er nickte begütigend, und gemeinsam machten sie sich auf den Weg zurück zum Torhaus.

Die Kneipe war, zu Jaschas Freude, mit zweisprachigen Schildern bestückt, die zudem durchgängig warmes Essen versprachen.

Marie fand das Innere nicht sehr vertrauenerweckend. Ein leicht schmuddeliger Gastraum mit papiergedeckten

Tischen, auf denen in braunen Holzmenagen schmierige Flaschen standen.

«Maggi», verkündete Jascha triumphierend, der die Flaschen genau untersuchte. «Super. Ich habe schon gedacht, das ist ausgestorben.»

«Ganz toll.» Marie gab dem jungen Kellner, der an einer leuchtenden Musikbox stand, ungeduldig ein Zeichen.

«Lass mal», meinte Jascha, stand auf und schlenderte, lässig die Hände in den Taschen, zu dem jungen Mann. Eine Weile stand er nur neben ihm und beide starrten auf die Anzeige der Musikbox. Endlich zeigte Jascha auf einen Titel, und sie begannen, sich angeregt zu unterhalten.

Auch gut.

Marie kramte ihr zerknautschtes Zigarettenpäckchen aus ihrer Jackentasche und zündete sich eine an. Blieben ihr wenigstens seine vorwurfsvollen Blicke erspart. Sie lehnte sich zurück und inhalierte tief. Der Tag war lang und anstrengend gewesen. Der Glaser, die Polizei, Jascha und seine Probleme, Müntzer und jetzt auch noch die Fahrt.

Ihre Hände schmerzten. Vorsichtig ballte sie die linke Hand zur Faust und öffnete sie wieder. Ihre oberen Fingerglieder, die aus dem Verband herausschauten, sahen schlimm aus. Zerkratzt und blutig, die Fingernägel zum Teil bis ins Nagelbett eingerissen. Aber die Hände ließen sich bewegen.

Verdammt schnell, dieser Kerl – wenn es überhaupt ein Mann war. Es war jemand aus der Initiative. Die Frauen ... Vor ihrem inneren Auge sah sie Bettina Stroh, die sich die Lippen anmalte. Was wusste sie wirklich über sie? Sie war schlank, extrem sportlich. Ihre beiden Kinder sah man ihr wirklich nicht an. Immer gut zurechtgemacht. Die perfekte Bankiersgattin. Bis auf dieses Gelangweilte, Unzufriedene, das sie manchmal ausstrahlte. Rein körperlich wäre sie bestimmt in der Lage, einen kleinen alten Mann aus dem Fenster zu stoßen. Aber warum?

Entschlossen drückte Marie ihre Zigarette aus. Alles Spekulationen. So kam sie nicht weiter. Sie musste den Grund finden. Warum war Theo umgebracht worden? Dann konnte sie über das Wer spekulieren.

Was machte der Junge denn nur so lange?

«Jascha?», rief sie durch die Kneipe.

Die beiden jungen Männer schienen sich prächtig zu verstehen. Der Kellner hatte beide Hände auf die Musikbox gelehnt und redete lebhaft auf Jascha ein. Auf ihren Zuruf hin hob der zwar die Hand, machte aber keinerlei Anstalten, das Gespräch zu beenden.

Verdammt, sie war durstig. Und müde. Was für eine Schnapsidee, auf gut Glück hierher zu fahren. Sie könnte jetzt zu Hause sein. Stattdessen saß sie hier, wie bestellt und nicht abgeholt.

Endlich schien sich Jascha an sie zu erinnern. Er deutete mit einer Hand in ihre Richtung, schlug dem jungen Kellner auf die Schulter und schlenderte zu ihr zurück.

«Du kannst doch überhaupt kein Französisch», fuhr sie ihn an, als er sich endlich setzte.

«Aber Englisch», grinste er.

«Und was gab es da so Interessantes an der Musikbox?»

«Jukebox, Marie. Ein Original aus den Fünfzigern. Geiles Teil.»

Aber Marie hörte gar nicht zu. Suchend wandte sie sich nach dem Kellner um, aber der war hinter seinem Tresen verschwunden.

«Wo bleibt der denn? Ich habe Durst.»

«Alles erledigt», grinste Jascha sie an. «Wasser und Kaffee.

In Ordnung? Und *Merguez*. Sonst gibt's nur Tiefkühlpizza. Aber die *Merguez* sind gut, sagt er.»

Marie nickte, etwas besänftigt. Sie mochte die kleinen, scharf gebratenen Eselswürstchen mit der roten Sauce.

«Und ...» Jascha lehnte sich zurück und grinste selbstgefällig. «Ich weiß, wer Monsieur X ist.»

«Erzähl.»

«Du hörst ja nicht auf mich. Erst mal sinnlos rumrennen.»

In diesem Moment kam der Kellner mit den Getränken. Er stellte Wasser und Kaffee vor sie auf den Tisch: *«For Grandma.»*

«Je ne suis pas la grand-mère», fuhr Marie ihn an.

Der Junge sah von ihr zu Jascha, grinste, stellte Jascha auch ein Wasser vor die Nase und ging.

«Was hast du ihm erzählt?»

«Ist doch egal, oder?»

«Ich will es wissen.»

Jascha hob sein Glas und nahm einen langen Schluck. «Aaah. Tut gut.»

«Jascha!»

«Ich habe erzählt, dass du meine verrückte Oma bist und auf 'nem Nostalgietrip. Dass du diesen X kennst, dich aber nicht mehr genau an den Namen erinnerst. Er hat sofort gemeint, vom Alter her könnte das nur Monsieur Xavier sein.»

Marie schnaubte.

«Trink mal was, damit du wieder runterkommst. Dieser Xavier ist Antiquitätenhändler. Ich sage dir: Das ist unser Mann.»

«Und welche Geisteskrankheit hast du mir angedichtet?»

«Alzheimer», sagte Jascha vergnügt.

Marie kniff die Augen zusammen und funkelte ihn wütend

an. «Das kennt jeder», rechtfertigte er sich. «Und irgendwie musste ich ja erklären, warum wir nur den Anfangsbuchstaben X kennen.»

Der Kellner mit der Igelfrisur brachte zwei weiße Teller aus schwerem Gastronomieporzellan, auf denen sich je sechs schrumpelige Würstchen mit unnatürlich roter Farbe verloren.

Jascha machte sich sofort darüber her. Beim Essen merkte Marie, wie hungrig sie war. Die Würstchen schmeckten erstaunlich gut. Wenn man sie nicht zu genau ansah. Kaum hatten sie den letzten Zipfel verspeist, winkte Marie dem Kellner und rief: *«L'addition, s'îl vous plaît.»*

Der Igelkopf, merklich verschüchtert von dieser barschen Großmutter, spurte und kam mit seiner Rechnung zum Tisch.

Marie nahm den Zettel, starrte verständnislos darauf, fing an zu kichern, zu murmeln und warf Jascha den Zettel hin.

Jascha runzelte die Stirn. Irgendwie sah sie verstört aus. Ein bisschen irre sogar. Wie sie ihm so gegenübersaß, den langen weißen Zopf vor ihr Gesicht hielt und wild mit den verbundenen Händen fuchtelte. Auch der junge Kellner war einen Schritt zurückgewichen. Besorgt sah er zu Jascha.

Offensichtlich bestand auch Grund zur Besorgnis, denn Marie konnte sich mit Kichern und merkwürdigen Geräuschen kaum zurückhalten. Dann sprang sie auch noch unvermittelt auf und lief merkwürdig hinkend aus dem Gastraum.

Jascha warf hastig einen Schein auf den Tisch, nickte dem Kellner zu, der mitfühlend die Hand hob, und lief ihr nach. Vor der Tür holte er sie ein und fragte mit Panik in der Stimme: «Marie? Was ist los? Geht's dir nicht gut?»

Langsam wandte sie sich ihm zu und sagte würdevoll: «Du

kannst nicht von deiner alzheimerkranken Großmutter erwarten, dass sie sich daran erinnert, zu bezahlen. Oder?»

«Blöde Vorstellung.»

«Aber wirksam. Wo finden wir diesen Xavier?»

Er bohrte die Hände in seine Hosentaschen und beschleunigte den Schritt. Schweigend liefen sie durch eine der Gassen, bis sie zu dem alten Schloss kamen.

«Hier irgendwo», meinte Jascha knapp und stapfte in den gepflasterten Innenhof eines alten Schlosses.

In seiner Glanzzeit war es bestimmt ein imposantes Gebäude gewesen. Jetzt war alles verfallen. Unkraut wucherte an den grauen Steinwänden, die meisten Fenster hatten eingeworfene Scheiben, und die großen Holztore hingen verwittert und schief in rostigen Angeln. In der Mitte des Innenhofes stand eine Kastanie.

Jascha ging auf den Baum zu, fuhr mit der Hand über den alten Stamm, zählte fünf Schritte ab und zückte sein Schnitzmesser. Mit einer weit ausholenden Bewegung warf er das Messer in den Stamm. Zitternd blieb die Klinge stecken. Er zog sie heraus, zählte sechs Schritte ab und warf erneut.

Marie sah ihm zu. Gut, wenn er beschlossen hatte, sauer auf sie zu sein. Dann eben nicht.

Marie umrundete unterdessen suchend das Gebäude. Dann fiel es ihr wieder ein. Natürlich. Das Haus von Moscherosch war hier irgendwo. Beim alten Schloss. Auf der Rückseite sah sie es. Ein großes Schild mit der Aufschrift: *Xavier – Antiquités – Meubles – Brocantes.*

Ein typisch lothringisches Bauernhaus mit dem großen Scheunentor neben dem Haupteingang, das in den Innenhof führte. Eins dieser Wohnstallhäuser, in denen früher Mensch und Tier eng zusammenlebten.

Aber statt Landmaschinen, Holz und Misthaufen zu beherbergen, diente der Hof jetzt als Abstellplatz für altes Eisen, Fässer und Möbelteile, die im Freien langsam verrotteten.

Neugierig ging Marie hinein. Die alten Scheunentore der Stallungen standen offen, und sie konnte übereinander gestapelte Kommoden, Tische, Stühle und Truhen sehen. Das Halbdunkel, das in dem Gebäude herrschte, verbarg gnädig den Verfall der Stücke. Ein großer Heuboden im ersten Stock, ohne schützende Tore, enthüllte alte Messinggestelle, Schränke und noch mehr Stühle. Eine magere rote Katze tauchte von irgendwoher auf und starrte Marie aus eitrigen Augen an.

Sie kniete sich hin und hielt dem Tier ihre Hand entgegen. Aber die Katze war wohl von Menschen nichts Gutes gewöhnt. Ängstlich duckte sie sich und rannte in die Scheune. Dort schmiegte sie sich unter eine Anrichte, die, mit offenen Schubladen, ergeben ihrem Verfall entgegensah.

«Madame?»

Die dunkle Stimme ließ sie herumfahren. Wie die Katze aus dem Nichts stand ein großer dunkelhaariger Mann in schmutzigen Arbeitshosen und einem vor zwanzig Jahren weißen Unterhemd hinter ihr. Sein dichter Bart und die halblangen braunen Haare waren von silberhellen Fäden durchzogen. Seine große, fleischige Nase unter listigen Äugelchen zeigte Spuren einer ausgeprägten Vorliebe für alkoholische Getränke. Durchzogen von geplatzten Äderchen, rot und wulstig, dominierte sie das zerstörte Gesicht.

«Monsieur Xavier?», fragte Marie vorsichtig.

Der Mann stieß einen Brummlaut aus, den man nur mit viel gutem Willen als Zustimmung auslegen konnte.

«Pardon, Monsieur, mais parlez-vous allemand?»

Wieder dieser komische Grunzlaut. Marie beschloss, ihn

als Zustimmung zu nehmen. «Kennen Sie vielleicht einen Herrn Theobald Bernd?»

Der Mann ließ nicht erkennen, ob er sie verstand, sondern starrte sie nur weiter an. «Ich glaube, Monsieur Bernd war ein Kunde von Ihnen. Ich habe Ihren Namen in seinen Notizen gefunden.»

Noch immer keine Reaktion.

«Ich bin selbst Händlerin. Wenn Sie mir vielleicht sagen könnten ...»

Die Aussicht auf ein Geschäft löste die Starre. Mit einer Kopfbewegung wies er sie an mitzukommen.

Zögernd folgte sie ihm in die dämmrige Scheune. Schon beim ersten Schritt hüllte sie dieser ganz besondere Geruch ein, den zu kühl und zu lange gelagerte Möbel verströmen. Eine Mischung aus Beize, trockenem Holz, schal konserviertem Essensgeruch der ehemaligen Bewohner, blätterndem Lack und vielen Jahren. Kühl, mehlig und scharf.

Zwischen den gelagerten Möbeln, die sie im Halbdunkel kaum erkennen konnte, waren kleine Durchgänge frei. Wie sie auf den ersten Blick ausmachen konnte, war vieles aus den Fünfzigern. Nierentische, alte Sofas und Tütenlampen, die ihr mageres Gestänge in die ohnehin schon schmalen Wege streckten. Eine schöne, gut erhaltene Einbauküche aus der Zeit war vollständig aufgebaut und ließ ihren mintgrünen Schleiflack sogar in dieser trüben Umgebung blitzen.

Ganz am Ende der Scheune war eine mannshohe Standuhr, als einziges Möbelstück durch ein altes Laken vor Staub und Feuchtigkeit notdürftig geschützt. Mit großer Gebärde zog Xavier das Tuch herunter.

Mitten in diesem Sammelsurium von hungrigem Holz und Schleiflack leuchteten matt Ebenholz und Schildpatt, Messing und Perlmutt. Verschlungene Pflanzen und Ornamente, kunstvoll und zauberhaft leicht, verzierten die edel geschwungene Uhr. Eine verbannte Königin. Fremd und einsam zwischen all dem Gerümpel.

Einen kurzen Moment hielt Marie den Atem an. Langsam trat sie näher und strich mit den Fingern über die sorgfältig vergoldeten Akanthusblattleisten. Eine Boulle-Uhr. Sie war sich sicher. Langsam, fast ehrfürchtig umrundete sie das Prachtstück. Und da war es. Auf der Rückseite, nah beim Sockel, das eingebrannte Wappen von *Le Chêne*.

«Hat Ihnen Monsieur Bernd schon ein Angebot gemacht?», fragte Marie betont gleichgültig. Nur nicht zeigen, dass sie interessiert war. Das würde den Preis sofort verdoppeln.

«Er hat die Uhr gar nicht gesehen», antwortete der Mann in erstaunlich akzentfreiem Deutsch.

Marie stutzte. «Er war gar nicht hier?»

«*Non, non.* Er war hier. Zum Plaudern.»

Theo war hier gewesen, hatte geplaudert und sich eine Boulle-Uhr durch die Lappen gehen lassen? Das konnte nicht sein.

«Er wollte wiederkommen. Ich kann die Uhr Madame nicht verkaufen. Ich habe sie ihm versprochen», sagte Xavier bedauernd und entblößte dabei nikotingelbe Zähne. Der alte Ehrenkodex der Händler? Oder wollte er nur den Preis hochtreiben?

«Hat er eine Anzahlung gemacht?»

Entrüstet hob Xavier beide Hände. «Aber Madame! Monsieur Bernd und ich sind Freunde. Wenn er sagt, er kauft, kauft er.»

«Leider kann Monsieur Bernd die Uhr nicht mehr kaufen. Er ist tot.»

«Mon Dieu!» Entsetzt riss der Händler die Augen auf. «Das Herz, *n'est-ce pas?*»

«Ein – Unfall», sagte Marie widerwillig. «Er ist aus dem Fenster gefallen.»

«Non!»

Xavier schien wirklich mitgenommen. Sein Säufergesicht legte sich in kummervolle Falten. Plötzlich zog er misstrauisch die Augenbrauen zusammen und fragte nach: «Wirklich ein Unfall?»

Marie zögerte. Sollte sie ihm die Wahrheit sagen? Aber wieso fragte er überhaupt nach?

«Hallo. Ist da jemand?»

Jascha. Den hatte sie ganz vergessen. «Hier sind wir. Ganz hinten», rief sie durch die Scheune. Und zu Monsieur Xavier gewandt: «Ein Freund von mir.»

Sie drehten sich um. Jascha kam im Halbdunkel der Scheune auf sie zu. Groß und schlaksig, den Kopf über etwas gesenkt, das er vorsichtig in den Armen hielt. Dann hob er den Kopf. Seine grauen Augen unter den wirren dunklen Locken blitzten ihnen vergnügt entgegen. Auf seinen Armen hatte es sich die rote Katze gemütlich gemacht, die er zärtlich hinter den Ohren kraulte.

Neben sich hörte Marie, wie Xavier scharf die Luft einsog. Plötzlich und unvermittelt sagte er scharf: *«Foutez le camp!»*

Die Katze erschrak, sprang mit einem Satz aus Jaschas Arm und prallte gegen die Boulle-Uhr, die ins Wanken geriet. Geistesgegenwärtig hielt Marie die Uhr fest, während die Katze fauchend unter einer Kommode verschwand.

Schnaubend und mit drohend zusammengezogenen Augenbrauen stand der Händler vor ihnen und schnauzte: *«Je ne dis plus rien.»*

Marie konnte nur «Es ist ja nichts passiert, Monsieur», sagen, da schubste er sie schon an der Schulter in den Gang. *«Allez-vous en et emmenez ce diable.»*

Verwirrt stolperten Marie und Jascha durch die engen Gänge der Scheune, gefolgt von Xavier, der bedrohlich mit den Armen fuchtelte und dauernd «*Allez-vous en! Allez! Allez!*» schrie.

Mehrmals machte Marie den Ansatz, etwas zu sagen, um den aufgebrachten Mann wieder zur Vernunft zu bringen. Aber sobald sie den Mund aufmachte, fing er nur heftiger an zu schreien. Als sie endlich den Hof erreichten, trieb er sie aus dem Tor und brüllte noch ein letztes «*Ne revenez plus jamais ici!*», bevor er ihnen das Tor vor der Nase zuknallte.

Auf der Straße starrte Marie perplex auf Jascha.

«Was hat der denn?», fragte der Junge, kaum weniger schockiert als sie.

Sie konnte nur hilflos mit den Achseln zucken.

«Ich hab doch nur die Katze auf den Arm genommen.»

«Und fast seine Boulle-Uhr gefällt.»

«Was hat er denn geschrien?»

«Wir sollen abhauen. Und uns nie mehr blicken lassen», übersetzte sie. «Er würde keinen Ton mehr sagen. Immer wieder, wir sollen abhauen. Und – ich soll diesen Teufel mitnehmen. Ich glaube, Jascha, mit dem ‹Teufel› hat er dich gemeint.»

«Oder die Katze.»

• 18 •

«Verdammt nochmal, Müntzer. Sie hätten die Papiere nicht rausgeben dürfen.»

Hauptkommissar Müntzer sah aus dem Autofenster und wunderte sich. In Bremen hatten sie ihm erzählt, das Saarland sei eine graue Hüttenlandschaft: riesige Fördertürme, Kohlehalden und rußige Häuser. Doch er sah hier nur Wälder und sanft hügelige Landschaften. Im Bliestal war es sogar wildromantisch.

«Hören Sie mir überhaupt zu?»

Träge blickte er zu Nass. Der ältere Kommissar hielt das Lenkrad umklammert und hatte den Mund zu einem Strich zusammengepresst. Ein schiefer, wütender Strich. Woher dieser merkwürdige Mund in diesen ansonsten regelmäßigen Zügen wohl kam?

«Es waren Kopien», erklärte er ruhig. «Spesenabrechnungen, Schmierzettel mit Notizen, Benzinabrechnungen. Sogar die Fotos von den Restaurierungsarbeiten waren Farbkopien.»

«Warum haben Sie das nicht gleich gesagt?»

Weil Sie sofort angefangen haben zu mosern – hätte er sagen können. Tat er aber nicht.

«Trotzdem ...», fuhr Nass fort. «Jetzt hat der Kerl dieselben Informationen wie wir. Irgendein Hinweis muss doch in diesen Unterlagen drinstehen. Sonst wäre er nicht so scharf darauf. Hat die Weller gar nichts gesagt?»

«Sie mag uns nicht besonders. Ich denke, wegen des Falls Clarin. Diesem Mord in den Siebzigern auf *Le Chêne*.»

«Der schwachsinnige Straßenkehrer?»

«Die Kollegen haben damals gepfuscht. Die Weller hat wohl ein paar Mal nachgehakt. Ohne Ergebnis. Und jetzt wird schon wieder ein Freund von ihr ermordet.»

«Wenn sie mal nicht selbst drin verwickelt ist», sagte Nass abschätzig.

«Ich habe die Briefe gelesen, die Theo Bernd ihr geschrieben hat. Der erste ist über vierzig Jahre alt. Damals kam sie aus Paris zurück, weil ihre Mutter gestorben war. In dem

Brief versucht er, ihr den Gedanken, zurückzukommen, auszureden. Abgeschickt hat er ihn nicht.»

Nass streifte Müntzer mit einem überraschten Blick. «Er wollte nicht, dass sie zurückkommt?»

«Er wollte schon», meinte Müntzer zögernd. «Zumindest denke ich das. Aber er wollte das Beste für sie. Und Bernd dachte wohl, das sei nicht gerade hier, in diesem Kaff.» Er lächelte, als er an die sorgsam ausgeklügelte Argumentation dachte, das Flehen, sie solle ihr Leben nicht wegschmeißen. Und darunter die Sehnsucht, dass sie trotz aller Einwände zurückkäme – das hatte ihn gerührt.

«Was grinsen Sie denn?», knurrte Nass vom Beifahrersitz.

«Die Briefe sind berührend», meinte er. «Liebesbriefe eben.»

«Und er hat keinen abgeschickt?» Nass schüttelte ungläubig den Kopf.

«Er war verheiratet. Und seine Frau hat er wohl auch geliebt.»

«Manche Menschen können sich ihr Leben aber auch versauen. Hier muss es sein!» Nass setzte den Blinker.

Der Parkplatz auf der A6 stand voller Polizei- und Rettungsfahrzeuge. Langsam fuhren sie bis an die Absperrung heran und stiegen aus dem Wagen. Ein Kollege in Uniform kam eilig auf sie zu. Als er Nass erkannte, grüßte er freundlich. «Dahinten bei den Bänken. Die Spurensicherung und der Leichenschauarzt sind schon da. Wir haben nur auf euch gewartet.»

Nass nickte beiläufig, und sie gingen zu der kleinen Gruppe, die am Rand der Absperrung stand. Ein Schutzpolizist wandte sich ihnen zu: «Der Tatortbereich ist weiträumig abgesperrt. Dr. Lenz hat die erste Besichtigung der Leiche aus angemessener Distanz vorgenommen. Video und Fotos sind schon gemacht.»

Wieder ein kurzes Nicken. Sie kletterten unter dem Plastikband der Absperrung durch und näherten sich der Bank. Auf den ersten Blick sah es aus, als würde der kleine alte Mann schlafen. Den Kopf gesenkt, die Handrücken auf den Beinen, die geöffneten Handflächen wehrlos nach oben gedreht.

Ein massiger Schutzanzug, mit Arzttasche bewaffnet, duckte sich unter dem Band zu ihnen durch.

«Dr. Lenz, unser Leichenfledderer, Hauptkommissar Müntzer, Neuzugang», stellte Nass die beiden Männer einander vor.

Nach einem flüchtigen Händedruck sagte der Arzt aufgeräumt: «Eintritt des Todes durch scharfe Gewalt. Mitten in den Sinusknoten. Erstaunlich treffsicheres Kerlchen, unser Mörder.» Ein anerkennendes Kopfnicken, und er fuhr fröhlich fort: «Stichwunde durch die Kleidung hindurch. Der Maßanzug ist hin. Das Herz-Reiz-Leitungssystem hat ausgesetzt. Herzstillstand. Kaum Blut, die Pumpe hat sofort gestreikt.»

«Glauben Sie, es ist hier passiert?» Kommissar Nass trat einen Schritt von der Leiche zurück.

«Glauben heißt, nicht zu wissen», antwortete der Arzt, trat vor den Toten und schob ihn leicht von der Rückenlehne. Er lockerte vorsichtig den Kragen der Leiche, öffnete die ersten Hemdknöpfe und besah sich den Rücken. Der Kopf des Toten pendelte dabei hin und her. Nach ein paar Minuten setzte er den Leichnam zurück.

«Nach den Totenflecken zu urteilen, ist er zumindest im Sitzen gestorben. Ob hier, auf dieser idyllischen Bank? Geben Sie mir ein bisschen Zeit.»

«Wann ist er gestorben?», wollte Nass wissen.

«Wissenschaft oder Phantasie mit Schneegestöber?», fragte der Arzt zurück.

«Kommen Sie», konterte der Kommissar. «Nur ganz ungefähr.»

Dr. Lenz seufzte theatralisch und blinzelte Müntzer zu. «Immer ungeduldig, der Kollege. Er sollte es mal mit einem Hellseher versuchen.»

Müntzer lächelte schwach. Einer dieser witzigen Gerichtsmediziner. Manchmal war die Sorte nerviger als die notorischen Brummer. Oder die Übervorsichtigen, die eine Information so ungern preisgaben, als wäre es ihr letztes Hemd.

«Die Totenflecke sind nicht mehr leicht wegdrückbar. Er sitzt also schon länger hier und erwartet uns. Mehr kann ich nicht sagen», sagte der Arzt und lächelte zur Abwechslung die Leiche an.

Dieser gut gelaunte Gerichtsmediziner hatte etwas an sich, das Müntzer frösteln ließ. Der betrachtete den Toten so erwartungsvoll wie er selbst nach Feierabend sein kühles Bier. Diese Leichtigkeit im Umgang mit Mordopfern konnte er einfach nicht nachvollziehen. Selbst wenn sie so unspektakulär friedlich dasaßen wie dieser Tote auf seiner Holzbank.

Oder machte gerade die Idylle es noch schrecklicher? Der grüne Rasen, die Büsche, die schlafende Stellung. Wenn der Verkehr auf der nahen Autobahn abflaute, waren sogar vereinzelte Vogelstimmen zu hören.

«Können wir ran?», fragte der Polizist, der sie am Tatort begrüßt hatte. Nass, ebenfalls in die Betrachtung des Toten versunken, winkte abwesend die Männer der Spurensicherung heran, die in ihren weißen Schutzanzügen fremd und bedrohlich wirkten.

«Wer hat ihn gefunden?»

Der Polizeibeamte zeigte mit einer Kopfbewegung zu den nahen Toilettenhäuschen. «Eine Familie, die hier Rast gemacht hat. Der Vater. Er ist ziemlich fertig, behauptet steif und fest, der Tote habe noch mit ihm gesprochen.»

Nass seufzte. «Hat der Arzt ihn sich schon angesehen?»

«Selbstverständlich», krähte Dr. Lenz dazwischen. «Ausgewachsener Schock. Ich habe erst mal seinen Kreislauf wieder hochgebracht. Aber Auto fahren kann der nicht mehr. Dabei sieht unser Freund doch noch ganz appetitlich aus.»

Müntzer schüttelte sich.

«Kann ich jetzt weitermachen?»

«Noch eine Frage.» Ohne den Toten aus den Augen zu lassen, rieb sich Nass nachdenklich die Stirn. «Was für eine Waffe könnte es gewesen sein?»

Der Arzt zuckte die Achseln. «Ein Messer, mindestens zehn Zentimeter. Ich persönlich hätte dafür ein WMF genommen. Serie Gourmet. Die sind aus einem Guss.»

«Musste der Mörder medizinische Vorkenntnisse haben, um so genau treffen zu können?»

Ein Strahlen zog sich über das Vollmondgesicht von Dr. Lenz. «Ich selbst hätte das nicht besser gemacht. Leider kann es aber auch Zufall gewesen sein.»

«Sie sind wirklich eine Hilfe», knurrte Nass.

«Eine schöne Geschichte habe ich für Sie», sagte der Arzt. «Gehen Sie mal in die Hocke.»

Nach einem kurzen Stirnrunzeln tat Nass, wie ihm geheißen.

«Höher. Als würden Sie sitzen», kommandierte Dr. Lenz.

«Das ist aber unbequem», maulte der Kommissar und stützte seine Arme auf die gebeugten Oberschenkel. Der Arzt trat nah zu ihm und machte eine Bewegung, als würde er Nass ein Messer in die Brust stoßen.

«Na? Haben Sie was gemerkt?», fragte er den Kommissar, der sich stöhnend wieder aufrichtete.

«Wenn ich Sie so ersteche, von vorne, muss ich Ihnen quasi in die Augen sehen. Von Angesicht zu Angesicht. Ungewöhnlich bei Mord, oder?»

Müntzer biss sich auf die Lippen. Der Täter schaut dem Opfer in die Augen. Das war nicht nur ungewöhnlich. Das war auf eine seltsame Art beängstigend.

Einer der Männer von der Spurensicherung trat auf sie zu und hielt Nass eine Brieftasche entgegen. Der zog aus seinem Jackett ein Paar Plastikhandschuhe, streifte sie über und durchsuchte sie.

«Claude Lapin. Grande Rue au Bois 214. Bruxelles.» Irritiert sah er zu dem Arzt, der sich neugierig über seine Schulter gebeugt hatte. «Lapin? Wo hab ich den Namen in letzter Zeit gehört? Lapin?»

«Dr. Dolb. Der Bürgermeister. Hat der nicht am Telefon gesagt, die Initiative hätte einen Termin mit einem Monsieur Lapin?», antwortete Müntzer nachdenklich.

Hauptkommissar Nass kniff die Lippen zusammen und nickte. «Schon wieder diese ehrenwerte Initiative.»

«Ein kleiner Tipp», mischte sich Dr. Lenz wieder ein. «Wenn Sie bei Ihren Verdächtigen einen Kollegen von mir haben, schauen Sie dem ruhig auf die Finger. Der Stich ist perfekt.»

«Nur einen Zahnarzt.» Müntzer zuckte bedauernd die Achseln.

«Na, dann fühlen Sie dem mal auf den Zahn», sagte der massige Arzt kichernd.

Entnervt drehte Nass die Augen zum Himmel.

• 19 •

«*Rue Maurice Barrès*, da sollten wir parken.»

Jascha, der kurz eingenickt war, schreckte hoch: «Schon da?»

Marie hatte keine Zeit zu antworten. Vor ihr schob sich gerade ein Wagen aus einer der schmalen Parklücken. Vorsichtig manövrierte sie den alten Renault an dessen Stelle, drehte erleichtert den Schlüssel und streckte ihr Kreuz. Die Fahrt hatte sie mehr angestrengt, als ihr lieb war. Verdammtes Alter. Als sie aus dem Wagen kletterte, zitterten ihre Beine. Sie atmete tief durch.

«Das ist also *Nancy*», sagte Jascha, der gähnend neben sie trat.

«Hunger, Durst, Pipi?»

Jascha nickte begeistert.

«Gut. Dann essen wir und gehen dann zu Odette. Aber erst zeige ich dir einen der schönsten Plätze Europas.»

«Iiiih! Keine Kultur», maulte Jascha, trabte aber trotzdem ergeben hinter ihr her.

Als sie um die Ecke bogen und plötzlich vor einem der vergoldeten Gitter standen, die den Platz an seinen vier Seiten wie ein Rahmen einfassten, hörte sie mit Befriedigung, wie Jascha die Luft einsog.

«Voilà. *La Place Stanislas*. In der Mitte *Le Bienfaisant*, der Wohltätige: Stanislas Leszczynski.» Mit ausgestreckter Hand wies sie auf eine überlebensgroße Statue in der Mitte des Platzes. «Ein verjagter polnischer König. Immerhin so klug, seine Tochter mit Ludwig XV. zu verheiraten. Also bekam er als Herrschaftsgebiet Lothringen. Ein Glücksfall, ausnahmsweise auch einmal für das Land. Dreißig Jahre lang lebten die Lothringer friedlich unter Stanislas. Statt Kriege zu führen, trieb er seine Architekten in den Wahnsinn. Hat das ganze Land quasi in eine Großbaustelle verwandelt.»

Langsam schlenderten sie auf den bronzenen Stanislas zu, der den prächtigen Platz überblickte. Immer noch Herrscher über die pompösen Gitter mit ihren vergoldeten Wappen, Kronen und Trophäen, über die märchenhaften Springbrunnen mit ihren lebensgroßen Figuren und über die palastartigen Prunkbauten.

«Ganz schön was los hier.»

An diesem milden Sommerabend wimmelte der Platz vor Leuten. Junge Franzosen, paarweise oder in lärmenden Cliquen vor den Cafés. Vor den beleuchteten Brunnen Gitarrenspieler, umgeben von lauschenden Bewunderern, Ehepaare, mit und ohne Kinderwagen, Touristen, mit und ohne Reiseführer vor der Nase.

«Cool.»

«Genug Kultur», sagte sie mit spöttischem Blick. «Jetzt ist der Magen dran. Los, mein Junge.»

«Können wir nicht hier was essen?»

«Touristennepp», sagte Marie verächtlich.

Das überzeugte. Übertrieben galant bot Jascha ihr den Arm, und sie führte ihn in eine der kleinen Straßen der Altstadt.

«Hey, sieh mal. Ein Korse», rief Jascha und zeigte auf ein Restaurantschild.

«Nix da!», sagte Marie und zog ihn weiter. «In Lothringen essen wir lothringisch. *Quiche Lorraine* oder eine Lothringer *Tarte.*»

«Wer zahlt, bestimmt», konzedierte er großmütig.

Lächelnd drückte sie seinen Arm und betrat mit ihm ein kleines Restaurant, dessen zehn Tische fast alle besetzt waren. An einem der großen Fenster fanden sie noch ein

Plätzchen, und Marie bestellte bei dem freundlichen Kellner einen *Vin gris* und *Quiche*.

Als die daumendicken, flaumigen Speckkuchen duftend vor ihnen standen, hob Marie ihr Glas: «Auf uns.»

Jascha prostete zurück und machte sich heißhungrig über seine *Quiche* her.

Marie genoss alles. Den zart-knusprigen Rand des Kuchens und sein schaumiges Innenleben. Den feinherben, fruchtigen Weißwein ebenso wie Jaschas gieriges Essen, seine verzückten Seufzer und sein zufriedenes Gesicht. Das leise Gemurmel an den Nachbartischen, den warmen Kerzenschein.

Plötzlich hielt sie verwundert inne. Sie war glücklich, tatsächlich glücklich in diesem Moment. Trotz Theos Tod, des Schrecks bei Monsieur Xavier. Trotz all der Dinge, die über sie hereinbrachen und die sie nicht verstand. Trotz dieses Gefühls der Ohnmacht, des Alters, der Schwäche.

«Is was?», kaute Jascha mit vollem Mund. Da erst bemerkte sie, dass sie mit dem Weinglas auf halbem Weg zum Mund innegehalten hatte, um in sich hineinzulauschen. Verlegen nahm sie einen Schluck und sagte: «Iss. Wir sollten nicht zu spät bei Odette auftauchen.»

«Ist 'ne alte Dame, deine Freundin. Ich weiß.»

Sie stellte ihr Glas ab. Natürlich, er kannte ja Odette nicht und dachte vermutlich, sie sei eine, die rechtzeitig zu Bett musste. Ob es überhaupt richtig war, den Jungen in ein solches Haus zu schleppen? Immerhin war er erst siebzehn, auch wenn er noch so abgebrüht tat.

«Hör zu, Odette ist nicht so, wie du sie dir vielleicht vorstellst. Also, wir sollten zu ihr, bevor der Betrieb losgeht ...» Sie brach ab.

Verständnislos sah Jascha sie an.

«Odette, Theo und ich haben zusammen in Paris studiert.

Sie hat ihr Studium abgebrochen und, sagen wir mal, einen anderen Beruf ergriffen. Also ...»

«Was stotterst du denn so rum?»

Marie wischte sich mit der Serviette den Mund ab. Wie sollte sie ihm das erklären? Seine Eltern würden sie umbringen. Zu Recht.

«Also, Jascha, ich möchte nicht, dass du jemandem von Odette erzählst. Ist das klar?»

«Warum?»

«Versprich es mir.»

Sie hörte selbst, wie eindringlich ihre Stimme klang. Mein Gott, so grässlich war es auch wieder nicht.

Jascha legte seine Serviette auf den Tisch. «Jetzt sag schon, was mit dieser Odette los ist. Hat die 'nen Puff, oder was?»

«Ja.»

«Was?»

«Ja. Sie leitet ein Haus.»

Jaschas Mundwinkel begannen zu zucken. Erst leicht, dann immer stärker. Schließlich konnte er sich nicht mehr halten und prustete: «Und jetzt hast du Angst, weil du mich in so einen Sündenpfuhl schleppst?»

Sie nickte unglücklich.

Er lachte eine ganze Weile. Entnervt fuhr sie ihn an: «Wenn dein Vater das erfährt, bringt er mich um.»

«Sicher sogar. Mit einer seiner Venenzangen.» Ein neuer Lachanfall.

«Hör zu», sagte er, immer noch kichernd. «Ich bin keine dreizehn. Also keine harmlose Unschuld. Du glaubst doch nicht im Ernst, dass ich was rumerzähle? Meinen Alten schon gar nicht. Okay?»

«Odette ist aus *Fénétrange*. Sie kennt diesen Xavier bestimmt. Plan B. Ich habe gedacht, wenn wir Monsieur X nicht finden, kann sie uns weiterhelfen. Und jetzt, wo er uns rausgeschmissen hat, erst recht.»

«Ein Alki, einwandfrei», stellte Jascha fest. «Hat vielleicht gedacht, ich will seine Katze klauen.»

«Seine Boulle-Uhr hätte einen Sturz nicht heil überstanden. Kein Wunder, dass er ärgerlich war.»

«Ärgerlich? Der war hysterisch. Von Anfang an. Ich sage dir, das war wegen der Katze.»

Marie zuckte die Achseln und winkte dem Kellner. «Vielleicht weiß Odette etwas.»

«Also auf in den Sündenpfuhl», antwortete Jascha mit einem verschwörerischen Zwinkern.

• 20 •

Das Haus in der *Rue des Dominicains* war ein unauffälliges, schmales Bürgerhaus direkt neben einer Fußpflege. Keine roten Lichter, kein Hinweis. Entgegen seiner Reden war Jascha ziemlich gespannt, was sie erwartete.

Marie war wirklich süß mit ihrer Verlegenheit und ihrem Rumgedruckse. Es war ihm gar nichts anderes übrig geblieben, als den Weltmann zu spielen und so tun, als wäre das ganz normal. Schon ihr zuliebe. Sie hatte sich ja fast in die Hose gemacht.

In dem Haus wohnten mehrere Parteien. Marie drückte auf eine Klingel, ein Summer ertönte, und die eisenverzierte Eingangstür sprang sofort auf.

Neugierig betrat er hinter ihr eine große Diele mit einem breiten Treppenaufgang. Schon wieder so ein Schmiedeeisending.

Damit hatten die es hier. Trotzdem waren die gekachelten Fliesen und die – natürlich – schmiedeeisernen Deckenlampen enttäuschend unspektakulär. Auch die große hölzerne Eingangstür im dritten Stock war irgendwie stinknormal. So wie das junge Mädchen, das sie öffnete.

Nun ja, vielleicht war sie doch nicht so stinknormal. Hüftlange Haare. Dunkelbraun, wie ihre Augen. Dekolletiertes Sommerkleid, nicht aufregender als die Kleider der Mädchen in der Schule.

Marie redete staccato auf sie ein. Er bemühte sich noch nicht einmal, ihr Französisch zu verstehen.

Blöde Sprache. Hatte er so schnell wie möglich abgewählt. Und die paar Brocken, die irgendwie doch hängen geblieben waren, so schnell wie möglich verdrängt. Wozu auch? Englisch war wichtiger. Und leichter.

Gespannt versuchte er, an der Kleinen vorbei in den Flur zu spähen. Glänzender Marmorboden und schmiedeeiserne Wandleuchten. Dieses Eisen konnte einem auf die Nerven gehen. Holz war besser, es roch wenigstens und hatte wunderbare Brauntöne. Wie das Haar dieses Mädchens.

Ziemlich langsam ging sie vor ihnen her. Ihre Haare waren wirklich klasse. Dick und schwer und dunkel wie Ebenholz. Plötzlich hatte er Lust, hineinzugreifen, sie durch seine Hand gleiten zu lassen ...

Das Mädchen führte sie durch die Diele an etlichen hohen Türen vorbei. Hinter einer der Türen hörte Jascha Gelächter und Musik. Zu gern hätte er, ganz kurz nur, die Tür geöffnet und reingeschaut.

Jetzt glitt das Mädchen um die Ecke. Sie sah sich nicht um. Schade, dass er an der Tür so wenig auf sie geachtet hatte.

Ihr Gang war wirklich schön. Dazu diese schwere braune Haarflut, die ihr über den Rücken bis in die Taille floss.

Hinter der Biegung des Korridors führte eine kleine, doppelt geschwungene Wendeltreppe in das obere Stockwerk. Hintereinander kletterten sie nach oben. Ein weiterer Korridor, noch mehr Türen.

Endlich blieb das Mädchen stehen und klopfte an eine Tür.

«Oui?», rief eine Stimme von drinnen. Das Mädchen öffnete und ließ Marie und Jascha vorgehen. Endlich konnte er ihr ins Gesicht sehen. Sie war älter, als er gedacht hatte. Mit dunklen Augenbrauen. Bernsteinfarbene, leicht schräg stehende Augen. Eine zarte Nase, ein großer, sinnlicher Mund, ungeschminkt. Eine kleine Warze direkt über der vollen Oberlippe. Oder war das ein Leberfleck? Sie sah ihn an, direkt in die Augen.

Irritiert riss er den Blick los und ging an ihr vorbei.

Ein ganz normales Arbeitszimmer. Zwei große Fenster mit bodenlangen weißen Gardinen, ein Schreibtisch, eine Sitzecke aus schwarzem Leder.

Die Frau, die sich hinter dem Schreibtisch erhob und mit ausgebreiteten Armen auf sie zueilte, war allerdings eine Überraschung. So hätte er sich eine Puffmutter nie vorgestellt. Klein, zierlich, mit weißblondem asymmetrischem Pagenschnitt und in einen schwarzen, todschicken Hosenanzug gehüllt. Sah mindestens zehn Jahre jünger aus als Marie. Die beiden Frauen umarmten und küssten sich. Erstaunt sah er ihnen zu.

Merkwürdig, er hatte noch nie gesehen, wie sie jemanden küsste oder drückte. Wenn das tote Pferd manchmal seinen Anfall bekam und voll Überschwang versuchte, Marie in den Arm zu nehmen, wurde sie steif wie ein Brett und machte ein Gesicht, als würde sie gleich kotzen. Aber diese Odette drückte und herzte sie.

Verlegen stand er herum, bis sich Marie an ihn erinnerte und ihn heranwinkte.

«Das ist Jascha. Ein Freund von mir.»

«Ein Freund von Marie ist auch ein Freund von mir.» Lächelnd hauchte sie Jascha rechts und links ein Küsschen über die Schulter. Sie roch ziemlich gut.

«Ich bin Odette.»

Sie klatschte in die Hände und rief: «Schön, dass ihr da seid! Was wollt ihr trinken? Kaffee? Tee? Nein, ich weiß. Ein Glas Champagner auf unser Wiedersehen.»

Sie wandte sich an das stumme Mädchen in der Tür, sprudelte französisch, und das Mädchen verschwand. Sie hakte sich bei Marie unter.

«Wie lange haben wir uns nicht gesehen? Zehn Jahre? Du hast dich gar nicht verändert.»

Marie lächelte. «Ich werde alt. Aber du hast die Zeit im Griff.»

Odette lachte. Perlend, fand Jascha. Anders konnte man es nicht nennen.

«Nicht ich. Mein Schönheitschirurg. Im Alter wird Jugend teuer, Marie. Aber man soll seine kleinen Geheimnisse nicht vor Männern ausplaudern. Und vor so hübschen erst recht nicht.» Sie streckte ihre freie Hand Jascha entgegen und zog beide zur Sitzecke.

Die Ledersofas waren bequem. Jascha sah, dass Marie sich erleichtert zurücklehnte. Das milde Licht der cremefarbenen Stehlampe milderte ihre müden Falten um Augen und Mund. Sie wirkte zum ersten Mal seit ihrer Eröffnung, wer Odette war, wieder entspannt. Bis jetzt war dieser Puffbesuch auch wirklich alles andere als aufregend.

Neugierig betrachtete Jascha Odette. Unmöglich, dass sie schon so alt wie Marie war. Doch vielleicht ließ sie sich wirklich operieren, oder es lag an der unterschiedlichen Aufmachung. Marie mit ihren ewigen Jeans und den weiten, unförmigen Jacken. Und diese Odette mit ihrem passend zum schiefen Haarschnitt schief geknöpften Hosenanzug.

«Jetzt erzähl, was dich und deinen schönen Freund zu mir führt.»

Jascha fuhr sich unter Odettes strahlendem Blick verlegen durch die Haare.

«Einfach so kommst du mich doch nicht besuchen.»

Ihr Deutsch klang ganz besonders. Mit weichem Hauch auf den Vokalen.

«Hast du in letzter Zeit von Theo gehört?», fragte Marie.

Odette schüttelte entschieden den Kopf. «Nein. Schon ewig nicht mehr.»

Merkwürdig, Jascha war sich ziemlich sicher, dass sie log.

«Theo ist tot.»

Obwohl Maries Stimme fest klang, nahm Jascha ihre Hand und drückte sie. Die Hand fühlte sich trocken und leblos an.

Odette riss die Augen auf, presste beide Hände vor den Mund und starrte Marie entsetzt an. «*Nom de Dieu!* Nein. Wann? Ich meine, wie? Das kann doch nicht sein.»

Jascha spürte einen leichten Druck in seiner Hand. Aufmerksam sah er Marie von der Seite an. Auf einmal spürte er ihre Traurigkeit, ihre Einsamkeit, alles, was sie sonst so sorgsam verbarg.

«Er ist ermordet worden, Odette.»

Die Französin schüttelte fassungslos den Kopf.

Ein Klopfen an der Tür, und das schöne Mädchen betrat den Raum. In den Händen hielt sie ein Silbertablett mit Sektkühler und drei langstieligen Gläsern. Fragend sah sie zur Sitzgruppe.

Jascha setzte sich aufrechter. Marie entzog ihm ihre Hand.

Die Anwesenheit des Mädchens schien Odette wieder auf den Boden der Realität zu bringen. Wieder ganz Gastgeberin, winkte sie das Mädchen näher. «Ermordet. Theo. *C'est impossible.* Doch nicht Theo.» Während sie noch vor sich hin murmelte, bedeutete sie dem Mädchen, das Tablett vor ihnen abzustellen. Ein weiteres Handzeichen, und gehorsam eilte die Kleine zum Schreibtisch und kam mit einer Schachtel zurück.

Odette nahm etwas heraus und steckte es in den Mund. «Traubenzucker. Entschuldigt bitte, aber auf den Schreck. Wie heißt das auf Deutsch? Unterzucker, ich bekomme Unterzucker, wenn ich erschrecke», erklärte sie lutschend.

Das Mädchen wandte sich der Champagnerflasche zu und öffnete den Draht.

Sie hatte schöne Hände, schlank, mit erstaunlich langgliedrigen Fingern. Mit der Rechten umschloss sie den Hals der Flasche, mit der Linken bewegte sie vorsichtig den Korken. Währenddessen war ihr Blick unter den langen Wimpern auf Jascha gerichtet.

«Erzähl mir alles», forderte Odette, die nur noch Augen für Marie hatte.

Mit halbem Ohr hörte Jascha, wie Marie begann, über *Le Chêne* zu sprechen.

Mit sattem Plopp löste sich der Korken. Am Flaschenhals war ein kurzes Sprudeln zu sehen, aber die junge Frau griff fester zu, und die Sauerstoffperlen sanken in die Flasche zurück. Sie lächelte.

Jascha sah auf ihren Mund, auf die vollen Lippen, die kleine Spalte zwischen ihren Schneidezähnen, die Warze, die wie ein Schönheitsfleck genau über diesem roten Mund saß. Ihm wurde warm.

Endlich wandte sie ihren Blick von ihm ab. Konzentriert

hob sie ein Glas und schenkte ein. Sofort stiegen die Bläschen an die Oberfläche. Sie stellte das Glas sorgsam wieder auf den Tisch und nahm das nächste. Ihre kleine Zunge schob sich zwischen den Zähnen vor. Die Zähne packten die Zungenspitze und hielten sie fest. Ein kleines rosafarbenes Tier, das sie vor dem Ausreißen bewahren mussten.

Verwirrt hob Jascha ein halb volles Glas und trank. Tausend kühle Nadelstiche auf seiner Zunge. Ohne Umweg kam der Alkohol direkt in seinem Kopf an.

Satzfetzen, Wortfetzen drangen an sein Ohr. Die Geräusche waren weit entfernt. «Initiative ... Dr. Dolb ... Das Torhaus ... gepfählt ...»

Er konnte mit den Worten nichts anfangen, sie nicht zusammensetzen. Gebannt starrte er auf diese kleine Zungenspitze, die aus den vollen Lippen hervorlugte.

Die Bläschen im ersten Glas hatten sich gesetzt und in eine goldfarbene Flüssigkeit verwandelt. Ein leichtes Lächeln glitt über ihr Gesicht, so, als sei sie besonders zufrieden. Als wäre die Umwandlung ihr persönliches Verdienst.

Fasziniert sah er zu, wie sie das erste Glas wieder hob. Er sah jeden Muskel, jede Sehne auf ihrem zart gebräunten Unterarm, die kleinen Härchen, die sich leicht aufgestellt hatten, als sei das Eingießen des Champagners ein aufregendes Erlebnis.

Ganz kurz schob sich Hanna vor seinen Blick. Wie sie ihm mit spöttisch verzogenen Mundwinkeln im Adler gegenübersaß.

Rasch hielt er sein voreilig genommenes Glas wieder hoch. Sie kam näher.

Ihr schweres, glänzendes Haar fiel über ihre Schulter, als sie ihm das Glas nachfüllte.

Er sah nur noch ihren Mund. Die haarfeinen Risse in den

trockenen, aufgeworfenen Lippen. Ganz kurz wurde das Bedürfnis, mit dem Zeigefinger ihre kleine Warze zu berühren, übermächtig.

«Und deshalb waren wir heute in *Fénétrange* ...», hörte er Marie sagen.

Unwillig kehrte er in die Wirklichkeit zurück.

Odette wirkte sichtlich erschlagen, und Marie sah zehn Jahre älter aus als noch vor zehn Minuten.

«Also, ich muss jetzt etwas essen», sagte Odette schließlich in die eingetretene Stille hinein.

Als würde sie aus einem Albtraum erwachen, sah sie von Jascha zu dem Mädchen. «Belle wird uns eine Kleinigkeit richten.»

Marie wollte protestieren, aber Odette hob abwehrend die Hand und wandte sich mit liebenswürdigem Lächeln Jascha zu: «Würden Sie Belle helfen? Die Küche ist unten.»

Odette sagte ein paar Worte zu dem Mädchen, sie wandte sich zur Tür und blickte über die Schulter zu ihm zurück. Er setzte sich in Gang mit dem Gefühl, jeden Moment zu stolpern oder sonst etwas Blödes zu tun.

Als die Tür sich hinter den beiden schloss, drehte sich Odette zu Marie: «Dein Liebhaber?»

«Ich bitte dich», schoss Marie empört zurück. «Er ist siebzehn.»

Odette zuckte gleichgültig die Achseln: «Alt genug.»

Marie schüttelte den Kopf und schloss müde die Augen.

«Ich habe übrigens gelogen. Theo war hier.»

Wie ein Peitschenschlag durchfuhren die Wörter Maries Körper. Sie setzte sich aufrecht. «Wann?»

«Letzte Woche. Er war – wie soll ich sagen – angespannt.» Nachdenklich nippte sie an ihrem Champagner.

Marie musterte ihre Freundin, während ihr verworrene Fragen und Vermutungen durch den Kopf schossen. «Warum? Ich meine, warum war er ausgerechnet bei dir? Was hat er erzählt? Wieso angespannt?»

«Oh, là, Petite. So viele Fragen.» Ein perlendes Lachen, dem Marie am liebsten die Luft abgedreht hätte.

«Komm schon! Was hat er erzählt?»

«Über Holzwürmer.»

«Wie bitte?»

«Er hat geredet über Holzwürmer. Die das schönste Möbelstück ruinieren, wenn man ihre Löcher nicht findet. Er hat gemeint, die Welt ist voller Holzwürmer. Symbolisch, verstehst du?»

Holzwürmer? Nein, sie verstand nicht.

«Ich hatte das Gefühl, es bedrückt ihn etwas. Du kennst Theo. Er ist aufmerksam. Ein charmanter Plauderer. Wir hatten ein Souper, und ein paarmal er hat nicht zugehört. Den Faden verloren, weißt du. Ich dachte, er hat Sorgen. Er war nicht wie immer.»

Marie wurde steif. Wie immer? Wie oft hatte er Odette besucht und ihr nichts davon erzählt? Was hatte ihr Liebhaber alles vor ihr verborgen?

«Hat er über *Le Chêne* gesprochen?», fragte sie. Ihre Kehle schnürte sich zusammen.

«Wenig, an diesem Abend. Sonst er erzählt viel über euer Schloss. Aber ...» Nachdenklich runzelte Odette die Stirn. «Es war ihm unangenehm. Er hat ausgewichen.»

«Ist ausgewichen», korrigierte Marie mit scharfer Stimme. Mit Odette hatte er über das Unglücksschloss geredet. Kein Wunder, sie selbst hatte Gespräche über *Le Chêne* immer im Keim erstickt.

Blinzelnd fixierte sie das kleine Tischchen, den Sektkühler, die Gläser ...

Odette stand auf, ging zu ihrem Schreibtisch und kehrte mit einem silbernen Zigarettenetui zurück. Sie stellte sich vor Marie und sagte ruhig: «Lass es.»

«Was soll ich lassen?» Marie merkte selbst, wie aggressiv ihre Stimme klang.

«Dich aufzuführen wie eine alte Hyäne.»

Odette beugte sich über sie und bot ihr eine Zigarette an. Marie schüttelte den Kopf und kramte ihre eigenen vor. Wütend zerbrach sie drei Streichhölzchen bei dem vergeblichen Versuch, sich eine Zigarette anzuzünden. Das Feuer, das Odette ihr hinhielt, übersah sie geflissentlich.

«Mon Dieu, Marie», lachte Odette. «Du willst einen Mörder fangen? Du wirst tief graben müssen. Und du wirst einiges erfahren, was du nicht wissen willst. Du wirst die Menschen ansehen müssen, Marie. Das tust du nicht gerne.»

Empört sah sie zu ihrer Freundin. Ihrer Freundin? Eine alte Puffmutter. Was Theo nur an ihr gefunden hatte? An diesem ganzen, widerlichen Haus voller Designermöbel und Schönheitsoperationen. Talmi. Dreck.

Endlich war es ihr gelungen, die Zigarette anzuzünden. Ihre Hand zitterte, trotz ihrer krampfhaften Bemühungen, sie ruhig zu halten.

Odette kniete sich an ihre Seite. Sie legte die Arme auf die Sofalehne und blies Marie den Rauch ihrer Zigarette entgegen. Marie starrte unbeweglich zurück. Diese Schlange, dieses geliftete Abziehbild.

Das geliftete Abziehbild lachte erneut. «Ich habe seit zwanzig Jahren mit keinem Mann mehr geschlafen. Im Gegensatz zu dir, meine Prüde. Du brauchst also nicht eifersüchtig zu sein.»

«Bin ich nicht.»

«Mais oui.»

«Nein.»

«Bien sûr.»

«Blöde Pute.«

Plötzlich spürte Marie, wie sich ein leises Glucksen in ihrem Hals höherschlich. Die Lachfältchen um Odettes Augen wurden tiefer.

Mein Gott, zwei alte Hennen, die sich stritten wie Schulmädchen. Und dann schwappte das Gelächter über sie wie eine Welle. Odette hatte ihr Gesicht auf die Sofalehne gelegt und lachte mit weit geöffnetem Mund. Maries Zwerchfell zuckte, sie konnte sich nicht mehr beherrschen. Wie ein Gewitter brach es aus ihr heraus. Schüttelte ihren Körper, ließ die Tränen in ihre Augen schießen.

Odette hielt sie fest, redete sanfte Worte, summte, streichelte sie.

Und Marie weinte. Laut und schluchzend. Wie sie seit hundert Jahren nicht mehr geweint hatte. Alles Elend saß in ihrer Kehle, erdrückte sie, wollte nach draußen. Sie weinte, bis die Tränen versiegten und die Kehle nur noch von rauen, schmerzhaften Schluchzern bebte.

«De rien, ma petite. De rien. Wein nur. Komm. Wein nur.»

Odette hielt ihren geschüttelten Körper, streichelte ihre zuckenden Schultern. Hielt ihr Gesicht in ihrer Halsbeuge verborgen, und Marie heulte den schicken Kragen des Hosenanzugs nass.

Als auch das Schluchzen sich beruhigte, zog Odette ein Taschentuch aus ihrem Ärmel und tupfte Marie vorsichtig das Gesicht trocken. Die Zigaretten lagen verglüht und vergessen im Aschenbecher.

«So! Jetzt das Leben. Du sagst, Xavier hat euch plötzlich rausgeworfen?»

Marie hickste zustimmend. Mit Odettes Taschentuch

putzte sie sich die Nase und versuchte, wieder einen klaren Kopf zu bekommen.

«Ich kenne Xavier natürlich. Ich kenne jeden in *Fénétrange*. Pah. Er ist nichts Besonderes. Ein Gelegenheitsgauner. Bereist den ganzen Saar-Lor-Luxraum, um Geschäfte zu machen. Manchmal hat er ein gutes Stück. Das meiste ist wertloser Kram.»

«Seine Boulle-Uhr ist wunderschön. Mit dem Wappen von *Le Chêne*.»

Odette hielt Marie ihr Etui entgegen, und diesmal nahm sie sich eine. «Hör zu. Ich werde ihn gleich morgen anrufen. Wenn er mir am Telefon nichts sagt, fahre ich zu ihm. Ich kriege raus, was hat er.»

Tief inhalierte Marie den Rauch. Odette würde ihr helfen. Sie selbst wusste so wenig. Sie hatte nicht gefragt. Vielleicht hatte Odette Recht und sie interessierte sich nicht genug für Menschen.

«Wollt ihr übernachten?»

Marie nickte. «Sehr gern.»

«Hat dein Kleiner Geld?»

Überrascht sah Marie sie an.

«Er wird bei Belle schlafen wollen.»

Marie sah in den gekräuselten Rauch ihrer Zigarette. Das würde er wohl wollen. Sie hatte das Verlangen in seinem Gesicht gesehen.

«Er ist schön. Und er weiß es noch nicht. *Très sympathique*, der Kleine. Diese grauen Augen. Wie bist du an ihn gekommen?»

«Er mäht meinen Rasen», antwortete Marie gedankenverloren. «Sein Vater ist auch in der Initiative. So ein Selfmademan.» In diesem Moment merkte sie, dass sie Thomas Krätz eigentlich nicht mochte. «Der würde ganz schön toben, wenn er wüsste ...»

«Ich mache dir einen Freundschaftspreis für Belle. Dreihundert Euro.»

Marie schluckte.

«Die ganze Nacht. Schließlich ich muss den Verdienstausfall mitrechnen. Belle ist ein gutes Mädchen. So billig kriegt sie keiner», gab Odette zu bedenken.

«Er kann kein Französisch.»

«Ich glaube nicht, dass sie viel miteinander reden.»

«Akzeptierst du Kreditkarten?»

Odette nickte.

• 21 •

«Entschuldigen Sie die frühe Störung, aber wir haben da noch ein paar Fragen.»

Kollege Nass, ganz freundlicher Panzer, walzte unbeeindruckt an dem versteinerten Zahnarzt vorbei in den Flur.

«Aber ich habe Ihnen doch schon gesagt, dass ich nichts über den Tod von Dr. Bernd weiß. Und mein Alibi ...»

Nass drehte sich zu ihm um: «Es geht nicht um Dr. Bernd.»

«Ja, aber ...» Fischer brach ab und holte tief Luft. «Also gut», murmelte er, «meine Frau schläft noch. Es geht ihr nicht gut. Gehen wir in meine Praxis.»

Am Ende des Wohnhausflurs führte eine geflieste Treppe nach unten. Je weiter sie hinunterstiegen, desto stärker wurde der Geruch nach Desinfektionsmitteln und Medikamenten. Durch eine strahlend weiße Tür gelangten sie in den Praxisbereich.

Leicht beklommen warf Müntzer einen kurzen Blick in

die Räume, an denen sie vorübergingen. Da war die ungemütlich sterile Welt des Wartezimmers mit zerknautschten Lederstühlen, zerfledderten Zeitschriften und unsichtbaren Paniklöchern, die die Patienten in die Luft gestarrt hatten. Die zwei Behandlungszimmer, in denen vollautomatische Marterstühle mit kreisrunden Beleuchtungssonden lauerten. Die chromblitzenden Halterungen für Bohrsätze und Instrumente und das aseptisch glänzende Becken zum Blutausspucken, wie die Science-Fiction-Version mittelalterlicher Folterbänke. Nicht zu vergessen die verlogenen Hydrokulturen, die mit ihrem freundlichen Grün Normalität vorgaukelten.

Ganz leise begann Müntzers hinterer Backenzahn zu pochen. Den hätte er schon seit einem Jahr kontrollieren lassen sollen, bevor aus dem harmlosen Pochen stechende Schmerzen wurden. Vorsichtig tastete seine Zunge den Zahn ab.

Als sie aus dem akuten Gefahrenbereich in Dr. Fischers Büro traten, beruhigte sich der Zahn. Vor allem, da sich der Raum wohltuend von anderen Arztbüros unterschied.

Statt die sachliche Atmosphäre der Zimmer zu wiederholen und höchstens durch ein paar grauenhaft niedliche Kinderzeichnungen aufzulockern, setzte dieses Büro sich deutlich vom Rest der Praxis ab. Honiggelbes Parkett löste das graue Linoleum ab, an den Wänden voll gepackte Bücherregale und bunte, großflächige Bilder.

Ein besonders interessantes Bild hing mannshoch hinter dem Stahlschreibtisch mit gläserner Arbeitsplatte.

Zuerst sah Müntzer nur Farben. Wilde Mischungen, beunruhigend disharmonisch, die bei längerem Hinsehen die kräftigen Umrisse einer Figur zeigten. Ein Mann. Der Gesichtsausdruck war in den kantigen Strichen nicht zu finden, aber die gesamte Atmosphäre des Bildes war – beunruhigend. Müntzer kniff die Augen zusammen. Doch. Die Wirkung blieb.

«Sie bewundern meinen Einsamen?», fragte der Zahnarzt, dem offensichtlich Müntzers Faszination aufgefallen war.

«Ein ungewöhnliches Bild», sagte Müntzer. Nass knurrte und ließ sich auf einem der Besucherstühle nieder.

«Von Marianne Krätz. ‹Der Einsame›», sagte der Zahnarzt nicht ohne Stolz und setzte sich hinter seinen Schreibtisch. Ohne das Bild aus den Augen zu lassen, ließ sich Müntzer auf dem zweiten Stuhl neben seinem Kollegen nieder.

Das hätte er der mausgrauen Frau niemals zugetraut. Gut, er hatte sie nur kurz gesehen, als sie wegen Krätz' Alibi und dem Verfolger von Marie bei ihm waren. Da hatte sie so blass und unscheinbar gewirkt, dass er niemals auf den Gedanken gekommen wäre, sie könne so etwas Kraftvolles malen.

«Es ist nicht gerade angenehm, dauernd die Polizei im Haus zu haben», unterbrach der Zahnarzt seine Gedanken.

«Dr. Dolb hat uns erzählt, dass vorgestern eine Sitzung der Initiative stattfand?», begann Nass.

«Sie wissen doch sowieso, dass wir eine Sitzung hatten. Was soll die Frage?»

«Dr. Dolb hat uns erzählt, dass Sie, gegen Ihre Gewohnheit, auch daran teilgenommen haben?»

«Immerhin bin ich Mitglied dieser Initiative.»

«Mit sporadischem Erscheinen.»

Der Zahnarzt wollte auffahren, Nass breitete entschuldigend die Hände aus und fügte hinzu: «Sagt Ihr Bürgermeister.»

«Hören Sie, was soll diese Fragerei?»

«Kennen Sie diesen Monsieur Lapin, den Sie alle erwartet haben?»

Gespannt sah Müntzer dem Zahnarzt ins Gesicht. Angeblich konnte man sehen, wenn jemand log. Eine Erweiterung der Pupillen. Der Lügner blickt einen kurzen Moment zur Seite ... Nichts. Nur die Kaumuskeln des Zahnarztes bewegten sich. Aber man durfte nicht außer Acht lassen, dass der Mann angespannt war. Wer war schon gerne in einen Mordfall verwickelt?

«Irgend so ein Möbelfuzzi. Nein. Natürlich kenne ich ihn nicht.»

«Wo waren Sie vorgestern, sagen wir zwischen 17 Uhr und dem Beginn der Sitzung?», fragte Nass weiter.

«Keine Ahnung. Hier. Nein, warten Sie. Ich bin rumgefahren, so war es.»

«Geht das auch genauer?» Nass wirkte unerschütterlich freundlich.

«Wieso wollen Sie das wissen? Was soll das alles?», begehrte der Zahnarzt auf. Mit deutlicher Ungeduld rutschte er auf seinem Stuhl nach vorne, die Hände fest auf die Armlehnen gepresst, als wolle er jede Sekunde aufstehen und das Gespräch abbrechen.

«Monsieur Lapin ist seit gestern Abend Gast der Gerichtsmedizin. Im Klartext, Herr Doktor: Er wurde erstochen. Wir haben es jetzt mit zwei Morden zu tun.»

Ein Blitzlichtgewitter von Emotionen zuckte über das Gesicht des Arztes. Bevor Müntzer die einzelnen Gefühlsschichten interpretieren konnte, waren sie schon wieder verschwunden, und der Doktor schien zu erstarren.

«Wo waren Sie vorgestern zwischen 17 Uhr und – sagen wir mal 20.30 Uhr?», bohrte Nass nach.

«Ich weiß es nicht genau.» Merkwürdig tonlos und abwesend kamen die Worte über seine Lippen. Interessiert beobachtete Müntzer den Mann. Die Nachricht hatte ihn erschüttert. Aber er hatte sich verdammt schnell wieder in den Griff bekommen.

«Versuchen Sie, sich zu erinnern. Wir haben Zeit», sagte Nass, wieder vollkommen freundlich, und lehnte sich entspannt in seinem Stuhl zurück.

Wie paralysiert sah der Zahnarzt an ihnen vorbei. Fast mechanisch öffnete er die Lippen und murmelte: «Die Praxis hat Mittwochmittag geschlossen. Ich war zu Hause, meine Frau war in ihrem Laden. Ich habe ein wenig gearbeitet, gelesen. So gegen 17 Uhr bin ich in meinen Wagen gestiegen und herumgefahren. Das mache ich öfters. Beim Fahren kann ich gut denken.»

«Wo waren Sie? Hat Sie jemand gesehen, der Ihre Aussage bestätigen kann?», fragte Nass unbeirrt weiter. Der Zahnarzt schluckte trocken.

«Ich weiß es einfach nicht. Am See war ich, bin herumspaziert. Möglich, dass mich jemand gesehen hat.»

«Das reicht mir nicht, Dr. Fischer.»

Unvermittelt kehrte der Zahnarzt in die Gegenwart zurück. «Herrgott nochmal. Ich muss darüber nachdenken», fuhr er auf.

Nass erhob sich. «Tun Sie das. Wir sehen uns.» Damit wandte er sich zum Gehen.

Überrascht von diesem unvermittelten Aufbruch, federte Müntzer aus seinem Stuhl. Fischer machte keine Anstalten, sie zu verabschieden. «Nehmen Sie den Praxisausgang. Die erste Tür rechts», kam es müde von seinem Stuhl.

Vor dem Ausgang platzte Müntzer heraus: «Wieso lassen wir ihn jetzt in Ruhe? Der Mann weiß etwas.»

Ohne ihn zu beachten, ging Nass auf ihren Dienstwagen zu. Er öffnete die Fahrertür, aber statt einzusteigen, lehnte er sich an das Dach und blinzelte in die Sonne.

«Fischer hat kein Alibi. Und diese merkwürdige Reaktion. Als hätte er ...» Müntzer brach ab.

«Als hätte er so etwas erwartet?», fragte Nass.

«Oder als hätte er es gewusst», entgegnete Müntzer. «Und jetzt denkt er sich ein Alibi aus.»

«Das tun sie alle», sagte Nass trocken. «Bin mal gespannt, wie die Buschtrommeln funktionieren. Bestimmt informiert er als Erstes den Rest der Initiative.»

Mit einem Ruck öffnete Müntzer die Beifahrertür, und ihn empfing ein Schwall abgestandener, heißer Autoluft. Widerstrebend ließ er sich auf dem warmen Sitz nieder. Während Nass sich umständlich den Gurt zurechtfummelte, sagte er schalkhaft: «Am interessantesten wird sein, wer überrascht tut und wer nicht.»

«Wir hätten ihn wenigstens mit der Art der Tötung konfrontieren sollen.»

«Dass es ein Arzt gewesen sein könnte?», fragte Nass nach.

Müntzer nickte.

Bedächtig drehte sein Kollege den Zündschlüssel. «Bringt nichts. Gestern Nacht habe ich ein bisschen in den Akten gestöbert. Krätz hat auch Medizin studiert. Eiselein ist seit Jahren bei den Johannitern aktiv, und wissen Sie, was Dolb früher gemacht hat? Erste-Hilfe-Kurse beim ADAC geleitet. Alle haben medizinische Grundkenntnisse. Und außerdem könnte der Stich auch zufällig so gut platziert worden sein. Sagt Lenz.»

«Und warum haben wir uns dann den Doktor zuerst vorgenommen?», fragte Müntzer. Er hörte selbst, wie muffig er klang.

«Um einen Zahnarzt schwitzen zu sehen. Alter Kindheitstraum von mir», sagte Nass und fuhr los.

• 22 •

Ein kurzes Keuchen und Röcheln, dann Stille.

«Komm schon, altes Mädchen», murmelte Marie.

Gefühlvoll drehte sie den Schlüssel erneut. Diesmal heulte der Motor gequält auf, bevor er wieder verstummte.

«Ein Hirsch kurz vorm Abkratzen», konstatierte Jascha.

«Woher willst du wissen, wie sich ein Hirsch vorm Abkratzen anhört?» Gereizt drehte sie den Schlüssel zum dritten Mal.

«Wenn du weiter so orgelst, säuft er ab.»

Wieder dieses Keuchen, ein Stottern, und der Motor sprang hustend an.

Erleichtert tätschelte sie das Lenkrad und manövrierte den Renault aus der Parklücke.

Es war erst kurz nach acht, doch wimmelte es schon von Menschen, die knapp vor den hupenden Autos über die Straße huschten, in Bäckereien und Lebensmittelläden verschwanden oder sich vor den noch geschlossenen Glastüren der großen Kaufhäuser versammelten und ungeduldig durch die Scheiben spähten.

Die Ausfahrtstraße von Nancy war wie alle Ausfahrtstraßen. Keine Barockgebäude, kein Jugendstil. Nur Geschäfte, hastende Menschen, ungeduldig hupende Autofahrer und der Gestank nach Benzin und Abgasen, der die frühe Morgenluft schwängerte.

Die Straße wand sich durch Vororte mit ihren Hochhäusern aus schmutzigem Beton, die kleine, ungenutzte Balkone wie hässliche Pickel trugen. Baumärkte mit riesigen Parkplätzen, die Löcher in das geschlossene Stadtbild rissen. Industrieanlagen und lang gestreckte Fabrikgebäude, deren Fenster trüb in die strahlende Morgensonne blinzelten.

Dazwischen vereinzelte Bäume und abfallübersäte Rasenflächen vor großen Reklametafeln, deren schreiendes Bunt die Trostlosigkeit der Umgebung noch verstärkte. Ein Gewimmel von Straßen, manche auf Stützpfeilern hochgelegt, andere sechsspurig trist, fraßen sich durch dieses moderne Nancy.

«Hässliches, du hast so etwas Verlässliches», skandierte Jascha fröhlich und blickte aus dem Seitenfenster.

Marie schnaubte.

«Bist du sauer?»

Sie blickte stur geradeaus. Er seufzte übertrieben und zog sein Messer und den kleinen Holzklotz aus seinem Rucksack. Zufrieden legte er die Füße auf das Armaturenbrett und begann, mit dem Messer am Holz zu schaben und zu schnitzen.

«Willst du gar nicht wissen, was Odette herausbekommen hat?», fragte sie nach einer Weile.

«Doch.»

«Ich dachte, es interessiert dich nicht.»

Er schnalzte mit der Zunge. «Deshalb bist du sauer. Weil ich nicht mit euch am Telefon gehangen habe!»

«Du musstest ja die Mädchen mit deinem Messerwerfen beeindrucken. Odette fand das nicht besonders witzig.»

«Hat doch keinen gestört. Die Mädels fanden es gut.»

«Odette nicht. Sie war unsere Gastgeberin.»

«Schöne Gastgeberin. Sie hat dich mit dem Preis für Belle abgezockt.»

Überrascht warf sie ihm einen kurzen Blick zu.

«Den vollen Tarif. Hat mir Belle erzählt.»

«Du kannst doch gar kein Französisch.»

Jascha grinste überlegen. Es gab schließlich andere Mittel der Verständigung.

«300 Euro, oder? Dabei zahlen Stammkunden nur 250.»

«Odette hat gesagt, sie macht mir einen Freundschaftspreis.»

Hätte sie sich eigentlich denken können. Odette war im Gegensatz zu ihr schon immer eine gute Geschäftsfrau gewesen. Verstohlen sah sie zu Jascha.

«Stört es dich?»

«Was?»

«Dafür zu bezahlen. Ich meine ... na ja, dass es eben ein Geschäft war.»

Jascha sah zu ihr herüber. «Wenn du es genau wissen willst, es stört mich, dass du es abgemacht hast, ohne mich zu fragen. Hat was von früher: Vater nimmt Sohn mit ins Bordell zur Entjungferung.»

Marie spürte, wie ihr das Blut ins Gesicht schoss. «So war das aber nicht gemeint. Ich dachte nur ... Du warst so unglücklich. Wegen Hanna. Und ...»

Er rückte näher und legte ihr seinen Arm um die Schulter. «Ich weiß. Das Geld kriegst du wieder. Und zu deiner Beruhigung: Es war nicht das erste Mal.»

«Du störst mich beim Fahren.»

Gehorsam rückte er wieder auf seinen Platz zurück.

Marie atmete erleichtert durch.

Aus den Augenwinkeln musterte sie ihn. Diesen jungen Mann, der neben ihr auf dem Sitz kauerte und konzentriert das klobige Stück Holz formte. Erst gestern hatte das schmächtige Kerlchen kaum den alten, monströsen Rasenmäher gepackt. Und heute war er plötzlich erwachsen. Groß und bei aller immer noch vorhandenen Schlaksigkeit erstaunlich breitschultrig. Die Zeit raste.

«Was gibt's denn nun Neues vom cholerischen Monsieur?», durchbrach Jascha ihre Gedanken.

«Schwierig», sagte Marie. «Ich habe das Gespräch über die Gegensprechanlage mitgehört. Trotzdem werde ich nicht schlau daraus.»

«Der Typ spinnt.»

«Er hat mich eine *vielle sorcière*, eine alte Hexe, genannt. Und ich soll ihm vom Hals bleiben. Odette hat ihm erzählt, dass ich eine alte Freundin von ihr bin, aber das hat ihn auch nicht umgestimmt. Eigentlich hat er die ganze Zeit nur Unflätigkeiten und Beleidigungen geblökt. Er wurde immer lauter, und zum Schluss hat er nur noch ‹Fragt doch den verdammten Hasen› in den Hörer gebrüllt und aufgelegt.»

«Fragt doch den verdammten Hasen? Was soll das denn?»

Marie zuckte mit den Schultern. «Er hat sich furchtbar aufgeregt.»

«Der hat einen an der Waffel, sag ich doch.»

«Odette war ratlos. Sie sagt, so kennt sie ihn gar nicht. Und auf sein Gerede konnte sie sich auch keinen Reim machen. Jedenfalls will er nicht mehr mit uns sprechen.»

Der Verkehr wurde dichter, und Marie, die gerade einen klapprigen Kleinlaster überholte, sah genervt im Rückspiegel eine wild lichthupende Hornisse, die versuchte, sie zum Einscheren zu zwingen.

«Verdammt, ich kann nicht schneller», schrie sie den unsichtbaren Fahrer durch den Rückspiegel an.

«Lass den doch», sagte Jascha besänftigend. «Erzähl, was dieser Xavier für einer ist.»

Endlich zog sie an dem Kleinlaster vorbei und reihte sich wieder in der rechten Spur ein. Der Drängler brauste mit lautem Hupen weiter. Marie klemmte sich hinter einen dicken Brummi, der mit gemächlichen neunzig Sachen vor ihr herzockelte.

«Dieser Xavier hat wohl in den frühen Fünfzigern damit angefangen, sämtliche Besitzer kleiner Schlösser oder großer Herrenhäuser abzuklappern, die nach dem Krieg Schwierigkeiten hatten, ihren Besitz zu halten. Denen hat er dann für billiges Geld die Familienschätze aus den Rippen geleiert. Sein Spezialgebiet waren alte Damen, die plötzlich Grund- und Vermögenssteuerbescheide bekamen und dankbar Xaviers Dienste annahmen.»

«Warum haben sie ihr Zeug nicht an seriöse Händler verscherbelt?»

«Angebot und Nachfrage. Du hast eine Renaissance-Truhe. Du weißt, sie ist 20 000 Euro wert, aber wenn dir keiner dieses Geld bezahlt, ist sie es eben nicht wert.»

«Dann musst du eben warten, bis dir jemand den wirklichen Preis zahlt.»

«Wenn der Gerichtsvollzieher schon vor der Tür steht? Wenn du froh bist, überhaupt etwas zu bekommen?»

«Verkaufst du an so ein betrügerisches Arschloch wie diesen Xavier!»

Marie nickte. «Wobei ich nicht beurteilen kann, ob er immer wissentlich betrogen hat. Sieh mal, der Markt ist ja auch Moden unterworfen. Ein Van Gogh erzielt heute astronomische Summen, viel höher als ein Rembrandt, dessen Bilder wesentlich älter sind. Oder nimm den Jugendstil. Noch vor dreißig Jahren haben die Leute das ‹alte Gelumpe› auf den Sperrmüll geworfen. Heute steht es in Museen.»

Endlich hatten sie Nancy hinter sich gelassen und fuhren durch leicht gewellte Hügellandschaften, die grün in der frühen Morgensonne flimmerten. Grasgrün, Moosgrün, Efeugrün, das helle, durchscheinende Grün der Trauerweiden und Schilfgrün, das von einem blau-grünen Band zerschnitten wurde.

«Sieh mal, der Rhein-Marne-Kanal.»

Jascha blickte kurz aus dem Fenster und beugte gleich wieder den Kopf über seine Schnitzerei.

Sie kurbelte ihr Fenster nach unten und sog tief die würzige Morgenluft ein. Die Sonne glitzerte im Wasser des schmalen Kanals, und der Morgenwind ließ das Schilf vibrieren. Sie war froh, unterwegs zu sein, froh, wieder nach Hause zu kommen. Sie fasste das Lenkrad fester und merkte, dass es schon besser ging als am Vortag. Die Schmerzen in ihren Händen waren nicht mehr so heftig.

Unvermittelt musste sie an die Boulle-Uhr denken, wunderschön war sie gewesen.

Wie aufs Stichwort fragte Jascha: «Und was machen wir jetzt mit diesem Xavier?»

«Wir geben ihm ein paar Tage Zeit, dann beehren wir ihn wieder.»

«Aber er will nicht mit uns reden.»

«Ich will mit ihm reden! Da ist etwas faul. Und er hatte Besuch von Theo. Grund genug, was meinst du?»

«Du kannst ihn nicht zwingen.»

Marie lächelte. Sie konnte etwas Besseres. Mit Geldscheinen winken. Philipp Stroh würde schon etwas zum Ankauf der Uhr lockermachen. Und wie sie diesen Xavier einschätzte, würde er Geld nicht widerstehen.

«Fragt doch den verdammten Hasen ... Komisch», murmelte Jascha vor sich hin. Plötzlich hob er den Kopf und fragte: «Haben die französisch gesprochen?»

«Da beide Franzosen sind, war es wohl kaum Arabisch.»

«Vielleicht hast du dich ja verhört?»

«Mein Französisch ist ziemlich gut», antwortete Marie pikiert. «*Demandez au sacré lapin* – Fragt doch den verdammten Hasen. Odette hat es auch so verstanden.»

Jascha zog die Beine vom Armaturenbrett und setzte sich aufrecht. «Hey! Das ist es.»

«Was?»

«Der Hase. Lapin. Der Auktionator aus Brüssel.»

Marie sah überrascht zu ihm herüber. Der Wagen schwenkte Richtung Straßengraben. Mit einem Ruck brachte sie ihn auf die Fahrbahn zurück.

«Dann werden wir diesen Hasen mal fangen.»

• 23 •

«Wie oft soll ich es denn noch erzählen?» Gereizt strich sich Thomas Krätz eine Haarsträhne aus der Stirn.

«Sooft wir Sie darum bitten», sagte Kommissar Nass ungerührt. «Sie kamen also am Bahnhof an.»

«Es war zehn Minuten nach sechs. Der Zug aus Brüssel war schon durch. Also bin ich zum Service Point und habe um eine Durchsage in Französisch und in Deutsch gebeten. Ich habe gewartet, aber niemand kam. Ich bin dann noch auf den Bahnsteig, um mich zu vergewissern ...»

Nein, der Mann erzählte nichts Neues. Er war höflich erschrocken, als sie ihm den Tod Lapins mitgeteilt hatten. Im Gegensatz zu Bürgermeister Dolb. Der war geschockt, ja ungläubig entsetzt, in welchen Dunstkreis die Initiative und ihre heimatbewussten, kulturbeflissenen Mitglieder da gerieten.

Und dieser Oberstudienrat Eiselein war gebührend erstaunt, ohne die klammheimliche Freude, dass es nun einen konkurrierenden Experten weniger gab, ganz verbergen zu können.

Und jetzt also dieser Unternehmer in seinem hochmodernen Bungalow, dessen englischer Rasen millimetergenau in vorbildlichem Grün hinter dem Fenster des Arbeitszimmers vor Langeweile gähnte.

«Wieso sind Sie zum Bahnhof gefahren, um Monsieur Lapin abzuholen?» Nass ließ nicht locker.

Müntzer versuchte, sich wieder auf das Gespräch zu konzentrieren.

«Weil Dr. Dolb mich darum gebeten hat. Auch das habe ich schon einmal erzählt.»

Interessiert sah Müntzer, wie Thomas Krätz mit den Fingern an den Jackettärmeln zupfte. Breite Hände, grobknochig, mit starken Gelenken und breiten Fingerkuppen. Arbeiterhände, die nicht zu dem schicken Anzug passten. Armani, wenn er sich nicht täuschte. Ein gut aussehender, gut gekleideter Mann in diesem Büro mit Chromschreibtisch, gediegenen Ledermöbeln und dem edlen, hellgrauen Teppichboden. Eine Werbeanzeige für den erfolgreichen Manager. Bis auf die Hände.

«Sie kannten Monsieur Lapin nicht?»

«Nein. Natürlich nicht. Er hat mit uns Kontakt aufgenommen. Ich weiß nur, dass er über Dr. Dolbs Sekretärin ausrichten ließ, er käme und habe der Initiative etwas mitzuteilen.»

«Tja. Und jetzt ist er tot.»

«Bedauerlich.»

«Ein sauberer Mord, übrigens. Der Täter hat kaum Spuren hinterlassen. Ein paar Fasern eines Autositzes. Da fällt mir ein: Dürfen wir uns Ihren Wagen einmal ansehen?»

Überrascht sah Müntzer zu seinem Kollegen. Faltig und grau saß Nass in dem Ledersessel, den Mund zu einem schiefen Grinsen verzogen, die kleinen Augen zusammengekniffen. Nass mochte den Mann hinter dem Schreibtisch nicht. So gut kannte Müntzer ihn mittlerweile.

Ihm war Krätz gar nicht so unsympathisch.

«Selbstverständlich», kam es knapp von ihrem Gegenüber.

«Warum sind Sie eigentlich Mitglied in dieser Initiative?», fragte Müntzer spontan.

Er spürte den erstaunten Seitenblick von Nass. Auch Thomas Krätz wirkte verdutzt.

«Herr Eiselein ist Heimatkundler. Dr. Dolb hat offensichtlich großes Interesse an alten Möbeln, wenn man sein Haus und die Einrichtung betrachtet. Dr. Bernd war Museumsdirektor. Aber Sie? Ich denke mir, dass diese Arbeit an *Le Chêne* jeden von ihnen viel Zeit und Geld kostet. Sie leiten eine Fabrik, Ihr persönlicher Geschmack ist eher ...», mit einem Blick umfasste Müntzer den Raum mit seinen Designermöbeln und ließ den Satz offen.

Zum ersten Mal, seit sie zusammensaßen, lächelte Thomas Krätz: «Wenn Sie damit andeuten wollen, dass mein Blick mehr der Zukunft als der Vergangenheit gilt, haben Sie Recht.»

«Woher Ihr Interesse am Wiederaufbau dieses alten Gemäuers?»

«Alle Honoratioren der Stadt beteiligen sich.»

Hans Müntzer glaubte ihm kein Wort. Dieses Argument mochte für Weber, den Autohändler, gelten. Der war auf Kontakte angewiesen. Aber Krätz verkaufte seine chirurgischen Instrumente nicht in seiner Heimatstadt, sondern weltweit.

Krätz lehnte sich in seinen Ledersessel. «Ich bin hier aufgewachsen. Mein Vater war Bergmann, meine Familie gehörte nicht gerade zur Creme der Gesellschaft. Vielleicht verschafft es mir einfach eine gewisse Befriedigung dazuzugehören.»

«Zu einer Kleinstadtgesellschaft?», fragte Müntzer und

blickte ostentativ auf die Fotos, die neben dem Schreibtisch an der Wand hingen. Automatisch folgte Krätz seinem Blick. Die Fotos zeigten allesamt Männer in schwarzen Anzügen. Ein athletisch gebauter Herr mit elegant angegrauten Schläfen war immer dabei. Thomas Krätz. Mal mit dem Außenminister und einer chinesischen Handelsdelegation, mal mit dem Bundespräsidenten, mal mit dem Finanzminister und einigen arabischen Ölleuten. Chirurgische Instrumente schienen überall gefragt.

«Unterschätzen Sie niemals alte Wunden.»

Kommissar Nass räusperte sich. «Noch eine Bitte, Herr Krätz. Könnten Sie uns ein Foto von sich zur Verfügung stellen?»

«Wozu?»

«Um Ihre Angaben zu überprüfen. Vielleicht hat jemand Sie auf dem Bahnhof gesehen.»

«Sie glauben doch nicht im Ernst, dass ich etwas mit diesem Mord zu tun habe?» Fast arrogant schleuderte Krätz seine Frage Nass entgegen.

Der Hauptkommissar sah ihn ungerührt an. «Ich bin Polizist, kein Priester. Glauben gehört nicht zu meinem Job.»

«Herr Krätz», fiel Müntzer begütigend ein. «Wir haben zwei Tote. Dr. Bernd war Mitglied Ihrer Initiative zur Wiedererrichtung von *Le Chêne*. Monsieur Lapin war auf dem Weg zu Ihrer Initiative. Wir müssen jeden überprüfen.»

Unwirsch gab Krätz nach. «Ich lasse Ihnen ein Foto zukommen. Aber überspannen Sie den Bogen nicht, meine Herren.»

Der Mann hatte Beziehungen. Und er würde sich nicht scheuen, sie spielen zu lassen, wenn die Polizei ihm auf die Nerven fiel.

«Ach ja. Ein Foto von Ihrem Sohn hätten wir auch gerne.»

Mit diesen Worten stützte Nass die Hände auf die Chromlehnen seines Ledersessels und hievte sich hoch.

Müntzer sah, wie sich die Kinnlade von Krätz anspannte. Warum tat Nass das? Damit musste er den Mann gegen sich aufbringen. Und nötig war dieses Foto auch nicht. Es stand fest, dass Jascha Krätz zur vermutlichen Tatzeit weder in der Nähe des Saarbrücker Bahnhofes noch des Opfers gewesen sein konnte.

Gespannt wartete er auf eine Reaktion des Unternehmers. Nur ein Zucken um die Mundwinkel, aber Müntzer war sicher, dass der Griff zum Telefon folgen würde, sobald sie das Zimmer verließen. Wen er wohl anrufen würde? Den Polizeipräsidenten? Oder gleich den Innenminister? Wer weiß, wann sie wieder die Gelegenheit bekämen, mit dem Mann zu sprechen? Also fragte er möglichst beiläufig: «Nur aus Interesse – Sie haben doch eine alte Beziehung zu *Le Chêne*?»

Mit dieser Frage hatte Krätz offensichtlich nicht gerechnet.

«Ich habe ein wenig in alten Akten gestöbert. Der Mordfall Clarin. Daran erinnern Sie sich doch bestimmt», fuhr Müntzer fort.

Ein kurzes Runzeln der Augenbrauen. «Natürlich erinnere ich mich. Der schwachsinnige Straßenkehrer. Seine Leiche wurde auf *Le Chêne* gefunden. Den meinen Sie doch?»

«Ein Mord, der nie aufgeklärt wurde. Sie und Herr Fischer sind damals verhört worden. Richtig?»

«Allerdings.» Krätz hob einen Zeigefinger: «Wohlgemerkt: Nur Chris und ich sind verhört worden. Obwohl wir damals eine ganze Bande von Jugendlichen waren, die sich auf *Le Chêne* herumtrieben. Aber die anderen ... dem Sohn des Bürgermeisters, des Gymnasialdirektors oder dem Arztsohn wollten die Polizisten wohl nicht zu nahe treten. Wir waren die Bergmannssöhne.»

«*Le Chêne* war eine Art Treffpunkt?»

Thomas Krätz nickte amüsiert. «Wir waren damals kurz vor dem Abitur. Die geistige Elite – das hat uns unser alter Deutschlehrer eingebläut. Die geistige Elite. Nur Chris und ich waren die Pickel am Arsch dieser Elite. Arbeiterkinder, die Abitur machen. Abschlussball der Tanzschule, Tennisstunden, Klassenfahrt nach Paris ... Da konnten wir nicht mithalten. Dafür hatten unsere Eltern kein Geld.» Befriedigt faltete er die Hände über seinem Maßanzug und sagte abschließend: «Kinder von Akademikern werden Akademiker. Arbeiterkinder werden Arbeiter.»

Müntzer versuchte, eine Spur von Bitterkeit bei Krätz zu finden, aber da war nichts. Höchstens leicht amüsierte Kälte. Entweder hatte der Mann radikal mit seiner Vergangenheit gebrochen, oder er hatte sich verdammt gut im Griff. Wie hatte er gesagt? Sein Blick galt der Zukunft.

«Und was war mit *Le Chêne*?»

Gelassen sah Krätz die beiden Kommissare an.

Merkwürdig, dachte Müntzer, er hat das Kräfteverhältnis einfach gedreht. Eben noch war es so, dass er zu ihnen hochschauen musste. Plötzlich waren sie die Befehlsempfänger, die stehen mussten, während der Chef saß.

«Für die Jungs aus der Klasse war *Le Chêne* ein guter Ort, um Feste zu feiern. Mädchen flachzulegen, Hasch zu probieren. Chris und ich haben dort gearbeitet.»

«Gearbeitet», knurrte Nass, zog den Sessel näher und setzte sich auf die Lehne.

«Kennen Sie die Sage vom verschwundenen Schatz? Dem Schmuck der Marie Antoinette?»

Nass ließ ein undefinierbares Brummen hören.

«Den haben wir gesucht. Jahrelang. Wir haben Tunnel gegraben, Gänge erforscht, jeden Stein abgeklopft. Während unsere Klassenkameraden feierten und unsere Eltern dachten, wir wären dabei.»

«Und? Haben Sie ihn gefunden?», fragte Nass gelangweilt.

Der Industrielle lachte auf. «Natürlich nicht. Aber wir haben es auch so geschafft. Aus eigener Kraft. Und nach dem Tod von Fritzchen Clarin war es mit den Treffen auf *Le Chêne* sowieso vorbei.»

Nass stand auf. «Das ist ja alles sehr interessant. Denken Sie bitte an das Foto?»

Krätz zuckte noch nicht einmal, obwohl der Ton des Hauptkommissars einer Ohrfeige gleichkam.

Vor der Tür des Arbeitszimmers wartete die Haushälterin, um die beiden Kommissare hinauszubegleiten. Als sie endlich über den kleinen Kiesweg trabten, der zu dem niedrigen Gartentürchen zur Straße führte, schüttelte sich Nass. «Unangenehmer Typ.»

«Ich fand ihn ganz kooperativ», meinte Müntzer.

Nass schnaubte. «Der Mistkerl hat mir gedroht. Von wegen den Bogen überspannen.»

«Sie sind aber auch nicht gerade sanft mit ihm umgesprungen.»

«Diese Geschichte vom armen Bergmannskind und der harten Jugend. Grauenhafter Sozialkitsch.»

«Erwiesenermaßen machen Arbeiterkinder wirklich seltener das Abitur. Und er hat nicht wehleidig geklungen.»

Nass rüttelte am Gartentürchen, das sich keinen Zentimeter bewegte. «Was sollte das mit dem Fall Clarin?», schnauzte er in Müntzers Richtung. Ein Summen, und das Türchen sprang auf.

Müntzer zuckte die Achseln. «Ein Gefühl?», schlug er vor.

Ein rostroter Kastenrenault kam angeholpert, hielt, und Jascha Krätz sprang heraus.

Als er die beiden Kommissare sah, blieb er wie angewurzelt stehen. Mit schnellen Schritten umrundete Müntzer den Wagen und rief in das geöffnete Fenster: «Wo zum Teufel haben Sie gesteckt?»

Marie Weller drehte den Zündschlüssel und öffnete die Fahrertür.

«Bin ich Ihnen Rechenschaft schuldig?»

«Allerdings.» Müntzer bemühte sich, ruhig zu bleiben. «Es hat einen weiteren Mord gegeben. Ich war schon ein paar Mal bei Ihnen, aber niemand wusste, wo Sie stecken.»

«Frau Weller, Sie sollten uns wirklich sagen, wenn Sie vorhaben zu verreisen. Wir haben uns Sorgen gemacht», sagte Nass freundlich.

Müntzer musterte ihn böse. Kein Grund zur Freundlichkeit.

«Mein Kollege hat sich Sorgen gemacht», präzisierte Nass mit heimtückischem Lächeln zu Müntzer.

«Was ist denn passiert?», fragte Marie alarmiert.

«Sie haben doch einen Auktionator aus Brüssel erwartet? Nun, gestern am frühen Nachmittag haben wir Monsieur Claude Lapin auf einem Autobahnparkplatz gefunden. Erstochen», erklärte Nass.

«Der Hase ist erlegt», entfuhr es Jascha.

Marie war bleich geworden und sah zwischen den beiden Männern hin und her. In diesem Moment ertönte der Summer, und Thomas Krätz trat auf die Straße.

«Mist», entfuhr es Jascha.

Vater und Sohn sahen sich einen Augenblick an. Dann kam Thomas Krätz mit schnellen Schritten auf ihn zu. «Wo bist du gewesen?», herrschte er Jascha an.

«Mal halblang», gab der zurück. «Ich habe Hilde Bescheid gesagt.»

«Hilde hat uns mitgeteilt, dass du über Nacht wegbleibst. Deinen Aufenthaltsort hast du ihr allerdings verschwiegen.»

«Ich bin siebzehn.»

«Eben!»

«Er war mit mir unterwegs», mischte sich Marie ein.

«Nicht sehr beruhigend», bemerkte der Unternehmer süffisant.

«Wir waren für die Initiative unterwegs», sagte Jascha. Falls diese Auskunft seinen Vater beruhigen sollte, verfehlte sie ihr Ziel.

«Wo warst du?»

«Wir waren in Lothringen. In *Fénétrange.* Wir haben eine Boulle-Uhr ausgemacht, die zum Inventar von *Le Chêne* gehörte», mischte sich Marie wieder ein. «Der Händler, Monsieur Xavier, ist ein alter Kollege von mir. Wir sind uns über den Preis noch nicht ganz einig, aber es sieht gut aus.»

Irrte sich Müntzer, oder war der Blick, den Jascha Marie zuwarf, überrascht?

«Dann habe ich dem Jungen noch *Nancy* gezeigt. Aber keine Angst. Die Übernachtungskosten nehme ich auf meine Kappe. Die Pension war nicht sehr teuer.»

Dass an dieser Geschichte einiges faul war, merkte Müntzer nicht nur an Jaschas Gesichtsausdruck, sondern auch daran, wie hastig Marie die Geschichte vorsprudelte. Thomas Krätz starrte die alte Händlerin versteinert an. So dramatisch war es auch nicht, dass sie seinen Sohn mitgenommen hatte. Aber was wusste er schon? Schließlich hatte er keine Kinder.

«Frau Weller, könnten wir noch kurz mit Ihnen reden?»,

fragte Nass höflich. Ohne den Blick von Krätz zu wenden, nickte Marie.

«Bei Ihnen zu Hause? In einer halben Stunde?», bohrte Nass weiter.

Endlich löste sie ihren Blick und sagte förmlich: «Auch sofort, wenn Sie möchten. Ich fahre voraus.»

Nass verabschiedete sich mit einem «Dann bis gleich» und ging, gefolgt von Müntzer, die Straße entlang zu ihrem Wagen. Jascha nutzte die Gelegenheit, um schnell an seinem Vater vorbei ins Haus zu schlüpfen.

Krätz und Marie blieben auf der Straße zurück. «Wegen der Anzahlung für die Uhr wende ich mich wohl am besten an Herrn Stroh?»

Krätz fixierte sie reglos.

Als sie keine Antwort bekam, wandte sie sich mit einem hastigen «Wir sehen uns ja» zu ihrem Wagen und stieg ein. Der Motor sprang schon beim ersten Zünden an.

«Danke, alter Freund», flüsterte sie dem Auto zu.

• 24 •

«Hör schon auf. Ich habe alles im Griff. Nein ... Du, ich muss Schluss machen, sie kommen. Ich rufe an, sobald ich sie los bin ...»

Ralf Weber legte den Hörer auf die Mobilstation und winkte durch die Glaswände seines Büros den Kommissaren zu. Der Ältere der beiden nickte kurz und sagte etwas zu seinem Kollegen.

Der Autohändler zwang ein Willkommenslächeln in sein Gesicht und zog ein paar Unterlagen heran.

Die Glastür zum Verkaufsraum ging auf, und die beiden Kommissare traten ein. Ralf Weber erhob sich halb von seinem Drehstuhl. «Sagen Sie nicht, die Polizei braucht neue Wagen.»

Der Ältere sah ihn ausdruckslos an. Keine Spur von Humor. Schön, dann nicht.

«Kommissar Nass und Müntzer, richtig?»

Na, wenigstens quälte dieser Müntzer sich ein Lächeln ab. Aber das Gesicht von Nass blieb verkniffen und faltig. Ein unangenehmer Kerl. Sah nicht so aus, als wäre mit ihm gut Kirschen essen. Locker bleiben.

«Nehmen Sie doch Platz. Was kann ich für Sie tun?»

«Schönes Geschäft», meinte Nass im Setzen.

Na bitte, da war er, dieser Blick. Genau wie bei den meisten Kunden. Die Leute misstrauten Autohändlern einfach, hielten sie für windige Rosstäuscher, die den bunten Jungentraum zu ihrem Beruf gemacht hatten.

«Wenn nur die Geschäfte besser liefen. Aber Sie wissen ja: die Konjunktur. Trifft uns alle.» Ein optimistisches Lächeln, ein stolzer Blick zu den glitzernden Karossen draußen. Scheißautos.

«Aber Sie sind bestimmt nicht zum Plaudern gekommen. Was führt Sie zu mir?»

Ein kurzer Blickwechsel zwischen Nass und Müntzer. War er zu schnell? Zu wenig überrascht über ihren Besuch?

«Ich habe gleich noch einen Termin, deshalb ...»

Ein entschuldigendes Achselzucken, ein Seufzer. Der gestresste Geschäftsmann.

«Herr Weber, sagt Ihnen der Name Lapin etwas? Claude Lapin?»

«Lapin? Lassen Sie mich nachdenken ... Kommt mir irgendwie bekannt vor. Aber so auf Anhieb? Nein.»

«Vorgestern Abend hatten Sie einen Termin mit Monsieur Lapin. Er ist nicht aufgetaucht.»

Dieser spöttisch gelangweilte Ton des Bullen.

Weber schlug sich mit der Hand gegen die Stirn. «Natürlich! Der Name war mir grade total entfallen.»

Hoffentlich war das jetzt nicht zu dick.

«Wissen Sie, ich bin da nicht so engagiert. Es ist eher ein Muss für mich. Als Geschäftsmann in so einer Kleinstadt.»

Dieser Nass war ein harter Brocken, hörte sich alles völlig unbewegt an, ohne eine Miene zu verziehen. Er saß einfach da, grauer Mann im grauen Anzug. Aber er war offensichtlich der Wichtigere der beiden. Für so etwas hatte er ein Gespür. Dieser Müntzer war lockerer, jünger. Schickes Hemd, das er da trug. Junghans-Uhr. Braune italienische Halbschuhe, nicht billig. Woran konnte man Männer einschätzen? An den Schuhen und der Uhr. Da konnten sie in den zerlumptesten Jeans ankommen. Wenn Schuhe und Uhr stimmten, ließen sich Geschäfte machen.

«Aber Sie sind bei den Sitzungen immer dabei?»

Weber lachte auf. «Klar. Der alte Dolb würde mir die Hölle heiß machen. Schließlich kauft die halbe Stadt ihre Autos bei mir. Und ein einheimischer Geschäftsmann muss die einheimischen Interessen unterstützen.»

«Das heißt also, Sie sind über alles, was die Initiative betrifft, informiert?», hakte Nass nach.

Weber nickte.

«Wie haben Sie zum ersten Mal von dem geplanten Besuch Lapins erfahren?»

«Der alte Dolb hat angerufen und gesagt, ein wichtiger Mann aus Brüssel käme. Irgendwas mit Theo Bernd. Schreckliche Sache, was?»

Keine Reaktion. Nur dieser Müntzer kniff die Augen leicht

zusammen. «Dolb hat mich zu der Sitzung befohlen, das macht er immer so, und glauben Sie mir: Da traut sich keiner, nicht zu erscheinen. Aber warum fragen Sie?»

«Monsieur Lapin wurde gestern erstochen aufgefunden. Auf einem Autobahnparkplatz.»

«Nein!», rief Weber aus. Glaubwürdig, wie er fand. Immerhin hatte er geübt.

«Und diese Nachricht ist noch nicht zu Ihnen vorgedrungen?», fragte Nass.

Sprachlos schüttelte Weber den Kopf.

«Ach, ich dachte, Sie wären schon informiert. Schließlich sind Sie der Letzte auf unserer Liste.»

Vielleicht hätte er sich das ganze Theater schenken sollen, aber nun konnte er nicht mehr zurück.

«Ich habe gearbeitet. Kundenfahrten. Nein, niemand hat mich informiert. Aber ich bin mit den Leuten der Initiative auch nicht sooo dicke.»

Nass nickte. Irgendetwas an diesem Nicken missfiel Weber.

«Wir haben einfach ein paar Routinefragen an Sie. Bis jetzt wissen wir, dass Monsieur Lapin den Zug Brüssel–Frankfurt über Saarbrücken genommen hat. Einige Mitreisende haben bestätigt, dass er den Zug in Saarbrücken verlassen hat. Leider hat niemand beobachtet, was auf dem Bahnhof geschah. Ob er jemanden getroffen hat, ob er erwartet wurde. Fest steht, dass, als Thomas Krätz verspätet zum Bahnhof kam, Monsieur Lapin bereits verschwunden war. Können Sie uns sagen, wo Sie zwischen siebzehn Uhr fünfzig und achtzehn Uhr dreißig waren?»

Weber war vorbereitet. Nach einem routinierten Blick auf seine Armbanduhr drückte er die Gegensprechanlage: «Frau Settler, würden Sie bitte zu mir ins Büro kommen? Bringen

Sie den Terminplan mit.» Mit einem Lächeln wandte er sich an die Kommissare. «Um neunzehn Uhr dreißig war ich bei dem Treffen im Adler. Davor? Wahrscheinlich Kunden. Meine Frau Settler weiß Bescheid. Mein zweites Gedächtnis, verstehen Sie?»

«Sie kannten Herrn Lapin nicht?»

Weber schüttelte den Kopf. «Sie überprüfen uns also? Na, das wird einigen aber nicht gefallen.»

«Reine Routine», sagte Nass abwehrend.

«Haben Sie denn schon den Eiselein befragt? Der war doch in Saarbrücken. Ich glaube, zu dieser Zeit.»

Wieder ein Blickwechsel. Hätte er sich denken können, dass Eiselein das verschwieg. Und seine versoffene Alte hatte er unter Garantie auch instruiert.

Erschrocken hielt sich der Autohändler die Hand vor den Mund. «Hätte ich wohl nicht sagen sollen?»

«Wir untersuchen einen Mordfall. Da geht es nicht um Petzen.»

«Natürlich. Trotzdem ist das jetzt unangenehm. Aber bestimmt völlig harmlos. Hat er bestimmt nur vergessen ...»

«Was genau wissen Sie?»

«Nicht viel. Unser Oberstudienrat hat sich mal wieder aufgeregt, dass so ein Experte kommt, von dem er nichts weiß. Und dass Krätz ihn abholen geht. Seine Frau hat gemeint, er hätte diesen Lapin doch mitnehmen können, weil er doch sowieso in Saarbrücken war. Mehr weiß ich auch nicht. Wundert mich, dass Eiselein das nicht erwähnt hat.»

In diesem Moment klopfte es an der Tür, und eine pausbäckige, mittelalterliche Blondine streckte den Kopf herein.

«Ah, Frau Settler. Geben Sie mir doch mal den Planer.»

Mit einem Lächeln zu den beiden Polizisten reichte sie Weber eine schwere Kladde.

«Unsere Bibel», grinste er und schlug sie auf. Mit der Hand fuhr er über die verschiedenen Spalten.

«Ah ja. Hier haben wir's. Wie ich schon sagte: Probefahrt mit dem neuen Benz. Frau Wilk. Sehr gute Kundin.»

«Den Eintrag habe ich noch nicht korrigiert», ließ sich die leise Stimme von Frau Settler vernehmen.

Webers Kopf fuhr hoch: «Wie bitte?»

«Der Eintrag. Erinnern Sie sich nicht? Frau Wilk hatte doch angerufen, dass Sie den Termin verschieben möchte. Wegen der Tennisstunden von ihrem Sohn.»

«Hier steht, ich war von siebzehn dreißig bis achtzehn dreißig mit Frau Wilk zusammen. Sie hat den Wagen gekauft.»

«Zwei Stunden früher», ließ sich die leise, pedantische Stimme vernehmen. «Der Termin war zwei Stunden früher.»

Weber merkte, wie ihm das Blut in den Kopf schoss. Diese Schnepfe. Der würde er was erzählen.

«Und warum ist der Eintrag nicht geändert? Sie wissen genau, dass unsere Lohnabrechnungen mit den Einträgen in diesem Buch gemacht werden. Wie oft soll ich das denn noch sagen!»

«Aber ...»

Weber nahm das Buch, drückte es seiner Mitarbeiterin geradezu in die Arme und drängte sie zur Tür.

«Kümmern Sie sich gefälligst darum. Ein bisschen dalli, wenn ich bitten darf! Los, los.»

Bevor er sich wieder den Polizisten zuwandte, holte er tief Luft. Ruhig bleiben, darauf kam es an.

«Entschuldigen Sie bitte.» Weber bemühte sich um Fassung. «Aber wenn schon die Bücher nicht mehr stimmen ... Wie soll man so einen Laden führen?»

«Wenn Sie diese Kundenfahrt nicht gemacht haben, wo waren Sie dann?», fragte Kommissar Nass.

Weber ließ sich auf seinen Stuhl sinken und breitete die Arme aus. «Ich weiß es einfach nicht mehr.»

«Herr Weber, wir reden hier von vorgestern. Nicht von vor einem Jahr. Sie werden sich doch noch an vorgestern erinnern?»

«Natürlich.» Der Autohändler stützte den Kopf in die Hand und murmelte: «Frau Wilk war vorher ... dann die Initiative ...» Plötzlich hob er den Kopf und verkündete: «Zu Hause. Da war ich. Bin erst vor kurzem umgezogen. Trennung von meiner Frau, verstehen Sie? Da gibt es noch einiges zu tun in so einem Junggesellenhaushalt. Ich war zu Hause.»

«Allein?»

«Natürlich allein.»

Weber fühlte, wie sein Hemdkragen am Nacken scheuerte. Er hatte das unwiderstehliche Bedürfnis, sich mit der Hand die Stelle zu kratzen. Er verschränkte seine Hände, bis sie schmerzten.

«Herr Weber, eine ganz andere Frage. Erinnern Sie sich noch an den Mordfall Clarin?»

Sprachlos starrte der Autohändler Kommissar Müntzer an. Den Themenwechsel bekam er nicht mit. Was hatte das mit dem Alibi zu tun?

«Vor dreißig Jahren.»

«Da war ich gerade zehn», antwortete Weber mit allen Anzeichen des Erstaunens. Diesmal noch nicht einmal gespielt. Wenn er nur wüsste, was dieser Kerl wollte.

«Sicher. Aber über diesen Mord wurde doch bestimmt viel geredet. Ein ungeklärter Mord in einer Kleinstadt.»

«Untersuchen Sie den auch?»

Dieser Müntzer lächelte unverbindlich. Dem Älteren passte die Wendung des Gespräches nicht. Aus den Augenwinkeln sah Weber, wie er sich in seinem Stuhl dauernd umsetzte. So, als wolle er jeden Moment unterbrechen.

«Entgegen der landläufigen Meinung verjährt auch ein Mord, allerdings erst nach dreißig Jahren. Die Frage ist rein interessehalber.»

Weber spürte, dass Nass jede Sekunde eingreifen würde. Vielleicht hatte der Themenwechsel ja sein Gutes. «Klar weiß ich davon. Wir haben als Kinder immer ‹Mord an Fritzchen› gespielt. Einer musste wild brabbelnd mit so einer Handkarre über den Hof. Die anderen, die Mörder, waren versteckt.»

Er widerstand der Versuchung, die Spielregeln näher zu erläutern, als ihn der angewiderte Blick von Kommissar Nass traf.

«Mein Opa ...», fuhr er stattdessen fort, «... der hat immer gesagt, das wären die Söhne der Großkopferten gewesen. Die hätten den armen Fritz totgeprügelt. Und die Väter hätten dafür gesorgt, dass es keine richtige Untersuchung gab.»

«Die Söhne der Großkopferten?»

«Mein Opa war Sozi. Für den waren die Großkopferten an allem schuld.»

Endlich schien Nass genug zu haben. Er stand auf und nickte Weber zu. «Für heute war's das, Herr Weber. Wir melden uns.»

Der Jüngere lächelte wenigstens. Dann ging er dem Alten hinterher.

Erleichtert kratzte sich Weber den Nacken.

«Der Kerl lügt wie gedruckt», murrte Nass halblaut, als sich die Bürotür hinter ihnen schloss.

«Die Söhne der Großkopferten. Und wenn der Opa Recht hatte? Vielleicht war es ja genau so.»

«Mein Gott, Müntzer. Der Fall ist verjährt.»

«Aber viele der Beteiligten von heute waren damals auch dabei.»

«Ist ja auch ’ne Kleinstadt.»

«Trotzdem ...»

Nass stapfte an den chromglänzenden Wagen im Ausstellungsraum vorbei, ohne sie zu beachten. Sein Kollege Müntzer riskierte den ein oder anderen begehrlichen Blick. Als sie auf der Straße standen, wandte sich Nass um und betrachtete die großen Glasfenster. «Manchmal frage ich mich, ob die Kerle Autohändler werden, weil sie windig sind. Oder ob sie windig werden, weil sie Autohändler sind.»

«Was ist mit unseren Faserspuren?», fragte Müntzer.

Sein Kollege grinste. «Der kann doch mit all diesen Autos gefahren sein. Nein, wir hängen uns lieber an seine Alibikillerin. Die gute Frau Settler wird Schwierigkeiten mit ihrem Chef kriegen. Da werden die meisten Menschen gesprächsbereit.»

Ralf Weber beobachtete die Kommissare, wie sie vor der Scheibe des Ausstellungsraums standen. Worüber redeten die bloß? Mit einer Hand griff er das Telefon und wählte, ohne hinzusehen. Als sein Gesprächspartner sich meldete, sagte er: «Alles in Ordnung. Lief gut ...»

Wieder begann die Stelle im Nacken zu jucken.

• 25 •

Die beiden Wespen landeten ineinander verschlungen auf der gelben Wachstuchdecke.

Sie waren nur ein paar Zentimeter von Marie entfernt. Gerade wollte sie die Tiere mit einer Handbewegung verscheuchen, da sah sie, wie die Größere eine ruckartige Bewegung mit ihrem Kiefer machte – ein zarter Flügel sank auf den Tisch.

Natürlich. Eine Schwebfliege. Die Nachahmerin der Wespen – der gleiche gelb-schwarze Hinterleib, aber nur zwei Flügel und kein Stachel. Und nun hatte eine echte Wespe sie erwischt. Fasziniert sah Marie dem Kampf zu. Die Schwebfliege, kleiner als die Wespe und durch den Verlust ihres Flügels gehandikapt, versuchte kriechend zu entkommen. Doch sie hatte keine Chance. Mit den Vorderbeinen hielt die Wespe das kleine Insekt im Zangengriff und hackte mit ihrem starken Kiefer unbarmherzig zu. Noch ein Flügel landete auf der gelben Decke.

Wieder und wieder stieß der Wespenkopf auf den hilflos gekrümmten Körper nieder. Bis er sich nicht mehr regte. Der Killer packte den Rumpf mit klauenartig gekrümmten Vorderbeinen und flog davon zum Festmahl.

Mit dem Zeigefinger berührte Marie einen der durchscheinenden Insektenflügel.

Sie hob den Kopf und sah in ihren dämmrigen Garten. Der Phlox duftete, ein sanfter Abendwind fuhr durch die Zweige des Apfelbaums, die Vögel trillerten der Nacht entgegen. Mit den Fingern schnipste sie die Spuren des Gemetzels vom Gartentisch.

Die suchenden Finger fanden das zerknüllte Päckchen mit den Zigaretten und zogen eine heraus. Verbogen und verdreht. Sie fuhr darüber, glättete sorgfältig die kleinen Falten und Erhebungen und ließ das Feuerzeug klicken. Ein Zug und weißer Rauch kräuselte sich.

Sie lehnte sich an die schmale Lehne des Gartenstuhls. Die Holzrippen drückten sich fest und verlässlich in ihren Rücken.

«Hier steckst du.»

Die Stimme ließ sie hochfahren. Vor ihr stand Jascha, die unvermeidliche Kappe schief auf dem Kopf.

«Warum sitzt du hier?»

Warum sollte sie nicht hier sitzen?

«Soll ich uns ein Bier holen?», bot er an.

Statt einer Antwort kramte sie den Hausschlüssel aus ihrer Hosentasche und hielt ihn ihm entgegen.

«Du hast abgesperrt?», fragte er verwundert.

«Immerhin hatte ich einen Einbruch. Schon vergessen?»

Er nahm den Schlüssel und ging den Gartenweg zurück zur Haustür.

Als er mit zwei Flaschen Bier und den Gläsern zurückkam und einschenkte, sagte sie: «Blöde, aber ich habe Angst.»

Sie stockte. Wie sollte sie ihm das Gefühl erklären? War es überhaupt Angst? Eher ein vages Gefühl der Hilflosigkeit und Unsicherheit, weswegen sie auch hier draußen saß. Sie hatte keine Lust, ins Haus zu gehen. Dort war sie eingesperrt, der Gefahr ausgeliefert.

«Das ist ein Hammer mit dem Hasen, oder?»

Sie spürte, wie ihre Kehle eng wurde. Der Tod Lapins hatte sie mehr mitgenommen, als sie dachte.

Sie hatte Lapin nicht gekannt. Er war ein Bekannter von Theo und auf dem Weg zu ihnen, als er ermordet wurde. Wenn sie nur irgendeine Ahnung hätte, was er ihnen sagen wollte ...

«Warum hast du die Bullen angelogen?», fragte Jascha.

«Habe ich doch gar nicht.»

«Hast du wohl.»

«Hätte ich vor deinem Vater erzählen sollen, dass wir in einem Puff übernachtet haben?»

Jascha grinste und trank einen Schluck. Der Bierschaum setzte sich wie ein weißer Schnurrbart um seinen Mund. Genüsslich leckte er ihn mit der Zunge ab. «Das meine ich gar nicht. Du hättest den Bullen von diesem komischen Xavier erzählen müssen. Sein Gefasel über den Hasen. Das ist doch 'ne Verbindung zu dem Mord, hätte die bestimmt interessiert.»

Marie sah an ihm vorbei.

«Warum traust du der Polizei eigentlich nicht?» Interessiert beugte sich der Junge vor.

Was wusste er schon? Ein Junge. Sie zog ihn in diese Geschichte herein. Das war kein Spiel. Sie hatten es mit einem Mörder zu tun, und der hatte ein zweites Mal zugeschlagen.

«Ich glaube, dein Vater will, dass du dich aus der Geschichte raushältst.»

Ablehnend verschränkte er die Arme über der Brust. «Der denkt doch eh, ich baue nur Mist, solange ich nicht mit ihm gemeinsam Venenzangen anbete.»

«Klassischer Konflikt.»

Er kramte nun sein Holzstück und sein Schnitzmesser aus den tiefen Seitentaschen seiner Hose und klappte gekonnt die lange Klinge aus dem Griff.

«Gab es schon immer», fuhr sie fort und sah zu, wie er kleine Späne vom Holz säbelte. «Der Sohn, der dem Lebenswerk des Vaters die Anerkennung verweigert. Seinen eigenen Weg sucht. Das ist uralt.»

«Ich verweigere ihm nicht die Anerkennung. Er ist einfach ein Alien.»

«Ein was?»

Die Spänchen flogen heftiger. So groß und unhandlich die Klinge aussah, so elegant und flink tanzte sie über das Holz.

«Oder ein Roboter. Zielgerichtet, effektiv, schnell. Eine Maschine, verstehst du? Und keiner merkt's.»

«Du übertreibst.»

Jascha ließ sein Schnitzmesser sinken und schüttelte den Kopf. «Er hat einmal in seinem Leben geheult. Als Opa starb. Dabei war das ein cholerischer Kotzbrocken, der ihn immer verprügelt hat.»

Sie wischte mit der Hand unsichtbaren Schmutz von der Wachstuchdecke. Leise sagte sie: «Als mein Vater starb, habe ich auch geweint. Vor Erleichterung. Vielleicht war es bei deinem Vater dasselbe.»

Ein kleiner Zaunkönig landete auf dem gelben Wachstuch, plusterte sich erschreckt auf, stürzte weiter. Jascha packte sein Messer fester und säbelte wieder an seinem Holzstück.

«Warum benutzt du nicht deine Schnitzmesser, sondern diesen Dolch?», fragte sie.

Er hob es hoch und betrachtete liebevoll die silbern blitzende Klinge. «Damit hab ich angefangen zu schnitzen. Ist gut für die Vorarbeit. Also. Warum hast du den Bullen nichts erzählt?»

Sie winkte ab. «Alte Geschichten.»

Die letzten Reste des Tageslichts versteckten sich in den Zweigen des Apfelbaums. Diese Zeit zwischen Nacht und Tag mochte sie am liebsten. Zwielicht.

Im Zwielicht hatte sie Fritz in ihrem Garten gefunden, versteckt im Jasminstrauch. Sein etwas zu großer Kopf auf dem Knabenkörper, das Gesicht tränenüberströmt. Eine lange Rotzspur von seiner Nase bis zum Kinn.

«Und was machen wir jetzt? Wo der Hase wegfällt?», unterbrach Jascha ihre Erinnerung.

«Kaiserslautern, Roentgen», antwortete sie mechanisch.

«Wird aber bestimmt nicht so interessant, Jascha. Ich habe ein bisschen herumtelefoniert. Das Antiquariat Anhäuser in Kaiserslautern hat ein Roentgenmöbel. Mit denen hatte Theo schon Kontakt. Ich fahre morgen mal hin.»

«Nicht ohne mich», sagte Jascha bestimmt.

Erstaunt sah sie ihn an.

«Du fährst nicht allein», wiederholte er.

«Allerdings tu ich das.»

Er klappte sein Messer zu und verstaute alles in seiner Hosentasche. «Dann komme ich mit dem Zug nach.»

«Spinnst du?»

Er klang genau wie sein Vater. Herrisch, bestimmt. Kein Wunder, dass die zwei Probleme hatten.

«Mensch, Marie. Spätestens jetzt müsstest du doch wissen, dass wir in etwas Gefährlichem rumstochern. Ich lasse dich nicht alleine fahren. Wenn du mich nicht freiwillig mitnimmst, gehe ich zu Müntzer.»

Mit offenem Mund sah sie ihn an. Dieser kleine Mistkerl versuchte doch tatsächlich, sie zu erpressen. Nein, er tat es.

Ein lautes Schellen an der Haustür. Beide zuckten zusammen. Marie erhob sich aus ihrem Stuhl.

«Wer kann das sein?», fragte Jascha.

Ohne zu antworten, stapfte sie den Pfad entlang und umrundete das Haus. Vor der Haustür stand Christoph Fischer. Als er ihre Schritte hörte, fuhr er herum.

«Frau Weller. Entschuldigen Sie die Störung. Aber es ist ja noch nicht so spät.» Sein Vierundsechzig-Zähne-Lächeln gefror, als er Jascha entdeckte, der hinter Marie aufgetaucht war.

«Du bist hier?», fragte er verblüfft.

«Können Sie gerne meinem Vater erzählen», sagte der Junge feindselig. «Bis morgen, Marie.»

Damit schwang er sich auf seinen Sattel und radelte davon.

Verärgert wandte sie sich Dr. Fischer zu, der sofort wieder ein Lächeln aufsetzte.

«Was kann ich für Sie tun?», fragte sie höflich.

«Liebe Frau Weller, ich wollte mir einmal Ihren Laden ansehen. Meine Frau hat doch demnächst Geburtstag.»

«Ich habe keinen Laden mehr», antwortete Marie automatisch. Dieser Fischer war noch nie bei ihr gewesen. Und seine dicke Frau bevorzugte dicken Modeschmuck.

Fischer lächelte. «Verstehe. Tja, die Steuern fressen uns alle. Ich meine natürlich nicht Ihren Laden, sondern Ihre private Sammlung. Übrigens, Ihr Schlüssel steckt.»

Verärgert sah sie, dass Jascha den Schlüssel beim Bierholen einfach im Schloss stecken gelassen hatte. Dem würde sie was erzählen! Mit der Schulter lehnte sie sich gegen die Haustür, die sie gleichzeitig ein wenig anhob. Gehorsam sprang die Tür auf.

Das Haus empfing sie dunkel und still. Mit der Hand tastete sie nach dem Lichtschalter.

«Ein bisschen leichtsinnig», sagte der Zahnarzt, der dicht hinter sie getreten war. «In Ihrer Situation.»

Ihre Finger fanden den Kippschalter, und in der nächsten Sekunde flammte das Deckenlicht auf.

«Wie meinen Sie das?»

Fischer stand wirklich verdammt dicht hinter ihr. Der Zahnarzt war ein wenig größer als sie. Er trat einen Schritt zurück und sagte mit unverbindlichem Lächeln: «Der Einbruch, natürlich. Jeder weiß doch, dass Sie hier ganz alleine leben.»

Irgendetwas an seinem Lächeln gefiel ihr nicht.

«Ein abseits stehendes Haus. Eine alte Dame, die noch dazu neugierig ist. Ein Schlüssel, der steckt ...»

«Das mit der Neugierde hat mir noch niemand nachgesagt», antwortete sie kühl. Nein, sie hatte definitiv keine Lust, mit Fischer durch das dunkle Haus zu gehen, vor ihm die Treppen hoch und – durch die Tür zum Dachboden zu steigen. Und dann noch vor ihm durch die dunkle Luke klettern.

«O doch, Sie sind neugierig, meine liebe Frau Weller. Keine gute Eigenschaft. Sie stochern in Dingen, die Sie besser der Polizei überlassen sollten.»

«Was soll dieses kryptische Geschwätz, Herr Doktor? Was wollen Sie mir sagen?»

«Meine liebe Frau Weller, ich will Ihnen nur klar machen, wie angreifbar Sie sind. In jeder Hinsicht. Nicht nur physisch. Zum Beispiel Ihr kleiner Laden, der sich da auf dem Dachboden versteckt. Ist doch auch ein bisschen illegal, oder?»

Kurz stockte ihr Atem. Er drohte ihr. Erst versuchte er, ihr Angst zu machen, jetzt die offene Drohung. Was wollte er von ihr?

Er stand direkt vor der offenen Haustür. Über seine Schulter hinweg konnte sie ins Freie sehen. Der Gartenweg, der milde Sommerabend, unerreichbar.

Groß und massig blockierte er die Tür. Ihr Gesicht wurde heiß.

Jascha hatte ihn gesehen. Fischer konnte ihr nichts tun. Jascha würde aussagen, dass er ihr letzter Besucher gewesen war.

«Was ist denn, Frau Weller? Ist Ihnen nicht gut?»

Dieses besorgte Grinsen in dem gebräunten Gesicht. Die randlose Brille, hinter der die Augen erstaunlich blau waren. Der tadellose Sommeranzug. Gott, das war Dr. Fischer. Ihr Zahnarzt, auf dessen Stuhl Sie unzählige Male gesessen hatte. Nicht hysterisch werden, Marie. Jascha hat ihn gesehen ...

«Wir sollten Ihren Besuch verlegen. Ich bin wirklich ein bisschen müde und nicht imstande, Ihrem Gespräch zu folgen. Vielleicht sollten wir es ein anderes Mal fortsetzen.»

Erstaunt sah sie, wie er bereitwillig noch einen Schritt zurücktrat. «Natürlich, Frau Weller. Aber denken Sie ruhig einmal darüber nach, was ich sagte. Es findet sich in der Initiative bestimmt jemand, der Ihre Aufgabe übernimmt, falls Sie sich dem Ganzen doch nicht mehr gewachsen fühlen.»

Ein weiteres Lächeln, ein freundliches «Gute Nacht», und Fischer trat aus der Tür. Sie sah ihm nach, wie er den Gartenweg entlangging. Eine dunkle Silhouette vor dem milchig grauen Abendhimmel.

• 26 •

Rattern und wildes Gewieher. Sechs Pferde mit schweißnassem Fell. Angespannte Halssehnen, die Anstrengung lässt sie keuchen. Weiter und immer weiter. Der Kutscher in seinem dunklen Umhang hebt den Arm und lässt die Peitsche knapp an den muskulösen Rücken vorbeizischen. Die Kutsche holpert und ächzt. Kommt rasend schnell näher. Das Weiße in den Augen der Pferde blitzt in der Dämmerung.

Müntzer blinzelte, packte mit Daumen und Zeigefinger die Nasenwurzel und rieb sie, bis es schmerzte. Als könne er damit die Kutsche vertreiben. Oder sie zwingen, real zu werden.

Still und leer lag die Allee vor ihm. Die Dämmerung hatte sich mild über die Hitze des Tages gelegt. Irgendwo zirpte laut und durchdringend eine Grille, zerbrach die Stille und machte sie dadurch noch tiefer.

Er schlenderte auf das Tor zu, die Hände in den Hosentaschen vergraben, den Blick auf den staubigen Boden gerichtet. Mit den Füßen stieß er ein kleines Steinchen vor sich her. Schoss es über die Berge der Bodenwellen und durch die Täler der Schlaglöcher. Trottete hinter ihm her, schoss es wieder weiter. Als es kurz vor dem schmiedeeisernen Tor gelandet war, nahm er Anlauf. Holte mit dem rechten Fuß weit aus und jagte es in einem Regen von aufwirbelndem Staub durch.

Vor ihm erhob sich das Torhaus.

Motorenbrummen in der Allee.

Er blieb stehen, drehte sich zu der Parkbucht. Halbwegs erwartete er den rostroten Wagen und war dann seltsam enttäuscht, als sich ein silbergrauer Mercedes vorsichtig auf der unebenen Straße näherte, einscherte und die Scheinwerfer löschte.

Zuerst konnte er nicht sehen, wer ausstieg. Beim Näherkommen erkannte er in den wallenden Gewändern Eva Fischer. Misstrauisch verlangsamte sie ihre Schritte, bis auch sie ihn erkannte. Ein grüßend erhobener Arm.

«Herr Kommissar. Was machen Sie denn hier draußen?»

«Dasselbe wollte ich Sie gerade fragen.»

Die Frau des Zahnarztes blieb vor ihm stehen und kramte in ihrer Handtasche.

«Ich habe meinen Schlüsselbund verloren. Oder verlegt. Er kann nur hier sein. Den ganzen Nachmittag versuche ich schon, mich zu erinnern. Er muss hier sein.»

Erwartungsvoll sah sie ihn an.

«Die Polizei, dein Freund und Helfer?», schlug er vor.

«Das wäre sehr nett», gab sie erleichtert zurück. «Ich finde es hier im Dunkeln unheimlich. Wenn Christoph nicht sowieso zu Frau Weller gefahren wäre, hätte ich bis morgen gewartet.»

«Ihr Mann ist zu Frau Weller?»

«Sie hat doch diesen Laden.» Hastig hob sie eine Hand vor den Mund. «Das hätte ich wohl nicht verraten dürfen.»

«Ich bin nicht von der Steuerfahndung.»

Nervös fummelte sie an den bunten Ketten, die sie um den Hals trug. «Ich habe ja selber ein Geschäft, und ich kann Ihnen sagen, so einfach ist das nicht. Ich kann Frau Weller verstehen, dass sie ihres abgemeldet hat. Ich meine, an wen verkauft sie schon groß?»

Müntzer nickte. «Wo könnten Sie den Schlüssel denn verloren haben?»

«Im Gartenhäuschen, glaube ich. Hanna hat uns heute Nachmittag Pläne gezeigt. Eigentlich kann er nur dort ...»

Beherzt marschierte sie los.

Müntzer hatte Schwierigkeiten, sich ihren kleinen Trippelschritten anzupassen. Als sie den Teich passierten, knickte sie mit ihren Stöckeln um. Er bot ihr den Arm und sie ergriff ihn dankbar. Sofort hüllten ihn schwere Wolken eines süßlichen Parfüms ein, glatte Seide rieb an seinem Unterarm. Die dicke Frau neben ihm schnaufte vernehmlich.

«Ich bin Ihnen so dankbar, dass Sie mir helfen. Normalerweise wäre ja Christoph ... Ich verstehe auch gar nicht, warum er so dringend zu Frau Weller wollte. Wir haben noch nie bei ihr gekauft. Ich mag diesen alten Schmuck nicht. Aber Christoph meint, wir müssten.»

«Warum sind Sie eigentlich bei dieser Initiative?», fragte Müntzer.

Eva Fischer blieb stehen und sah zu ihm hoch. «Alle sind dabei. Und *Le Chêne* kenne ich noch aus meiner Jugend. Obwohl – seit Fritzchen ... Also, wegen mir müsste man es nicht wieder aufbauen.»

In einem vertraulichen Ton fügte sie hinzu: «Irma mag *Le Chêne* auch nicht. Irma Eiselein, wissen Sie? Aber unsere Männer ... Was soll ich sagen?» Sie seufzte. «Für mich ist *Le Chêne* das Ende unserer Kindheit. Wir waren so unbeschwert, jung eben. All die schönen Feste, die wir hier gefeiert haben. Damals war alles verwildert, ganz romantisch. Und kein Erwachsener kam hierher. *Le Chêne* hat uns gehört.»

Wieder ein tiefer Seufzer.

Müntzer betrachtete diese nicht mehr junge, rundliche Frau in modischen Wallegewändern. Einen Moment lang konnte er sich vorstellen, wie sie früher ausgesehen hatte, wie sie gewesen war.

Träumerisch blickte sie ins Dunkel, als würde dort das alte *Le Chêne* wieder auferstehen. «Mit Leiterwagen sind wir hierher gekommen. Die Jungs haben sie gezogen. Damit haben wir Bier und Wein transportiert. Die Mädchen haben für Essen gesorgt. So schöne Feste. Irma und ich waren ja zwei Klassen unter den Jungs, die waren schon Abiturienten. Jedes Wochenende waren wir hier. Meine Eltern durften das natürlich nicht wissen.»

«Wer war denn damals alles dabei?»

«Alle. Christoph natürlich. Und Thomas. Die beiden fanden wir ganz besonders spannend. Vor allem Thomas war so hübsch ... Ich glaube, alle Mädchen waren heimlich in ihn verliebt. Und Heinz, der Klassenprimus, schon damals ein richtiger Korinthenkacker.» Sie kicherte und sah ihn schelmisch von der Seite an. «Und Philipp. Dass er einmal Bankdirektor werden würde ... Viele leben auch gar nicht mehr hier. Egon Schmidt oder Peter Wagner, unser rasender Reporter von der Schülerzeitung ... Was aus denen wohl geworden ist?»

Sie streichelte ihre Ketten. Plötzlich deutete sie lebhaft mit der Hand ins Dunkel. «Dort haben wir immer unser Feuer gemacht.»

Sie griff nach seiner Hand und zog ihn hinter sich her. Auf der Rückseite des Hauses stand eine alte Eiche, unter der sie Halt machte. Sie hob den Kopf und schaute in das dichte Blätterdach.

«Sie ist vierhundert Jahre alt, sagt man. Vermutlich hat sie dem Schloss seinen Namen gegeben.»

Als sie so dastand, den Kopf hoch erhoben, sah sie wie ein junges Mädchen aus, ein dickes junges Mädchen in viel zu erwachsenen Kleidern. Sie wandte ihm ihr Gesicht zu und lächelte. «Hier haben wir fast alles umgegraben. Auf der Suche nach dem Schatz.»

«Dem Schmuck der Marie Antoinette?»

«Ehrlich gesagt, hatte ich immer Angst, dass wir ihn finden. Ich habe mir vorgestellt, wir entdecken ein Verlies oder so etwas. Und darin sitzt das Skelett der armen Kammerfrau, und in den Händen hält sie eine Schatulle mit blutigem Schmuck.» Sie schauderte.

«Sie ist doch wegen des Schmucks ermordet worden. Die Mörder hätten ihn nicht mit ihr begraben.»

«Das haben Christoph und Thomas auch immer gesagt. Trotzdem. Ich war froh, als die anderen aufgaben.»

«Aber Ihr Mann und Thomas Krätz haben weitergesucht?»

«Sie waren so kindisch ...»

Plötzlich breitete sie die Arme aus, hob den Kopf wieder zur Baumkrone und begann, sich um ihre eigene Achse zu drehen. Schneller und immer schneller. Dazu rief sie mit heller Stimme:

«Eiche, zeig mir, was ich kann.
Eiche, zeig mir meinen Mann.
Eiche, zeig das Wohl und Wehe,
eh im Drehen ich vergehe.»

Die ganze Situation kam ihm mit einem Mal absurd vor. Was tat er hier, mit dieser Frau, die ihre besten Jahre schon hinter sich hatte und wie ein kleines Mädchen unter dem Baum spielte? Diese Selbstvergessenheit hatte etwas Trauriges, fast Abstoßendes. Er starrte auf ihre plumpen Fesseln, die Speckwülstchen, die aus den eleganten Riemenschuhen drückten, das fliegende Kleid, die bunten Ketten ...

Atemlos kam sie zum Stillstand. Als sie sein Gesicht sah, ließ sie die Hände sinken.

Fast hätte er sich bei ihr entschuldigt.

«Sie haben ihn nicht weit von hier gefunden», fuhr sie fort. «Dort hinten, am Zaun. Zwei Waldarbeiter. Nach einem unserer Feste. Wir haben nichts davon gemerkt. Das letzte Fest auf *Le Chêne* ... Wir sind ganz normal weggegangen. Im Morgengrauen, mit unseren Leiterwagen. Da muss er schon dort gelegen haben. Ein blutiger Klumpen Fleisch ...»

«Fritz Clarin?»

Sie nickte stumm.

«Sie sind damals nicht befragt worden?»

«Unsere Eltern wollten es uns ersparen. Außerdem wussten wir sowieso nichts. Nur Thomas und Christoph mussten zur Polizei. Ich war danach nie mehr hier. Bis die Initiative gegründet wurde.»

«Sie sagten, *Le Chêne* war das Ende der Kindheit? Wie haben Sie das gemeint?»

Wieder zuckte sie die Achseln. «Nach dem Tod von Fritz

war alles anders. Die meisten von uns gingen fort, haben studiert, sich irgendwo anders niedergelassen. Ein paar kamen zurück, haben geheiratet und führen ihr dummes, kleines Leben. Und wenn sie nicht gestorben sind, tun sie es bis heute.»

Erstaunt registrierte er ihren bitteren Ton.

Sie trat unter der Eiche hervor und wandte sich zu dem kleinen Geräteschuppen, der an die Rückseite des Hauses angebaut war. Über die Schulter sah sie sich nach ihm um. «Kommen Sie?»

Führen ihr dummes, kleines Leben – wie es wohl war, nie den Ort der Kindheit zu verlassen? Mit den Jugendfreunden alt zu werden? Immer im selben Umfeld?

Bei Klassentreffen hatte er seine alten Schulkameraden eigentlich beneidet. Sie schienen so sicher, so aufgehoben im Bekannten. Viel etablierter als er selber. Mit Eigenheim und Kindern. Er dagegen ...

Sie schlüpfte vor ihm in das kleine Gerätehaus und drehte mit der linken Hand ungeschickt den Lichtschalter. Eine Glühbirne, die an einem nackten Kabel von der Decke hing, füllte den Raum mit diffusem Licht. Sie gab der Birne einen kleinen Stoß, und das Licht begann zu schwanken, erleuchtete kurz die beiden Holzregale an der Längsseite, in denen Blechdosen, Plastiktüten, Kartons und kleinere Gartengeräte lagerten. Flog dann auf eine Spitzhacke mit lehmiger Erde in den Zacken, dann auf einen verkrusteten Spaten. Zuckte auf eine sorglos abgestellte Schubkarre und über ein paar Eimer mit Grünzeug. Über dem ausladenden Holztisch, der den größten Teil des Raumes einnahm, kam die Birne zur Ruhe.

Zielsicher ging Eva Fischer zum Tisch, hob darauf liegende Papiere hoch, verschob abgestoßene, benutzte Kaffeetassen.

Endlich hielt sie triumphierend einen Schlüsselbund in der Hand. «Na also!»

«Kannten Sie Fritz Clarin gut?», fragte er.

«Jeder kannte ihn. Komischer Kauz.»

«Komisch?»

«Er drückte sich dauernd bei uns herum. Bei den Festen war er immer irgendwo in der Nähe. Einmal haben Philipp und Heinz ihm Alkohol gegeben. Sie fanden das lustig.»

«Sie haben doch bestimmt über seinen Tod geredet. Wer es gewesen sein könnte, damals.»

«Begrabene Hunde», fuhr sie ihn unvermittelt an.

«Wie bitte?»

«Ich treffe mich mit meinem Mann im *Adler*. Danke, dass Sie mitgekommen sind.»

Verdutzt sah er sie an. Eine eindeutige Abfuhr. Offensichtlich hatte sie keine Lust mehr, mit ihm zu reden. Das Zutrauliche war aus ihrem Gespräch verschwunden, zusammen mit dem kleinen Mädchen. Vor ihm stand wieder eine Matrone der besseren Gesellschaft, die ihn hochmütig musterte.

«Fritz Clarin ...»

«Ich sagte doch schon: Begrabene Hunde soll man ruhen lassen», fiel sie ihm ins Wort. Sie ging zum Lichtschalter und drehte ihn aus. «Das alles ist schon lange her, und ich erinnere mich auch nicht mehr.»

Er folgte ihr durch den dunklen Raum ins Freie.

Begrabene Hunde? Hieß das nicht anders? Plötzlich fiel es ihm ein. Natürlich, es hieß: Hier liegt der Hund begraben!

• 27 •

Jedes Restaurant, jede Bierkneipe, jede Weinstube und Eisdiele, jeder noch so winzige Imbiss hatte Tische und Stühle nach draußen gestellt. Und auf den Straßen schlenderte ganz Saarlouis, das ganze Saarland.

Junge Frauen in bunten, ärmellosen Kleidern, die Männer mit bedruckten T-Shirts und in weiten Sommerhosen. Zu zweit oder in kleinen Grüppchen. Lachend, plaudernd, ab und an den Glücklichen, die einen Sitzplatz ergattert hatten, Scherze und Begrüßungen zurufend. Dazwischen junge Familien, die Kinderwagen vor sich herschoben oder sich die Kleinsten in Tragegurten um den Bauch geschnallt hatten. Ältere Paare, einige vertraulich Hand in Hand, einige mit feindlichem Abstand. Zaungäste, die das Gewimmel betrachteten. Eine Flaniermeile, wie er sie eigentlich nur aus südlicheren Gefilden kannte.

Eine Gruppe junger Mädchen kam auf ihn zu. «Na, wie wär's? Kommst du mit?», rief ihm eine kecke Dunkelhaarige mit stramm sitzenden Radlerhosen und bauchfreiem T-Shirt entgegen. Bevor er etwas erwidern konnte, sagte eine Rothaarige: «Sylvie, lass die alten Männer in Ruhe!» Und kichernd schoben sie sich an ihm vorbei.

Verblüfft sah er ihnen nach. Die alten Männer? Die Mädels waren um die zwanzig. Gehörte er für sie wirklich schon zu den alten Männern?

Ein junger, bulliger Mann rempelte ihn an, entschuldigte sich in breitem, unverständlichem Dialekt, eilte weiter. Überall schnappte er Gesprächsfetzen auf. «Und da hab ich ihm gesagt ...» – «Komm weiter, Emil ...» – «Sollen wir nicht zum Markt ...» – «Die besten Salate ...» Überall Lachen, Rufen und Reden.

Er ließ sich von der Menge weiterschieben, bis er schließlich das leuchtende Schild *Maréchal Ney* entdeckte. Auch hier standen Tische im Freien. Festlich gedeckt mit weißem Damast und blitzenden Gläsern. Nahe dem Eingang hob sich grüßend eine Hand. Erleichtert bahnte er sich einen Weg und ließ sich Nass gegenüber auf einen Stuhl sinken.

«Gut gefunden?», knurrte sein Kollege.

«Ist heute ein Volksfest?», fragte er zurück.

Nass lachte. Er sah entspannter aus als tagsüber. Das Faltig-Verkniffene war gemildert. Vielleicht durch den Sommerabend oder das Windlicht, das vor ihm in einem roten Glas schimmerte, oder weil er statt des üblichen Anzugs nur ein weißes Hemd mit lässig hochgekrempelten Ärmeln trug.

«Normales Wochenende.»

«In Saarbrücken ist um den St. Johanner Markt ja auch immer Treiben. Aber hier ...»

«Die heimliche Hauptstadt. So nennt sich Saarlouis. Ich verstehe sowieso nicht, warum Sie in Saarbrücken wohnen. Saarlouis ist angenehmer. Und die Dienststelle näher.»

Ein Kellner brachte ihnen in rotes Leder gebundene Speisekarten.

«Als ich hierher zog, dachte ich, in der Hauptstadt sei mehr los. Und von Saarbrücken nach Saarlouis fahre ich nur zwanzig Minuten.»

«Das Saarland ist klein», stimmte Nass zu und verschwand hinter der Speisekarte.

«Wieso wollten Sie überhaupt in unser abgelegenes Bundesland?», fragte er beiläufig.

«Wollte ich gar nicht. Hier gab es einen Kollegen, der dringend nach Bremen tauschen wollte. Ich wäre auch woanders hingegangen.»

«Ich denke, ich nehme die Hummerspaghetti. Die sind gut. Sollten Sie auch probieren.»

«In Ordnung, gern.»

«Einen Wein?»

«Biertrinker.»

Nass nickte und winkte dem Kellner. «Sollten Sie ändern. Hier im Saarland kriegen Sie alle guten französischen Weine.»

«Und französisches Essen.»

Nass grinste. *«Savoir vivre.»*

Müntzer lehnte sich in seinem Stuhl zurück und betrachtete die vorbeischlendernden Menschen.

«Hier ist es wirklich anders, so südlich. Das macht wohl die Grenznähe.»

«Gut essen können Sie bei uns auf jeden Fall», sagte Nass und gab bei dem herbeieilenden Kellner die Bestellung auf. «Im Saarland kann man gut leben, das werden Sie sehen. Sicher ist es für ein Nordlicht wie Sie ein bisschen gewöhnungsbedürftig, aber das wird.»

«Ich kann kein Französisch», gab Müntzer zu bedenken.

«Die meisten Saarländer auch nicht», winkte Nass ab. «Obwohl es in der Schule unsere erste Fremdsprache ist. Meine Älteste hat Französisch gerade abgewählt. Oberstufenreform, ein Blödsinn.»

Überrascht sah Müntzer ihn an. «Sie haben Kinder?»

«Vier, alles Mädchen. *Quatre filles et une mère font cinq diables pour le pauvre père.*»

Hilflos hob sein Kollege die Hände.

«Vier Töchter und eine Mutter macht fünf Teufel für den armen Vater.»

Der Kellner brachte die Getränke an ihren Tisch. Die beiden Kommissare prosteten sich zu.

«Und Sie?», fragte Nass, nachdem er genüsslich seinen Rotwein probiert hatte.

Müntzer wischte sich den Bierschaum vom Mund und sagte: «Solo. Deshalb die Versetzung.»

«Das Saarland hat neben gutem Essen auch schöne Mädchen. Die wachsen hier in Trauben. Es gibt zum Beispiel einen Ort, Limbach, da ist jedes Mädchen schön. Keine Ahnung warum, aber es ist so. Das Nest ist bekannt dafür.»

«Auf Limbach», lächelte Müntzer und hob sein Glas. Wenn ihm nur ein guter Gesprächswechsel einfallen würde. Er hatte keine Lust, mit Nass über sein Privatleben zu reden.

Sein Kollege schien die Abwehr zu spüren und wechselte von selbst das Thema. «Neues von unserem Spukschloss?»

«Ich war heute Abend dort. Habe Eva Fischer getroffen. Die etwas füllige Zahnarztgattin.»

«Die beiden haben auch kein Alibi für Lapins Tod», sagte Nass. «Jeder der Initiative hätte ohne Probleme vor der Sitzung am Bahnhof sein können. Die Faserspuren bringen uns bis jetzt auch nicht weiter. Verdammt saubere Leichen, alle beide. Zufall? Oder Profis?»

«Profis?», hakte Müntzer nach.

«Langsam frage ich mich, ob die beiden Mordfälle wirklich etwas mit der Initiative zu tun haben. Ich habe einen Kollegen bei der belgischen Polizei. Habe ein bisschen mit ihm geplaudert. Inoffiziell, versteht sich. Es sieht so aus, als hätte unser Monsieur Lapin richtig Dreck am Stecken.»

Interessiert hob Müntzer die Augenbrauen.

«Lapin war in krumme Geschäfte verwickelt. Gestohlene Kunstgegenstände, entweder auf dem Schwarzmarkt illegal verscherbelt und dann in den Safes privater Kunden auf Nimmerwiedersehen verschwunden, oder aber Artnapping, um den Versicherungen das Geld aus den Taschen zu ziehen. Auftragsdiebstähle in Museen und so weiter. Am Rande taucht immer mal wieder der Name Lapin auf. Bis jetzt konnten sie ihm nichts nachweisen, aber Kontakt zu kriminellen Kreisen hatte er.»

Mit elegantem Schwung tauchte der Kellner neben ihrem Tisch auf und brachte ein Schälchen mit sehr weißer Butter und einen Korb mit daumengroßen Brötchen.

«Mmh. Amuse-Gueule», seufzte Nass zufrieden und schnitt sich eines der winzigen Brötchen auf. «Gaumenkitzler», übersetzte er zuvorkommend und hob sich mit verklärtem Gesichtsausdruck das Gebäck unter die Nase. «Riechen Sie mal.»

Der Duft der noch warmen Brötchen traf Müntzer völlig unvorbereitet. Ein Gemisch aus Thymian, Rosmarin und Salbei. Die blühende Macchia südlicher Länder, die unter der heißen Sonne ihre ätherischen Öle freisetzte, vermischt mit dem herben Geruch der warmen Hefe.

«Ziegenbutter», sagte Nass und deutete mit dem Messer auf das Butterschälchen. «Schmeckt phantastisch dazu.»

Die Butter mit ihrem strengen, fremden Geruch zerschmolz auf dem warmen Brötchen und schien den Duft der Kräuter noch zu steigern. Warm und zart füllte der Leckerbissen seinen Mund, schmiegte sich hinein, schmeichelte den Geschmacksnerven. Genussvoll und andächtig schweigend kauten die beiden Männer.

Müntzer spülte den letzten Bissen mit einem kräftigen Schluck Bier hinunter. Eine Sekunde beneidete er seinen Kollegen um den Rotwein.

Kommissar Nass hob sein Glas und blinzelte Müntzer zu. «Sie essen gerne. Sie werden sich hier eingewöhnen. Ich heiße Holger.»

«Hans.»

«Duze dich niemals mit jemandem, mit dem du nicht essen warst. Regel Nummer eins», grinste Nass.

«Sie – Du denkst also, die beiden Morde haben nichts mit der Initiative zu tun?»

«Sagen wir mal so: Ich denke darüber nach. Vor allem, weil die zweite Leiche so verdammt sauber war. Okay, Bernd wurde niedergeschlagen und ist dabei aus dem Fenster gestürzt. Der Mörder hat ihn nicht großartig angefasst, berührt oder geschleift. Kein Wunder, dass wir wenig Spurenmaterial gefunden haben. Anders als Lapin, der wurde aus nächster Nähe erstochen. Mit einem einzigen, zielsicheren Stich. Das spricht für einen Profi. Er wurde transportiert, getragen, gehoben. Trotzdem keine oder kaum Spuren.»

«An dem Ort gab es schon einmal einen Mord», warf Müntzer ein.

«Was haben ein Straßenkehrer, ein Museumsdirektor und ein dubioser Kunsthändler schon gemeinsam?»

«Le Chêne», antwortete Müntzer wie aus der Pistole geschossen. «Vor dreißig Jahren geschieht ein Mord auf diesem Schloss. Dieselben wie heute sind beteiligt. Damals waren sie Abiturienten, heute sind sie arrivierte Bürger. Und wieder geschieht ein Mord.»

«Ich verstehe nicht ganz, warum du dich so in die Vergangenheit vergräbst.»

Schweigend nippte Müntzer an seinem Bier. Konnte er Nass erzählen, wie weit dieses Vergraben in die Vergangenheit tatsächlich ging? Seine Phantasien über eine Kutsche in der Auffahrt von *Le Chêne*? So gut kannte er ihn noch nicht. Nicht gut genug, um sich lächerlich zu machen.

«Ich glaube, dass Marie Weller auf einer Spur ist.»

«Du hast einen guten Draht zu der Alten?»

In diesem Moment kam der Kellner mit den Hummerspaghetti.

«Aaaah», murmelte Nass anerkennend und wedelte sich mit der Hand den Duft zu. Auch Hans Müntzer griff erwartungsvoll sein Besteck und betrachtete die vertrauenerweckend rote Sauce mit den dicken Hummerstücken darin.

«Sie traut mir nicht», sagte er zu Nass, der sich über seinen Teller beugte.

«Ich traue ihr auch nicht. Die heckt irgendwas aus, glaub mir. Na ja. Jetzt erst einmal guten Appetit.»

«Und wie gehen wir weiter vor?»

Holger Nass, der schon zu seinem Besteck gegriffen hatte, hielt kurz inne. «Ganz einfach: Du konzentrierst dich auf die Initiative und ich auf den Schwarzmarkt. Aber jetzt ist Feierabend. Regel Nummer zwei: Keine Spur wird so schnell kalt wie ein gutes Essen.»

• 28 •

«Du miese kleine Ratte.»

In letzter Sekunde konnte Jascha ein Grinsen unterdrücken. Wenn sie schimpfte, sprach sie wenigstens mit ihm. Und wenn sie mit ihm sprach, war sie nicht wirklich sauer. Er spitzte die Lippen und begann *Wir gehören zusammen* von Xavier Naidoo zu pfeifen.

«Hauptsache, dir geht's gut.»

Schon der zweite Seitenhieb. Na also. Ging doch. Er riskierte einen verstohlenen Seitenblick.

Mit gerunzelten Augenbrauen saß Marie hinter dem Steuer und starrte durch die Windschutzscheibe.

«Langweilige Autobahn», warf er versuchsweise hin. Keine Antwort.

«Komisch, K-Town ist so nah. Trotzdem fahre ich nie hin. Noch nicht mal auf den Betzenberg.»

Ah, gut. Sie zuckte schon.

«Fußball», erklärte er bereitwillig.

Ein strafender Seitenblick. Gleich hatte er sie.

«Einmal war ich mit Hanna in der Kammgarn. *Midnight Movers*, lauter Amis, spielen da jeden Montag. Jazz, Funk, Soul, war lustig. Amiland eben.»

«Mit Hanna? Das hast du mir gar nicht erzählt.»

Na also. Jetzt saß sie am Haken. «Nicht direkt mit Hanna. Ein paar von ihren Landschaftsgärtnern haben mich mitgenommen. Sie war halt auch dabei.»

«Hätte mich auch gewundert.»

«Was?»

«Wenn Hanna mit dir ausgegangen wäre.»

Jascha zuckte kurz zusammen. «Böse, alte Hexe.»

«Sagte die miese, kleine Ratte.»

Kurzes Blickduell. Als sie wieder nach vorne sahen, grinsten beide.

Die Autobahn nach Kaiserslautern zog sich schnurgerade an Feldern und kleineren Waldstücken entlang.

«Blöde Idee, 'ne Stadt mitten in den Wald zu setzen. Ich meine, da ist doch nix drum rum.»

«Der Pfälzer Wald ist wunderschön», warf Marie ein.

«Zu viele Bäume», sagte Jascha wegwerfend.

«Wärst du wirklich zu Müntzer gegangen, wenn ich dich nicht mitgenommen hätte?»

«Klar.» Jascha schob seine Baseballkappe nach hinten und lümmelte sich tiefer in seinen Sitz. «Wenn du nicht vernünftig sein kannst.»

«Dein Vater will nicht, dass du so viel mit mir zusammen bist.»

«Schlechtes Thema.»

«Er macht sich Sorgen um dich.»

«Quatsch. Der weiß doch nicht mal, wer ich bin.»

«Weißt du denn, wer er ist?»

Jascha zog sich die Mütze wieder tief in die Stirn und verschränkte die Arme über der Brust. Was sollte dieses dauernde Gequatsche über den Alten?

«Mein Erzeuger hat so wenig Interesse an mir oder meiner Mutter, dass ich fast sicher 'ne unbefleckte Empfängnis bin. Oder aus der Retorte.»

Aber Marie ließ nicht locker. «Er hatte es nicht leicht, hat aus dem Nichts heraus seine Firma gebaut.»

Er schnaubte nur durch die Nase. «Als ich klein war, hatte ich ein Sparschwein. Eins, das man aufschließen konnte. Ich habe für meine Schnitzmesser gespart. Das Geld vom Rasenmähen und so. Weißt du, was er gemacht hat, wenn er mich bestrafen wollte? Wenn ich Hilde 'ne Kröte ins Bett gelegt hab? Oder zu spät zum Essen kam? Oder für 'ne Fünf in Mathe? Er hat Geld aus dem Sparschwein genommen. Zur Strafe!»

Ein Schild kündigte Kaiserslautern West an, und Marie setzte den Blinker. Jetzt um neun Uhr war der Berufsverkehr schon abgeflaut. Gemächlich rollten sie an den ersten amerikanischen Kasernen vorbei.

Jascha betrachtete die lang gestreckten Gebäude, die, von Stacheldraht umzäunt, abweisend am Straßenrand thronten. «Ist bestimmt auch komisch für die Amis, hier zu sein.»

«Sie verdienen Geld», antwortete Marie lakonisch.

«Was?»

«Die meisten Amerikaner gehen zur Armee, weil das ihre einzige Chance ist, Geld zu verdienen. Und dann werden sie eben an Standorte auf der ganzen Welt versetzt.»

«Nach K-Town.»

«Den Namen für ihre Stadt mögen die Lauterer nicht besonders.»

«Mögen sie die Amis?»

«Mit denen verdienen sie Geld. Was denkst du, was hier los ist, wenn die Amerikaner abgezogen werden? Die Region ist nicht reich.»

«Geld, Geld, Geld. Ich hab's kapiert», sagte Jascha mürrisch und lehnte sich in seinem Sitz zurück.

Marie zuckte die Achseln.

Schweigend fuhren sie an einer bizarr geformten Felsenwand vorbei, die sich kurz vor der Innenstadt auftürmte.

«Hey, guck mal: Dinos», rief Jascha und deutete nach draußen.

Tatsächlich streckten riesige Dinosaurier, merkwürdig pittoresk vor den roten Felsen, ihre Köpfe den vorbeiflitzenden Autos entgegen.

«Hab ich drüber gelesen. Die weltweit größte Dinoshow. Wow!»

«Plastikpuppen», knurrte Marie abwertend.

Jascha knuffte sie in die Seite. «Nicht so elitär. Das ist auch nix anderes als deine alten Möbel.»

«Na, hör mal», fuhr Marie auf. «Alte Möbel, das ist Zivilisation, Geschichte, Handwerkskunst. Du als Schnitzer solltest dafür ein bisschen mehr Respekt aufbringen.»

«Diese riesigen Viecher in Plastik zu bauen ist auch nicht einfach. Und genauso Geschichte, Erdgeschichte eben. Hat schließlich auch mit uns zu tun, oder?»

«Ignorant.»

«Snob.»

Kichernd parkten sie den Renault auf einem kleinen, von Bäumen umsäumten Parkplatz.

Anhäuser-Antiquitäten war nicht zu übersehen. Über die ganze Front des lang gestreckten, zweistöckigen Hauses zogen sich Schaufenster. Blau-weiße chinesische Vasen neben Renaissanceschreibpulten, barocke Putten unter elegant geschwungenen Jugendstillampen, mannshohe Spiegel, vor denen sich Blumensträuße aus Porzellan spreizten, Konsolen mit vergoldeten Uhren oder bronzenen Grazien. Ein Schaufenster enthielt eine große Vitrine mit antikem Schmuck. Marie zog beim Studieren der kleinen, dezenten Preisschilder öfters die Luft zwischen den Zähnen ein.

Eine sanfte Glocke ertönte, als sie durch die Eingangstür traten, und eine Stimme in derselben Lautfolge fragte:

Hohes Bimm – «Kann ich Ihnen ...» – tiefes Bamm – «... helfen?»

Marie kannte die Stimme schon vom Telefon, aber Jascha drehte sich sichtlich erstaunt um. Ein zarter Mann in weißen Leinenhosen und einem weißen kragenlosen Hemd schlängelte sich zwischen einem Sofa und einer Standuhr zu ihnen durch. Als er Jascha sah, blieb er stehen. Seine Augen, die hinter einer randlosen Brille ein wenig vergrößert wirkten, weiteten sich. Marie fand, dass er getroffen aussah. Halb fürchtete sie, er werde anfangen zu schreien und zu schimpfen wie Xavier. Halb war sie sicher, dass sein Erstarren andere Ursachen hatte als Abneigung.

«Wir haben miteinander telefoniert. Marie Weller», stellte sie sich vor und trat auf den Mann zu, der ihr nur bis zu den Schultern reichte.

Abwesend streckte er seine Hand aus, während sich sein Blick an Jascha festsaugte. «Das Roentgenmöbel. Ich weiß.»

Mühsam riss er seinen Blick von dem Jungen los und wandte sich Marie zu: «Andreas Anhäuser.»

In der nächsten Sekunde suchte sein Blick wieder Jascha.

Irritiert sah Marie zwischen den beiden hin und her. Jascha betrachtete betont aufmerksam eine große Bronzefigur, die neben ihm aufragte, während Andreas Anhäuser ihn nicht aus den Augen ließ.

«Das ist Jascha Krätz. Jascha!»

Jetzt erst wandte der Junge den Kopf zu dem Mann und streckte beiläufig die Hand aus, die der andere schüchtern ergriff. Der Händedruck dauerte länger als nötig. Marie räusperte sich, und Andreas Anhäuser ließ Jaschas Hand los, als hätte er sich verbrannt.

«Wollen Sie es sehen? Das Pult, meine ich?»

Marie nickte. Sofort wandte der Antiquitätenhändler sich um und ging voraus.

Der Laden war verwinkelter, als es von außen den Anschein hatte. Durch die Anordnung der Möbelstücke waren mehrere Räume geschaffen worden. Sie umrundeten wuchtige Schränke, hinter denen sich auf kleinstem Raum eingerichtete Zimmer versteckten, schlüpften hinter bemalte Paravents, gingen an geschwungenen Essgruppen vorbei, passierten vergoldete Spiegel und Ständer mit alten Brokat- und Seidenstoffen. Bei manchen Stücken spielte ein anerkennendes Lächeln um Maries Lippen, andere traf nur ein verächtlicher Blick. *Antiquitäten-Anhäuser* hielt die Waage zwischen kostbaren Einzelstücken und gehobenem Trödel.

Teuer war beides, wie sie an einigen Auszeichnungen sah. Das war eben der Unterschied zwischen Stadt und Land, zwischen einem Laden, der auf dem Dachboden versteckt war, und einem Geschäft in bester Lage.

Endlich blieb der Händler stehen. Auf einem roten Teppich sah sie es. Ein Museumsstück, so viel war klar.

«Der Pulttisch», stellte Anhäuser vor.

Das Tischchen war aus warmem Mahagoni, die Platte mit Intarsien reich verziert. Fedrige Rocaillegerüste, in die naturalistische Blumensträuße und Schreibfedern verwoben waren.

Zärtlich strich Anhäuser mit den Fingerspitzen über die feine Arbeit. «Das Pult ist nicht signiert. Aber das hat Roentgen ja selten getan. Trotzdem unzweifelhaft seine Werkstatt. Sehen Sie: Die Beine sind gerade geformt und elegant verjüngt. Nichts Wuchtiges, nichts Geschweiftes oder Gebauchtes. Es muss also eine Arbeit nach 1775 sein. Eine Tänzerin.»

«Stimmt», warf Jascha ein. «Ein elegantes Mädchen.»

Der Händler hob den Kopf und strahlte ihn an. Jascha lächelte zurück.

«Darf ich?», fragte Marie und streckte die Hand nach dem Möbelstück aus.

«Man muss es anfassen, nicht wahr?», fragte der Händler.

Marie nickte stumm und trat näher. Unter ihren Fingerspitzen fühlte sie die leichten Erhebungen der eingelegten Hölzer, die, wie ein Mosaik zusammengesetzt, das zarte Blumenbild malten.

Versonnen betrachtete der Händler seinen Schatz und sagte in seinem merkwürdig zärtlichen Singsang: «Später wurden seine Intarsien reicher. Manchmal sind es richtige Gemälde aus Holz. Chinoiserien, Theaterszenen aus der italienischen Stegreifkomödie oder Szenen aus der antiken Geschichte. Aber ich mag seine Blumen.»

«Mit Holz gemalt», meinte Jascha ehrfürchtig und trat näher.

«Er hat alle Tonwerte und Schatten für seine Bilder aus verschieden gehärteten Holzstücken zusammengesetzt. Die verschiedenen Farbwerte sind weder durch Brennen noch durch Gravieren noch durch eine Behandlung mit Wachs oder Kienruß erzielt», erklärte Anhäuser. Seine Glockenstimme vibrierte.

«Das ist Zedernholz», sagte Jascha, der vorsichtig die Schublade, die sich unter der Tischplatte befand, aufzog.

«Sie kennen sich aus?», fragte Anhäuser erfreut.

«Mit Holz. Nicht mit Möbeln», gab Jascha zurück.

Etwas seltsam Vertrautes hatte sich in den Ton der beiden Männer geschlichen. Etwas, das Marie irritierte.

Wie alt der Händler wohl war? Knapp über dreißig vielleicht. Wenn ihm, wie jetzt gerade, die blonden Haare in die Stirn fielen, sah er sogar noch jünger aus. Eigentlich ein hübscher Mann, ein wenig zu klein. Aber das waren viele Männer im Vergleich zu ihr.

Andreas Anhäuser hob die Tischplatte an, darunter kam das eigentliche Pult zutage. Mit einem Handgriff hakte er die Platte fest, die jetzt fast senkrecht über dem Tischchen stand, und klappte mit dem zweiten Handgriff eine geschwungene Halterung nach oben, auf der man Papier ablegen und schreiben konnte.

«Ein einfacher Mechanismus. Nicht so kunstvoll wie zum Beispiel der an dem Toilettentisch, den er für Marie Antoinette gebaut hat. Aber genial.»

«Zweifelsohne ein Roentgen», sagte Marie abschließend.

«Gebaut für die *de la Forêt*. Auf der Rückseite ist das Wappen.»

«Dann stand der also tatsächlich in *Le Chêne*», sagte Jascha und trat einen Schritt zurück.

«Wer wohl daran schrieb? Damen, die ihre Liebesergüsse

dem Papier anvertrauten, Matronen, die die Abrechnung ihrer Häuser machten? Junge Mädchen, die Einladungen beantworteten oder Heiratsanträge ablehnten ...» Verlegen stockte Anhäuser, um leiser hinzuzufügen: «Für mich ist das ein Teil der Faszination. Mir vorzustellen, wer diese alten Stücke schon alles benutzt hat.»

«Und wer die Handwerker waren, die sie gebaut haben. Wie haben sie gelebt, was haben sie gedacht? Ein Teil von ihnen lebt in den Möbeln weiter», ergänzte Jascha.

«Sie fühlen das auch?», fragte Anhäuser Jascha mit einem Ton in der Stimme, der Bände sprach.

Eine Sekunde lang fand Marie es abstoßend, wie offen der Händler sein Herz vor sich hertrug. Dann tat er ihr leid.

«Sie haben schon mit Dr. Bernd über das Möbel gesprochen?», erkundigte sie sich betont sachlich.

«Kann ich Ihnen etwas anbieten? Einen Kaffee vielleicht?», fragte er zurück.

«Dr. Bernd war bei Ihnen?», beharrte Marie.

«Und ein Herr Eiselein. Ehrlich gesagt war ich erstaunt, als Sie auch noch anriefen. Es geht doch um dieselbe Sache? Die Remöblierung von *Le Chêne*?»

«Eiselein war hier?», fragte Marie ungläubig.

«Ich hätte gern einen Kaffee», mischte sich Jascha ein. «Das mit Herrn Eiselein müssen Sie uns genauer erzählen.»

Der Händler, sichtlich erfreut, deutete mit einer Hand in den rückwärtigen Teil seines Ladens auf eine mit hellblauem Brokat bezogene Sitzgruppe. «Nehmen Sie Platz. Dauert nur eine Minute.» Damit verschwand er.

«Eiselein war hier», sagte Marie, immer noch fassungslos.

«Und erkundigt sich nach dem Schreibpult», ergänzte Jascha und ließ sich auf das kleine Sofa fallen. «Ich dachte, es ist klar, dass du das machst.»

«Vielleicht traut er mir ja nicht», sagte Marie und setzte sich ihm gegenüber.

«Oder er will dir zuvorkommen.»

«Das ist doch lächerlich.»

Jascha zuckte die Achseln. Im Hintergrund hörten sie Anhäuser rumoren.

«Woher wusste Eiselein überhaupt von Kaiserslautern, Roentgen. Ist doch komisch.»

«Vielleicht hat Theo ihm davon erzählt.»

Mit einem Ruck setzte Jascha sich aufrecht hin. «Oder er hat Theos Aufzeichnungen gelesen.»

«Aber die sind doch geklaut, und ...» Marie brach ab.

«Eben», meinte Jascha.

In diesem Moment tauchte der Händler mit einem Messingtablett auf, das er vorsichtig an den Möbeln vorbei balancierte. «Herr Eiselein war vorgestern bei mir und hat sich das Pult angesehen», erzählte er, während er die gefüllten Kaffeetassen verteilte. «Zucker? Milch?»

Marie und Jascha verneinten unisono. Mit der Tasse in der Hand setzte sich Andreas Anhäuser neben Jascha auf das kleine Sofa, obwohl noch ein freier Stuhl gegenüberstand.

«Wieso verstehen Sie denn etwas von Holz?», fragte er den Jungen.

«Moment», unterbrach Marie. «Und wann war Dr. Bernd bei Ihnen?»

Widerstrebend wandte sich der Händler von Jascha ab. «Dr. Bernd hat mit meinem Vater geredet. Wir führen das Geschäft zusammen. Das ist ... Warten Sie. Genau. Das erste Mal vor etwa einem Monat. Soweit ich weiß, haben sich die beiden auch privat getroffen und länger miteinander geplaudert.»

«Worüber?»

Anhäuser lachte auf. «Das weiß ich wirklich nicht. Mein Vater ... Nun ja. Er ist etwas eigen, würde ich sagen.»

«Können wir mit Ihrem Vater sprechen?», fragte Marie drängend.

Hilfe suchend wandte sich Anhäuser Jascha zu. «Ich weiß nicht ... Also, der Besuch von Dr. Bernd ... Mein Vater war verärgert. Sie können gern mit mir verhandeln. Mein Vater hat sich aus dem Geschäft zurückgezogen. Ich glaube, es wäre besser ...»

«Sie verstehen nicht», sagte Jascha und stellte seine Tasse ab. «Dr. Bernd ist tot. Wir müssen wissen, mit wem er was in den letzten Tagen besprochen hat.»

«Ja, aber ...»

Jascha beugte sich zu ihm und legte seine Hand auf das Knie des Händlers. Marie traute ihren Augen nicht.

«Bitte», sagte er fest und sah Andreas Anhäuser in die Augen.

Der Händler schluckte. Dann nickte er unmerklich: «Ich gebe Ihnen die Adresse.»

• 29 •

Die muskulösen Arme und Schultern waren braun gebrannt und mit Sommersprossen übersät. Den roten Zopf hatte sie zu einem Knoten gedreht und am Hinterkopf festgesteckt. Nur am Nacken kringelten sich ein paar feuchte Löckchen. Hanna grub unbeirrt, stetig wie eine Maschine.

Hans Müntzer betrachtete das Grabensystem, das sie aushob. Dünne, gespannte Seile bildeten eine verschlungene

Form. Er konnte nicht erkennen, was das werden sollte. Vielleicht, wenn er den Blickwinkel änderte?

Langsam umrundete er das abgesteckte Areal.

Sie hob den Kopf. Ihr Gesicht war schweißnass und gerötet. Ein kurzes Nicken, dann stieß sie den Spaten wieder in die Erde, schob ihn mit hartem Druck des Fußes schräg, hebelte eine Scholle heraus. Die Erde häufelte sie rechts neben sich auf. Schwarze, fette Erde.

Ein Spatenstoß, aushebeln, aufhäufeln. Spatenstoß, aushebeln, aufhäufeln.

Ein schmaler Graben, nicht besonders tief. Ein Kreis mit Innenlinien, so viel konnte er erkennen.

Spatenstoß, aushebeln, aufhäufeln.

«Was wird das?»

Ohne mit dem Graben aufzuhören, stieß sie hervor: «Ein Grab.»

Er betrachtete die flache, schmale Grube.

«Und was begraben Sie da? Ausgewalzte Regenwürmer?»

«Träume.»

«Ah.»

Spatenstoß, aushebeln, aufhäufeln.

«Ist Herr Eiselein da?»

Spatenstich, aushebeln. «Der Schlossherr sitzt oben.»

Aufhäufeln.

Wo blieb Nass bloß? Er wollte doch gleich nach ihm losfahren. Nein, er hatte absolut keine Lust, allein mit Oberstudienrat Eiselein zu sprechen.

Spatenstich. Aushebeln. Aufhäufeln.

«Machen Sie doch mal eine Pause.»

Spatenstich. «Wozu?» Aushebeln. Aufhäufeln.

«Um mit mir einen Kaffee zu trinken?»

Spatenstich. Ein erstaunter Blick.

«Sie haben doch Kaffee hier, oder?»

Ein leichtes Grinsen huschte über ihr Gesicht. Mit dem nackten Unterarm wischte sie sich den Schweiß von der Stirn. Sie hielt die rechte Hand wie einen Schild über die Augen und blinzelte in die Sonne. «Elf Uhr. Kaffee ist nicht mehr drin.»

Automatisch sah er auf seine Armbanduhr. «Zehn Uhr dreiundfünfzig.»

«Sieben Minuten. Sie können ein Wasser haben.»

Er nickte.

Sie stützte sich auf den Spaten und stieg aus der Grube. An ihrer blauen Arbeitshose wischte sie die erdverkrusteten Hände ab und ging zu der kleinen Bank unter der Trauerweide. Mit wohligem Seufzen zog sie eine Plastikflasche aus einem dort deponierten Rucksack und trank in langen, durstigen Zügen.

Er schob die Hände in die Taschen seiner Leinenhose und sah ihr zu.

Als sie seinen Blick bemerkte, setzte sie die Flasche ab, wischte flüchtig über den Hals und hielt sie ihm auffordernd entgegen.

«Was graben Sie wirklich?»

Sie verschraubte die Flasche und setzte sich. «*Parterres de broderie.*»

«Ah ja.»

«Mit Buchsbaum eingefasste, niedrige Rabatten nach Mustern und Vorbildern der Brokatstickerei», erklärte sie mechanisch.

Er setzte sich neben sie. «Sie studieren noch?»

«Botanik und Landschaftsarchitektur.»

«Dann ist das hier doch ideal für Sie? Ich meine, den Garten anzulegen.»

«Hat mein Prof. auch geglaubt», sagte sie so spöttisch, dass er fragte. «Aber?»

«Mit dem Garten käme ich schon hin.»

«Die ehrenwerte Gesellschaft?»

Sie streckte ihre langen Beine aus und sah auf das schmiedeeiserne Tor. «Der Garten hat noch nicht mal mehr ein Achtel seiner ursprünglichen Fläche, dazu noch diese blöden Gitter. Aber guter Wildwuchs, man kann schon etwas draus machen, das zum Haus passt. Aber keinen klassischen Barockgarten.»

«Und den will die Initiative haben?»

«Zu einem Barockgarten gehören Alleen, beschnittene Bäume, Springbrunnen und künstliche Wasserläufe, Pavillons, Statuen. Und vor allem Perspektive. Wie soll das auf so ein Handtuch passen?»

Mit einer wütenden Handbewegung umfasste sie den Garten. «Der Schlimmste ist Eiselein. Wenn der jetzt Dr. Bernd ersetzt, mach ich mich vom Acker.» Damit stand sie auf, verstaute die Flasche im Rucksack und ging zu ihrer Grube zurück.

«Die sieben Minuten sind noch nicht um», rief er ihr nach. Ohne sich umzudrehen, hob sie die Hand und winkte kurz. Bedauernd sah er ihr nach. Schönes Mädchen. Wie hatte sie das mit der Uhrzeit gemacht? Prüfend sah er in den Himmel. Ein Auto näherte sich, Türenschlagen, Schritte auf dem Kies.

«Ein Anruf aus Brüssel», rief ihm Holger Nass schon auf dem Weg entgegen. «Gerade als du aus dem Büro bist.» Aufatmend ließ er sich neben seinem Kollegen auf die Bank plumpsen. «Ganz schön heiß heute.»

«Und?»

«Was macht denn die Kleine da?» Nass wies mit einer Kopfbewegung auf die emsig grabende Hanna.

«Was ist mit Brüssel?», fragte Müntzer ungeduldig.

«Mein belgischer Kollege sagt, sie wissen nicht, an was Lapin dran war, aber er hat einen Artikel gefunden. In einem französischen Boulevardblättchen. Über den Tod des ‹bekannten Auktionators› und ein Foto von einer Kette. Bildunterschrift: *Musste er wegen dieses Schmucks sterben*? Oder so ähnlich. Jean faxt mir die Zeitung.»

Eine Halskette. Schmuck. Die Initiative ... eine Kutsche.

Müntzers Gedanken überschlugen sich.

«Was ist denn los, Hans?» Nass sah besorgt zu seinem jüngeren Kollegen, der gebannt ein Loch in die Luft starrte.

«Warte mal.» Müntzer hob die Hand, als wolle er die Außenwelt zum Stillstand bringen. Nach einer Weile begann er zögernd: «Dieser Schmuck, ein Halsband, sagst du.»

«Oder eine Kette. Aber das werden wir sehen, sobald wir die Zeitung haben.»

«Erinnerst du dich an diese Sage? Die Geschichte mit der Kammerfrau?»

Nass musterte seinen Kollegen, als wären dem plötzlich Hörner gewachsen. Oder blaue Tupfen im Gesicht erschienen.

«Hör zu», beharrte Müntzer. «Angeblich ist eine Kammerfrau Marie Antoinettes hierher geflohen. Mit einer Schmuckschatulle der Königin. Und wurde hier auf *Le Chêne* ermordet.»

«Eine Sage.»

«Egal. Stell dir eine Sekunde lang vor, da ist was dran. Die Leute hier restaurieren das alte Torhaus und finden den Schmuck. Statt ihn abzugeben, behalten sie ihn einfach und sagen niemandem etwas davon.»

«Unterschlagung», konstatierte Nass. «Zunächst einmal hat das Land die Hand auf Fundstücken. Im Saarland gibt's das Schatzregal.»

Auf den fragenden Blick seines Kollegen erläuterte er: «Es besagt, dass Funde von herausragender wissenschaftlicher oder wirtschaftlicher Bedeutung automatisch in Landeseigentum übergehen. Der Finder hat kein Besitzrecht an dem Fund.»

Müntzer nickte. «Stell dir weiter vor, sie wollen den Schmuck auf dem Schwarzmarkt verkaufen. Also nimmt Bernd Kontakt zu Lapin auf.»

Nass runzelte die Stirn. «Dann macht sich Lapin der Hehlerei schuldig. Aber warum wird Lapin umgebracht? Und ein paar Tage vor ihm Bernd?»

«Vielleicht wollten die zwei ihr eigenes Süppchen kochen?»

«Und das alles folgerst du daraus, dass ein Boulevardblättchen etwas über eine Kette schreibt?»

Einen Moment lang fühlte Müntzer sich bloßgestellt. Natürlich, so betrachtet hörte sich die Geschichte dünn an. Er wusste noch nicht einmal, ob der Schmuck, für den die Kammerfrau angeblich gestorben war, überhaupt existierte. Warum fiel ihm immer diese Kutsche ein? Instinkt. Er wusste einfach, dass es einen Zusammenhang gab.

«Es ist zumindest eine Version, in der die einzelnen Teile zusammenpassen und ein Bild ergeben.»

«Mmmh. Du sagst, die Geschichte von diesem Schmuck ist eine erfundene Geschichte?»

«Etwas Erfundenes, in dem aber vielleicht ein Körnchen Wahrheit steckt. Überliefertes Wissen, aus dem eine Sage gewachsen ist.»

«Hört sich nicht nach brauchbaren kriminalistischen Kriterien an. Und was ist mit deinen Nachforschungen über Clarin? Der Straßenkehrer passt jetzt gar nicht mehr in dein Bild. Du warst überzeugt, dass der alte Mord was mit den neuen Morden zu tun hat.» Gemächlich lehnte sich Holger Nass zurück. «Spielen wir es durch. Die ganze Initiative ist also darin verstrickt? Alle Honoratioren der Stadt? Nicht dass sie über jeden Verdacht erhaben sind, aber einen Grund müssen sie schon haben. Geld? Außer vielleicht Weber mit seinem Autohaus geht's denen doch blendend», fuhr er unbarmherzig fort und schüttelte entschieden den Kopf. «Mein lieber junger Kollege. Lass uns diesen Eiselein noch ein bisschen kitzeln, dann zeig ich dir ein wunderbares Restaurant hier in der Nähe. Und nach dem Essen unterhalten wir uns weiter.»

Vielleicht hatte Nass Recht. Trotzdem ...

«Regel Nummer drei: Nichts sättigt überbordende Phantasie so gründlich wie ein gutes Essen», unterbrach Nass die Grübeleien seines Kollegen.

Heinz Eiselein hob kaum den Kopf vom Schreibtisch, als sie eintraten. Ein gemurmeltes «Einen Moment noch, bitte» war das einzige Anzeichen, dass er sie überhaupt wahrnahm. Nass schnappte sich einen Stuhl und ließ sich direkt vor dem Schreibtisch nieder. Gemütlich verschränkte er die Arme und betrachtete den Raum.

Hans Müntzer tat es ihm nach, allerdings mit weniger Gelassenheit. Er ärgerte sich über diesen Eiselein, der sie so offensichtlich warten ließ, über die Selbstverständlichkeit, mit der dieser Eiselein das Büro des toten Dr. Bernd okkupiert hatte, über die hohen Bücherschränke, die sich wie Säulen der Gelehrsamkeit hinter ihm aufbauten. Über ... Ach was!

Er ärgerte sich über sich selbst. Sein wildes Spekulieren. Und vor allem über die Tatsache, dass er diese Spekulationen auch noch lauwarm zum Besten gegeben hatte. Geschah ihm Recht, wenn Nass ihn für einen Phantasten hielt.

«Sie haben sich ja schon in – wie sagt man da? – in Dr. Bernds Stiefeln eingerichtet», eröffnete Nass gut gelaunt. Der Oberstudienrat hob den Kopf und musterte die beiden Kommissare über seine Brillenränder hinweg.

Müntzer ärgerte auch das.

«Reden wir Klartext, Herr Eiselein», fuhr Nass mit freundlicher Stimme fort. «Sie haben uns angelogen. Zum Zeitpunkt der Ermordung von Claude Lapin waren Sie nicht zu Hause. Erstens: Wo waren Sie? Zweitens: Warum haben Sie uns angelogen?»

In Erwartung einer Antwort lehnte er sich ein wenig über den Schreibtisch. Eiselein fuhr zurück, nahm seine Brille ab und begann, sie zu putzen.

Typische Übersprungshandlung, aber damit kam er bei Nass nicht durch. Der trommelte mit den Fingerspitzen auf den Schreibtisch. «Ich warte.»

«Meine Herren, das sehen Sie falsch. Anlügen würde ich das nicht nennen.»

«Ist mir piepegal, wie Sie das nennen. Wo waren Sie?»

Eiselein setzte die Brille wieder auf und sah sich Hilfe suchend im Raum um. Aber noch nicht einmal der Ficus in der Ecke war bereit, ihm beizuspringen. Als hätte er das erkannt, seufzte der Mann tief. Seine ohnehin abwärts weisenden Mundwinkel sackten noch einen Millimeter tiefer. «Also gut. Wie Sie wissen, hat die Initiative Frau Weller beauftragt, die Originalmöbel aufzuspüren. Eine, wie mir scheint, verfrühte Entscheidung. Um Frau Weller, nun ja, beizustehen, habe ich mich ebenfalls auf die Suche gemacht. Ich bin einem schönen Stück auf der Spur. Achtzehntes Jahrhundert. Ich war bei Anhäuser, einem Antiquitätengeschäft in Kaiserslautern. Bis ungefähr siebzehn Uhr. Der Besitzer kann Ihnen das sicher bestätigen.»

Müntzer ärgerte sich über Eiselein. Zauberte ganz bereitwillig ein Alibi aus der Tasche. Kein besonders gutes allerdings. Er hätte Zeit genug gehabt, um von Kaiserslautern nach Saarbrücken zu sausen und rechtzeitig am Bahnhof zu sein.

«Und warum haben Sie das nicht gleich gesagt?», fragte Nass.

«Nun ja. Wie soll ich sagen? Ich wollte doch Frau Weller nicht zu nahe treten. Immerhin eine alte Dame. Und vielleicht würde sie es ja übel nehmen.»

«Dass Sie hintenherum ihre Arbeit übernehmen und sie kontrollieren? Warum sollte sie das übel nehmen?», fragte Nass in demselben freundlichen Ton.

«Nicht hintenherum, das sehen Sie falsch», wand sich der Oberstudienrat und fingerte schon wieder an seiner Brille.

«Aber bei dieser Tätigkeit bedarf es ja auch eines gewissen Verhandlungsgeschicks. Ein gerüttelt Maß an Sachverstand, den ich ihr natürlich nicht abspreche. Aber ich denke, ich bin für diese Aufgabe besser geeignet.»

«Und das wollten Sie den übrigen Mitgliedern der Initiative beweisen? Deshalb dieser heimliche Alleingang.»

«Nein. Es ist nur so, in Theos Papieren ...»

«Welche Papiere?», unterbrach ihn Müntzer scharf.

«Seine Papiere eben, die Aufzeichnungen», sagte Eiselein schwach. Jetzt schien er sich richtig unwohl zu fühlen.

Wie ein Hund, der Witterung aufnahm, richtete sich Nass auf: «Woher kennen Sie die? Nach Dr. Bernds Tod haben wir seine Aufzeichnungen mitgenommen. Meines Wissens hatte nur Frau Weller Einsicht.»

«Davor. Davor», stieß Eiselein heraus. «Bevor er gestorben ist, hat er mir die Papiere gezeigt. Ganz nebenbei. Ich weiß, dass die Aufzeichnungen bei Ihnen sind. Das war davor.»

«Er hat Ihnen also vor seinem Tod seine Aufzeichnungen gezeigt? Warum? Sie hatten doch mit der Remöblierung gar nichts zu tun. Niemand aus der Initiative kannte seine Aufzeichnungen.»

«Ich schon. Wir waren, ja, fast befreundet.»

Nass schmunzelte.

Müntzer ärgerte sich. Er war es gewohnt, belogen zu werden. Alle Polizisten waren das. Aber doch bitte mit dem Anschein von Glaubwürdigkeit. Plumpe Lügen hatten schon fast etwas Beleidigendes.

«Wenn ich Sie recht verstehe, zeigte Ihnen Dr. Bernd ganz nebenbei seine Papiere. Warum auch immer. Und Sie merken sich prompt einzelne Möbelstücke und ihren vermutlichen Auffindungsort? Gutes Gedächtnis, Kompliment. Vor allem, da Sie mit dieser Seite des Wiederaufbaus gar nichts zu tun hatten.»

«Aber Interesse, Interesse habe ich. Und ein Roentgenmöbel ist ja ein auffälliges Stück. Entschieden wertvoll.»

Endlich schien der Oberstudienrat wieder festen Boden unter den Füßen zu fühlen. Er ließ das nervöse Herumgefingere an der Brille und blickte die Beamten hochmütig an.

Müntzer ärgerte sich weiterhin. Dieser Oberstudienrat war auch einer von denen, die ihre Halbglatze mit einer Denkerstirn verwechselten.

«Gut», sagte Nass, schon im Aufstehen. «Zumindest können wir den Teil der Geschichte, der Ihr Alibi betrifft, überprüfen. Und das werden wir, Herr Eiselein. Das werden wir.»

Erleichtert sprang der Oberstudienrat auf die Beine. An der

Tür drehte Nass sich noch einmal um: «Ach, Herr Eiselein. Falls Ihnen einfallen sollte, dass Sie die Unterlagen vielleicht doch nach Dr. Bernds Tod eingesehen haben ...»

«Aber meine Herren ...»

«Vielleicht hat der Einbrecher, der die Papiere bei Frau Weller stahl, sie ja verloren. Und Sie haben sie gefunden? Wer weiß.»

Mit offenem Mund starrte Eiselein Hauptkommissar Nass an. Der lächelte, freundlich wie immer.

• 30 •

«Hunger, Durst, Pipi», rief Jascha und sprang aus dem Wagen.

Marie spreizte die Finger unter dem lockeren Verband. Es klappte wieder einigermaßen und ziepte nur noch ein bisschen. Mit Schwung befreite sie sich aus der glühenden Blechkiste und sah sich auf dem kleinen Parkplatz um.

Die paar einsamen Wagen, in der Mittagshitze schmorend, die alte Stadtmauer, turmbewehrt, die schattigen Gassen – alles lächelte ihr zu. Unwillkürlich lächelte sie zurück.

Wissembourg. Sie liebte dieses kleine Städtchen am Rande der Nordvogesen.

«Hey, nicht träumen.» Jascha lehnte sich vorsichtig an das heiße Autodach und blinzelte in die Sonne.

Mit der Linken wies Marie auf ein Häuschen direkt vor ihnen. «Pipi.»

Ein leichter Schlag auf das Wagendach und Jascha verschwand.

Marie angelte ihre braune Umhängetasche vom Rücksitz und kramte die Adresse vor. Erst zum *Quai Anselmann. Wissembourg* war nicht groß. Es dürfte kein Problem sein, das Haus zu finden. Warum hatte sie es eigentlich nicht geschafft, sich in einem kleinen französischen Örtchen zur Ruhe zu setzen? In einem Ort, in dem sie niemanden kannte, in dem sie mit niemandem eine gemeinsame Geschichte hatte, wo sie unbehelligt leben konnte, ohne Ilse Blum und die lästige Initiative. Theo hätte sie besuchen können. Vom Saarland aus nicht weiter als *Nancy* und Odette.

Jascha trat aus dem Häuschen und winkte.

Ohne Jascha? Ohne ihr Haus und ihren Garten? Ihren Dachbodenladen? Lächelnd ging sie ihm entgegen.

Auf dem Weg starrte Jascha sehnsüchtig in jedes der kleinen Geschäfte und Bistros, an denen sie vorüberschlenderten. Vor einem Fischgeschäft, dessen Aushang frische Austern und ein Glas Weißwein versprach, blieb er stehen.

«Ich hab noch nie Austern gegessen. Willst du nicht was für meine kulinarische Fortbildung tun?»

«Nein.» Entschlossen marschierte sie weiter und bemühte sich, seine sehnsüchtigen Blicke, die mal einer *Boulangerie*, mal einer *Boucherie* galten, zu übersehen.

Als sie den kleinen Platz an der Kirche überquerten, wurde er immer langsamer und langsamer. Schließlich schwenkte er wie hypnotisiert auf ein kleines Restaurant zu, das in einem Holzkohleofen im Freien Flammkuchen buk.

«Komm schon, Jascha. Kein Theater. Du bist nicht am Verhungern.»

Statt einer Antwort hob er beide Arme senkrecht hoch wie ein Schlafwandler und marschierte auf die Terrasse des Restaurants zu.

«Nach dem Gespräch mit Anhäuser, in Ordnung?»

Abrupt blieb Jascha stehen. «Versprochen?»

Sie nickte.

Weich gekocht. Diese kleine Ratte schaffte es doch immer wieder.

Grinsend wandelte er mit ausgestreckten Armen zu ihr zurück.

Vor der großen romanischen Kirche aus gelb-rotem Sandstein blieb sie stehen. In einen der äußeren Stützpfeiler, etwa in Augenhöhe, waren in einen der Quadersteine krakelige Buchstaben eingemeißelt. Darüber eine seltsame Figur, die entfernt an einen stürzenden Engel erinnerte.

«*He vor is diss gemichet*», las Jascha halblaut von einer kleinen Tafel, die unter der archaisch anmutenden Schrift angebracht war.

«*Ceci est arrivé ici* – Das ist hier geschehen», las er weiter.

Sie stand stumm neben ihm. Trotz der warmen Sonnenstrahlen kroch eine kleine Gänsehaut ihre Arme hoch.

«Was soll das? Ein altes Graffito?»

«Niemand weiß, was die Inschrift bedeutet. Ich habe schon oft darüber nachgedacht. Vielleicht wurde hier eine untreue Ehefrau gesteinigt?»

«Und dann hat sich rausgestellt, dass sie unschuldig war», spann Jascha den Faden weiter.

«Vielleicht ist ein Meteorit heruntergekommen und hat den Priester erschlagen.» Das Spiel fing an, Marie Spaß zu machen.

«Absolut gerecht. Der wollte nämlich mit der Kollekte abhauen.»

«Vielleicht wurden hier Pestopfer abgeladen? Oder die Toten eines Krieges?»

«Jedenfalls hat es was mit Tod zu tun.» Der Junge neben ihr vergrub seine Hände in den Taschen seiner weiten Hose.

Sie spürte, wie auch er fröstelte.

«Los, wir haben nicht den ganzen Tag Zeit.» Sie stieß ihn ruppig in die Seite und bog an der Kirche vorbei in eine breite Straße, die von einem kleinen sonnenglitzerndes Flüsschen in zwei Hälften geteilt wurde. Weinumrankte Patrizierhäuser säumten die Straße.

Aber je weiter sie ihr folgten, desto bäuerlicher wurden die Häuser. Große Scheunentore anstelle der mit steinernen Blumenranken verzierten Eingänge. Buntes Fachwerk statt in Ehren ergrauter Prunkfassaden. Eingelassene Waschbänke durchbrachen die stolzen Kanalmauern, kleine schmiedeeiserne Brücken mit bunten Geranien an den zierlichen Geländern luden zum Überqueren ein.

Vor einem zweistöckigen, burgunderrot gestrichenen Fachwerkhaus stoppte Marie.

«Nummer elf. Hier muss es sein.»

«Mal sehn, was hier geschieht», meinte Jascha fröhlich. *«He vor is diss gemichet.»*

Gemeinsam musterten sie die Fassade. Ein ehemaliges Bauernhaus, sorgsam restauriert. Alte Butzenscheiben, die das Fachwerk ergänzten, obligatorische Geranienkästen, die es schmückten. Ein knorriger Weinstock, der für idyllische Begrünung sorgte.

«Ein freundliches Haus, ein freundlicher Bewohner», sagte Marie mit überzeugter Stimme.

Die Eingangstür war nicht an der Front, sondern an der linken Querseite des Hauses. Auch die Seitenansicht war einladend. Ein altes hölzernes Scheunentor, daneben eine edel verwitterte Holzbank und steinerne Kübel voll Lavendel, Sonnenblumen und – natürlich – Geranien.

Kein Namensschild, keine Klingel.

Ratlos standen sie davor. Jascha folgte dem krakeligen

Kopfsteinweg zu einem blühenden Rosenbogen, der wohl den Eingang zu einem rückwärtigen Garten markierte.

«Verdammte Touristen! Privatbesitz. Weg hier!», tönte ihnen ein unwirscher Bass entgegen.

Überrascht trat Jascha einen Schritt zurück und murmelte Marie zu: «Freundliches Haus, freundlicher Bewohner.»

Marie schob sich an ihm vorbei.

«Herr Anhäuser?», rief sie in den Garten hinein.

Ein großer, vierschrötiger Mann mit Glatze, der einen erdverkrusteten Blaumann über dem blanken Oberkörper trug, trat ihr entgegen. Marie musste den Kopf heben, um in sein Gesicht zu sehen. Das passierte ihr selten.

«Was wollen Sie?», herrschte er sie an und verschränkte die Hände über seinem voluminösen Bauch.

«Ihr Sohn hat uns Ihre Adresse gegeben», sagte Marie und versuchte ein Lächeln, das an seinem mürrischen Mund, der wie ein Bindezeichen über dem viereckigen Kinn thronte, sofort abprallte.

«Wieso schickt die Schwuchtel euch zu mir?»

Scharf zog Marie die Luft ein. Auf so viel unverblümte Grobheit war sie nicht vorbereitet. Der Kerl hatte das Gemüt eines Fleischerhundes – ohne den Hund beleidigen zu wollen.

«Mann, Sie zum Vater zu haben muss ja klasse sein», sagte Jascha fasziniert.

Der bullige Kopf des alten Händlers schwenkte von Marie zu dem Jungen. «Du Rotzlöffel. Bist wohl auch einer von denen.»

«Lieber einer von denen als einer wie Sie», antwortete Jascha ungerührt.

Marie hätte ihn küssen können. Überrascht sah sie, wie sich Anhäusers Miene aufhellte und sich ein fast anerkennendes Grinsen in seine Mundwinkel stahl.

«Herr Anhäuser, ich komme wegen des Roentgen-Stehpults.» Seine buschigen Augenbrauen hoben sich, und er musterte sie von Kopf bis Fuß. Sein Blick wanderte über ihr langes weißes T-Shirt, die abgetragenen Jeans zu ihren ausgelatschten Mokassins und wieder zurück.

«Diesen September versteigern sie bei *Sotheby's* in Amsterdam einen Abraham Roentgen. Architektenkommode, Schätzpreis 80 000 Euro plus 22 Prozent. Der letzte David Roentgen ging in Stuttgart für 195 000 Euro weg. Ein Aufsatzschreibtisch von ihm sogar für 630 000.»

«Ich kenne die Preise», sagte Marie spitz. «Ich bin Händlerin.»

Sofort änderte sich seine Miene. Der alte Fuchs witterte das Geschäft. «Kommen Sie», knurrte er kurz und schob seinen massigen Körper durch den betörend duftenden Rosenbogen.

Der Garten hinter dem Haus, von einer hohen Steinmauer eingefasst, war nicht besonders groß. Aber in seinem Karree blühte und wucherte es. Bunte Gladiolen standen neben gelben Zucchiniblüten, rote Feuerbohnen neben lila Phlox, Tomatenstöcke, die unter ihrer roten Last fast zu brechen schienen, neben riesigen Sonnenblumen, die ihre tellergroßen Blüten dem Betrachter zuwandten. Der Garten war eine Wucht. Das hätte sie dem alten Stinkstiefel überhaupt nicht zugetraut.

«Darf ich?», rief Jascha und langte schon mit einer Hand zu dem Zweig eines Kirschbaumes, der seine saftigen Früchte in der Sonne blitzen ließ. Der Händler brummte zustimmend. Gemeinsam mit Marie beobachtete er, wie Jascha sich eine Kirsche nach der anderen vom Baum pflückte und mit verzücktem Gesichtsausdruck in den Mund schob.

«Ihr Enkel?»

Marie schüttelte den Kopf.

«Auch so ein absterbender Ast, was?»

Sie sah den wehmütigen Gesichtsausdruck, mit dem er den Jungen betrachtete, die traurigen Falten um seinen Mund, die zerfurchte Stirn. Fast tat er ihr leid.

«Sie haben einen sehr netten Sohn», sagte sie fest.

«Aber er macht mir keine Enkel.»

«Glauben Sie wirklich, es ist ein Verlust für die Menschheit, wenn Ihre Gene aussterben?»

«Allerdings glaube ich das.» Abrupt wandte er sich ab und stiefelte auf eine von wildem Wein umrankte Laube zu. Er setzte sich schwer auf eine der beiden Holzbänke, die einen kleinen Gartentisch umrahmten, und griff nach der etikettlosen weißen Schnapsflasche, die neben einem Wasserglas auf dem Tisch stand. «Selbst gebrannt. Auch einen?»

Marie nickte und setzte sich ihm gegenüber. Er schien von ihrer Zustimmung überrascht, angelte bereitwillig ein zweites Glas von einem kleinen Regal, das an der Rückwand der Laube hing. Schenkte sich selbst kräftig ein und bedachte Marie mit einem knappen Fingerhut.

Sommertage im Glas, dachte Marie, als ihr der Mirabelle mild durch die Kehle floss. Der alte Händler beobachtete sie genau.

«Sehr gut», sagte sie anerkennend.

Ein Grinsen schob sich um seine Mundwinkel, als er ihr nachschenkte. Er hob sein Glas und prostete ihr zu. «Selten, dass alte Weiber meinen Schnaps zu schätzen wissen.»

«Das wundert mich», gab Marie zurück. «Im Suff sind Sie viel leichter zu ertragen.»

Anhäuser warf den Kopf in den Nacken und lachte. «Sie sind frech.»

«Und Sie ungehobelt.»

Als hätte sie ihm eine Auszeichnung verliehen, nickte er stolz.

«Krieg ich auch einen?», fragte Jascha, der an den Tisch getreten war.

«Ja», sagte Anhäuser.

«Nein», sagte Marie.

Ohne sie zu beachten, angelte er nach einem weiteren Glas, goss ein und schob es Jascha hin.

«Er ist siebzehn», sagte Marie vorwurfsvoll.

Vier hochgezogene Augenbrauen trafen sie.

«Kommen wir zum Geschäft», sagte der Händler und lehnte sich zurück. «Sie kommen im Auftrag, nehme ich an?»

«Kein Privatkunde. Eine Initiative, die ein altes Schloss wieder errichtet ...»

«Le Chêne», unterbrach er sie.

«Genau.»

«Wie dieser Bernd.»

«Dr. Bernd ist tot.» Merkwürdig, noch immer fiel es ihr schwer, diesen Satz auszusprechen.

«Was?», donnerte Anhäuser. «Er war doch nicht alt. Ein, zwei Jahre älter als ich. Da stirbt man nicht!»

«Er wurde ermordet», warf Jascha ein. Marie blitzte ihn an.

«Ist doch wahr», rechtfertigte sich der Junge.

Anhäuser saß ihnen mit offenem Mund gegenüber. «Ermordet?»

Marie nickte. Jetzt war es heraus. Auch wenn sie sich lieber die Option offen gelassen hätte, es ihm zu erzählen. Sie war gleich dagegen gewesen, dass der Junge Schnaps trank.

«Deswegen würden wir gerne von Ihnen wissen, was Sie mit Dr. Bernd besprochen haben.»

Der alte Händler drehte sein Glas zwischen den klobigen

Händen. «Er kam wegen des Roentgen. Dann habe ich ihm von dem Kollier erzählt. Schwierig, dafür noch Privatkunden zu finden. Zu altmodisch für den heutigen Geschmack. Aber weil es doch von *Le Chêne* ist, dachte ich, er hätte Interesse.»

Marie spürte, wie ihr das Blut ins Gesicht schoss. «Moment», unterbrach sie scharf. «Erzählen Sie uns das von Anfang an.»

Anhäuser zog die Flasche näher und schenkte sich nach. Marie hätte ihn am liebsten geschüttelt. Aufreizend langsam führte er sein Glas zum Mund und trank. «Das war 1974, im September.»

September 1974. Sie fühlte, wie ihr Herz ein Stück nach unten sackte. Septembernebel, die seit dreißig Jahren immer wieder dieselbe Erinnerung mitbrachten.

«Abends, am 23. September, kam Lapin ganz aufgeregt mit dem Kollier zu mir. Für Lapin und mich ein einmaliges Geschäft. Der einzige Haken war die zweifelhafte Herkunft. Dieser Junge mit seiner wilden Geschichte. Aber Lapin meinte, er würde das regeln.»

«Lapin ist auch tot», warf Jascha leise ein.

«Was?»

«Auch ermordet.»

Anhäuser sank auf der Bank zurück.

«Was für ein Kollier? Welche Geschichte?», fragte Marie ungeduldig.

Fast abwesend fuhr der Alte fort: «Rubine. In schweres Gold gefasst, mit Brillantbesatz. Die Rubine sehen aus wie versprengte Blutstropfen, herrliche Farbe. Dazu passende Ohrringe. Ein Geschenk des Zaren.»

«Der Schmuck der Marie Antoinette», kam es gepresst von Jascha.

«Quatsch», unterbrach ihn Marie. «Das ist eine Sage.»

«Der Schmuck war sagenhaft», meinte Anhäuser gedankenverloren. «Ich habe nie wieder etwas so Prächtiges in der Hand gehabt. Lapin, dieser windige Hund, hatte ihn von dem Jungen. Der hat ihn angeblich gefunden, ausgegraben auf einem verfallenen Schloss mitten im Saarland. *Le Chêne.* An ihn drangekommen ist er über Xavier.»

«Wir kennen Monsieur Xavier. Weiter», befahl Marie.

Anhäuser schluckte, fuhr aber brav fort: «Ich hatte in Kaiserslautern einen Kunden, einen Ami. Ein dicker General wie aus dem Bilderbuch. Stinkreich und mit 'ner verrückten Frau. Die wollte den Schmuck unbedingt haben. Dabei kann man so was heute gar nicht mehr tragen. Er ist viel zu pompös. Aber *good old Europe.* Der Schmuck kam also in private Hände, nach Amerika. Keine Gefahr, verstehen Sie?»

Marie nickte. Natürlich verstand sie. Ein kleines Hehlergeschäft, damit bekam jeder Händler früher oder später zu tun. Gestohlene Ware, Ware mit unklarer Herkunft. Gefährliche Geschäfte, die man besser ablehnte. Ablehnen musste.

«Mein Gott, jetzt gucken Sie doch nicht so pikiert. Damals lief der Laden nicht, mir stand das Wasser bis zum Hals.»

Natürlich, Gründe für Geldgier gab es immer.

Er blinzelte ihr listig zu. «1791 ist der letzte französische König mit seiner Frau Marie Antoinette nach Lothringen geflohen. In Varennes-en-Argonne haben sie die beiden verhaftet und zum Köpfen nach Paris zurückgebracht. Es gab immer Gerüchte, dass ein Teil ihres Schmucks es weiter geschafft hat als sie. Und da lag er nun vor mir, der Schmuck der Marie Antoinette. Und ein gieriger Käufer vor der Tür. Was hätten Sie gemacht?»

Marie sah ihn ausdruckslos an.

«Ich habe bei Lapin natürlich nachgebohrt. Der Junge hat den Schmuck auf *Le Chêne* gefunden. Die *de la Forêt* waren

Lothringer. Es gibt eine Beschreibung des Zarenschmucks, die genau passt. Also! Meinen Käufer habe ich nicht betrogen.»

Selbstzufrieden schenkte er sich wieder nach. Marie betrachtete dieses fleischige Gesicht mit dem mürrischen Mund und der langen Nase. Der Mann war ein Krimineller, keine Frage.

Als hätte er ihre Gedanken gelesen, winkte er ab: «Einmaliger Ausrutscher, längst verjährt. Und jetzt kommt Lapin vor ein paar Monaten zu mir und bietet mir den Schmuck wieder an. Der Amerikaner hat wohl Pleite gemacht und verkauft. So schließt sich der Kreis. Ich habe abgewinkt, aber als dieser Bernd wegen dem Roentgen von *Le Chêne* erzählt hat, habe ich ihm die Adresse von Lapin gegeben. Mehr weiß ich nicht.»

Stille senkte sich über den Tisch.

Anhäuser starrte in sein Glas. Jascha blinzelte in den sonnendurchfluteten Garten und hing seinen eigenen Gedanken nach. Marie saß betäubt auf ihrem Platz und versuchte, Ordnung in dieses Chaos zu bringen.

Der Schatz von *Le Chêne*. Es hatte ihn also tatsächlich gegeben. All die Generationen, die nach dem Schatz gesucht hatten und ihn nicht fanden, bis er schließlich in die Sagenwelt verbannt wurde. Und dann wurde er zu guter Letzt wirklich gefunden. September 1974, ein Junge. Lapin und Xavier wussten, wer er war. Sie hatten mit ihm verhandelt, den Schmuck gekauft ...

«Und Lapin und Bernd sind wirklich umgebracht worden?», fragte Anhäuser ungläubig.

«Sie sollten auf sich Acht geben», sagte Marie kühl.

• 31 •

Mechanisch steuerte sie die kleine Straße entlang, die sich asphaltbuckelnd, ohne Mittelstreifen, durch das Dahrner Felsenland wand.

«Eine zweite Halsbandaffäre.»

«Hä?»

«Das Halsband der Marie Antoinette. Dumas. Nie davon gehört?»

«Du meinst den Film mit den Drei Musketieren, oder?»

«Fast.»

Maries Aufmerksamkeit wurde von einer scharfen Kurve beansprucht.

«Mach langsam», mahnte Jascha, als der Wagen leicht schleuderte. Sofort nahm sie den Fuß vom Gas. Er hatte ja Recht, sie war viel zu schnell.

Rechts und links der Straße wucherten niedrige Farnwälder unter efeuumrankten Baumstämmen, mit kleinen Waldwegen und alten, moosbewachsenen Grenzsteinen.

«Als ich in deinem Alter war, habe ich an den Schmuck geglaubt. Wir haben ihn gesucht.»

«Mein Vater auch, zusammen mit seiner ganzen Klasse. Er hat erzählt, zuerst waren alle wie besessen, dann hat einer nach dem anderen aufgegeben, nur er und Christoph nicht. Eine seiner gepriesenen Tugenden: nicht aufgeben. In Großbuchstaben, versteht sich.»

Plötzlich griff sich Jascha an die Stirn. «Hey, klar, so war das. Die anderen haben aufgegeben, weil sie den Schmuck gefunden hatten, nur die beiden Deppen haben das nicht gerafft.»

Marie wurde noch langsamer. Hinter ihr hupte ein Wagen.

«Blödmann», knurrte Jascha zur Heckscheibe. «Und was

ist jetzt die Preisfrage?», schnarrte er und hielt Marie ein imaginäres Mikro vor die Nase.

«Wer hat den Schmuck damals gefunden?»

«Der Kandidat hat hundert Punkte.» Jascha stellte die Füße auf das Armaturenbrett und schob sich die unvermeidliche Kappe ins Genick. «Lass mal überlegen. 1974 hat mein Vater grade Abitur gemacht.»

«Zusammen mit Dr. Fischer, Eiselein und Philipp Stroh. Die Frauen sind jünger, aber ich glaube, ein Bruder von Dolb war auch in der Klasse.»

«Weber?»

«Zu jung.»

«Und all die, die weggezogen sind?» Marie setzte den Blinker und bog holpernd in einen Waldweg.

«Hey, wohin?» Jascha hievte seine Beine eilig wieder auf den Boden.

«Nachdenken.» Sie drehte den Zündschlüssel und stieg aus dem Wagen.

Der schmale Weg, von zusammengewachsenen Baumkronen grün beschattet, ein kleiner Bach, in wilden Kurven an ihm entlangmäandernd. Federnder Waldboden. Tief sog Marie den Geruch ein. Erde, Baumharz und das sanfte Modern des Laubes vom vergangenen Herbst.

«Anhäuser hat gesagt, ein Junge hat Lapin den Schmuck gebracht. Das heißt, wir können Irma streichen», begann sie zögernd.

«Weiber halten sich gern im Hintergrund. Heißt aber nicht, dass sie nicht die Drahtzieher sind», widersprach Jascha. «Das tote Pferd ist heiß, glaub mir. Ich tippe auf sie und ihren Mann.»

«Vergiss nicht: Wer den Schmuck gefunden hat, ist der Mörder.»

Überrascht blieb Jascha stehen. «Wie kommst du denn da drauf?»

Marie sah zu den Baumkronen hoch, die sich über ihrem Kopf wölbten. Ein paar vereinzelte Sonnenstrahlen verirrten sich durch das dichte Blätterdach.

«Die Morde hängen mit dem Schmuck zusammen. Das ist klar», erzählte sie dem grünen Dach. «Theo und Lapin. Lapin kannte den Jungen, der den Schmuck gefunden hat. Theo war ihm auf der Spur. Ich verstehe die Zusammenhänge noch nicht, aber sie sind da.»

«Ich versteh nix», sagte Jascha und hob den Kopf ebenfalls nach oben. «Wenn du was findest, gehört's dir doch. Warum sollte für so 'nen alten Fund jemand ermordet werden? Noch dazu Jahre später?»

«Im Saarland gehören dir Schatzfunde nicht. Du musst sie abgeben.»

«Okay, aber der alte Miesling hat doch was von Verjährung erzählt. Warum also Mord?»

Seufzend ließ Marie den Kopf sinken. «Ich weiß es noch nicht.»

Jascha breitete die Arme weit aus und rief zu den Baumkronen: «Göttliche Eingebung? Wo steckst du? Wir sind hier und brauchen dich! Was sollen wir tun?»

Ruckartig hob Marie den Kopf. «Lapin kannte die Identität des Schatzfinders, und Xavier kennt sie auch. Fahren wir.»

Sie drehte sich abrupt um und stapfte zum Wagen. Immer noch mit ausgebreiteten Armen sah Jascha ihr nach.

«Komm schon», rief sie ihm vom Auto aus zu.

Jascha sah schnell nach oben und rief: «Danke, göttliche Eingebung. Auf dich ist Verlass.»

• 32 •

«Sei gnädig», flehte er vom Beifahrersitz. «Es ist schon nach sechs. Die Zeit, in der Normalsterbliche etwas zu sich nehmen, das sie Abendessen nennen.»

«Wir sind gleich da», knurrte Marie hinter dem Lenkrad.

Sie hatte auch keine Lust mehr zu fahren, verdammt. All diese kleinen, holprigen Sträßchen, dauernd die Kurven, die brütende Hitze im Wagen. Sie war eine alte Frau, verdammt nochmal. «Verdammt», stieß sie laut und unvermittelt aus.

Jascha betrachtete sie misstrauisch von der Seite. «Hungerdelirium», diagnostizierte er trocken. «Mensch, Marie. Wir könnten uns in ein nettes Lokal setzen und besprechen, was wir tun, wenn uns Xavier den Namen sagt. Zum Beispiel Müntzer einweihen. Ich meine, der kann doch dann für uns die Drecksarbeit erledigen. Ihn des Mordes überführen oder so. Falls uns Xavier überhaupt etwas sagt. Und während wir das alles besprechen, würde ich, ganz nebenbei, was Kleines zu mir nehmen. Ich kann kauen und gleichzeitig reden.»

«Noch zwanzig Kilometer. Ich setze dich in einem Bistro ab und gehe allein zu Xavier.»

«Nein.»

«Doch.»

«Er redet nicht mit uns, wenn du dabei bist. Da bin ich sicher. Du hast seine Katze verführt und beinahe die Boulle-Uhr gekillt.»

«Ich verspreche dir, das Vieh noch nicht mal anzublinzeln.»

Wütend fuhr sie zu ihm herum. «Das ist kein Abenteuerspiel, Jascha.»

Schweigend fuhren sie durch die alte Stadtmauer, schweigend stiegen sie aus dem Wagen.

Marie streckte sich, versuchte, ihre angespannten Glieder zu lockern. In diesen frühen Abendstunden wirkte das Städtchen noch verlassener als sonst.

Wissembourg war eine kleine Prinzessin, die in ihrer Abgeschiedenheit träumt. *Fénétrange* dagegen hatte etwas von einem schmuddeligen, verlorenen Waisenkind.

Städte mit Mädchen vergleichen. Das kam davon, wenn man müde war. Mit einer Hand rieb sie ihren steifen Nacken.

«Hast du Geld dabei?»

Jascha nickte stumm.

«Sei nicht so beleidigt, mein Gott», herrschte sie ihn an, wandte sich um und bog in eine der kleinen, schattigen Gassen. Sie eilte an den grauen Fassaden der zusammengedrückten Häuser vorbei, die im Abendlicht kalt und abwehrend wirkten.

Xavier – Antiquités – Meubles – Brocantes. Und wenn er sich weigerte, mit ihr zu reden? *«Ne revenez plus jamais ici.»* Lassen Sie sich nie wieder hier blicken, hatte er ihnen nachgeschrien.

Es gab nur eine Möglichkeit, das herauszufinden. Entschlossen durchquerte sie das Scheunentor und betrat den Innenhof.

Wie bei ihrem ersten Besuch lagen Stapel alter Autoreifen neben verrosteten Eisenteilen, an deren Bestimmung sich schon seit Jahren niemand mehr erinnern konnte. Daneben zerschlissene Holzfässer, dreibeinige Stühle und halbe Tischplatten, über die das Unkraut sein freundliches Grün wuchern ließ.

Mit vorsichtigen Schritten näherte sie sich dem Möbellager.

«Monsieur Xavier? Sind Sie da?»

Sie plapperte schon wie Ilse Blum.

«Monsieur Xavier. Ich bin Marie Weller. Ich muss mit Ihnen reden!» Klang schon besser. Aber außer der räudigen roten Katze ließ sich niemand blicken. Beim ersten Mal war sie fortgehuscht, nun näherte sie sich Maries Beinen und rieb heftig ihren Kopf daran. Marie bückte sich, um sie zu streicheln. Ein lautes Fauchen, ein roter Buckel, und die Katze verschwand.

Still war es im Hof. Sogar die Vögel waren beim Abendessen. Nichts regte sich, nur die ersten Abendschatten krochen über den Boden.

«Monsieur Xavier?»

Zögernd ging Marie in die Scheune. Derselbe Geruch nach Kühle und alten Möbeln, dasselbe Halbdunkel. Sie fröstelte.

«Monsieur Xavier?»

Als hätte die alte Scheune ihr alle Energie ausgesaugt, wurden ihre Schritte langsamer. Es war kalt hier drinnen. Eine eisige Hand auf ihrer Schulter. Marie erstarrte, fuhr elektrisiert herum.

Der Metallarm einer Stehlampe wippte langsam im Dämmerlicht.

Der Adrenalinstoß gab ihr wieder Kraft. Sie umrundete die Möbelberge und die alte Schleiflackküche. Wenn sie schon einmal hier war, könnte sie auch einen Blick auf die Uhr werfen. Sollte Xavier doch kommen und sie daran hindern!

Am Ende der Scheune sah sie das weiße Tuch, mit dem die Uhr abgedeckt war. Daneben etwas Dunkles, Unförmiges, das von der Decke hing.

Sie konnte das Schlagen ihres Herzens spüren.

Es war Xavier. Er hing wie eine schlaffe Puppe an einer Wäscheleine. Eine gelbe Wäscheleine, die sie mehr verstörte als sein bläulich rotes, aufgedunsenes Gesicht und die kleine Blutspur, die sich von seiner Nase bis in den Bart zog. Diese gelbe Schnur schien viel zu dünn, um den schweren, schlaffen Körper zu halten.

«O Mann ...»

Erschrocken drehte sie sich um. Jascha starrte mit blassem Gesicht zu der baumelnden Leiche.

Er sollte nicht hier sein. Sie ging zu ihm, packte ihn an der Hand und zog ihn hastig durch die engen Gänge und das Gewirr der Möbel mit sich.

Der Hof empfing sie still und friedlich. Die letzten Strahlen der Abendsonne trafen auf Gänsehaut.

«Muss man nicht ...?» Jascha räusperte sich. «Vielleicht kann man ihm noch helfen?»

Musste man eine Leiche sofort abschneiden und Wiederbelebungsversuche unternehmen? Als sie an sein bläulich rotes Gesicht dachte, schloss sie die Augen und schluckte.

«Ich glaube, er ist tot.»

«Mhm.»

Mit leerem Blick sah sie in den Hof. Auf die goldgelben Blütchen eines Rainfarns, der unbeirrt auf einem Schutthaufen thronte. Gelb. Übelkeit stieg in ihre Kehle. Wieder ein trockenes Schlucken. «Wir rufen Müntzer an. Hast du dein Handy?»

Wie betäubt zog Jascha es aus seiner Hosentasche und starrte darauf. «Auskunft», wies sie ihn an.

«Warum, ich meine, warum hat er sich wohl umgebracht?»

Hatte er das? Lapin und Xavier waren tot. Nun konnte niemand mehr erzählen, welcher Junge den Schatz gefunden hatte.

• 33 •

Müde trottete er dem Haus entgegen. Elf Uhr, hoffentlich war sie schon wach.

Die Schlafgewohnheiten von älteren Frauen waren unberechenbar, das wusste er von seinen Tanten. Die eine schlief bis zwölf Uhr mittags, die andere stand jeden Morgen um fünf auf.

Er gähnte, versuchte aber sofort, das Gähnen durch kurzes, heftiges Kopfschütteln zu verscheuchen.

Die französischen Kollegen waren ganz in Ordnung. Wenn er hier in der Grenzregion blieb, musste er dringend sein Französisch aufbessern.

Sogar von draußen konnte er die Klingel durch das Haus schrillen hören, dann rasche Schritte aus dem Garten.

Schlecht sah sie aus. Dunkle Schatten unter den Augen, scharfe Falten, die ihre Linien ins Gesicht gruben. Sogar ihr grauer Zopf wirkte müde und stumpf.

«Ich wollte sehen, ob Sie gut nach Hause gekommen sind.»

«Danke, Herr Müntzer. Bei Ihnen war es doch bestimmt auch spät. Wollen Sie einen Kaffee?»

Sie redete so förmlich, als wolle sie die Vertraulichkeit, die auf der französischen Gendarmerie zwischen ihnen geherrscht hatte, wegwischen.

Die langen Stunden auf der harten Holzbank. Seine Versuche, Genaueres über die Todesumstände von Xavier zu erfahren. Die Abwehr der französischen Kollegen, bis sie ihm endlich erlaubten, bei den Vernehmungen von Jascha und ihr dabei zu sein.

Er folgte ihr um das Haus herum. Dort lag der Teil des Gartens, den er durch das bunte Flurfenster nur erahnt hatte.

Ein paar große Obstbäume vor einer mit weiß blühendem Knöterich verwachsenen Mauer, ein kleiner Rasen mit einem sichtlich wackeligen Holztisch und Stühlen, die schon beim Hinsehen größtmögliche Unbequemlichkeit versprachen. Er setzte sich, während sie ins Haus ging, um den Kaffee zu machen. Müde stützte er den Kopf in die Hände.

Als er heute Morgen Nass von Maries Anruf und seiner raschen Fahrt nach *Fénétrange* erzählt hatte, hatte der zunächst nur gebrummt. Erst der tote Xavier hatte ihn aufhorchen lassen. Und bei der Geschichte von Anhäuser und dem Schmuck fing er dann an, im Zimmer herumzutigern.

Nass hatte Recht. Selbst wenn ein Mitglied der Initiative vor dreißig Jahren den Schmuck gefunden und unterschlagen hatte, blieb immer noch offen, warum er – oder sie – jetzt morden sollte. Ein toter Museumsdirektor, ein toter Auktionator, ein toter Händler. Und der Schmuck von *Le Chêne.* Wo war der Zusammenhang?

Weber log, was sein Alibi für die Ermordung von Lapin anging. Aber Weber war, abgesehen von Hanna, der Jüngste in der Initiative, er konnte den Schmuck nicht gefunden haben.

Diese Hanna war eine süße Maus. Ganz kurz sah er ihren gebeugten Nacken und die feuchten, gekringelten Härchen vor sich.

Eiseleins Alibi war fragwürdig. Er hätte durchaus die Möglichkeit gehabt, von Kaiserslautern nach Saarbrücken zu fahren, Lapin zu ermorden, abzuladen und dann rechtzeitig bei der Initiative aufzutauchen.

Philipp Stroh hatte überhaupt kein Alibi. Dr. Dolb war allein in seinem Büro gewesen. Das Büro hatte einen Nebeneingang zum Parkhaus. Christoph Fischer war wieder mal auf einem seiner ominösen Spaziergänge am See gewesen. Bis jetzt waren noch keine anderen Spaziergänger aufgetaucht, die das bestätigen konnten.

Nur über Krätz wussten sie Bescheid. Der war definitiv auf dem Bahnhof gewesen, leider zu spät.

Porzellan schepperte. Er schreckte hoch. Marie hatte das Tablett vor ihn auf den Tisch gestellt. Er hatte sie gar nicht zurückkommen hören.

«Von der Gendarmerie erholt?», fragte er.

Wortlos reichte sie ihm eine Tasse. Der Kaffee roch würzig und stark. Dankbar nahm er einen Schluck.

«Wissen Sie schon, ob er es selbst getan hat?»

«Die französischen Kollegen haben mich nicht an der Ermittlung beteiligt.»

«Dafür waren Sie aber ziemlich lange bei denen im Zimmer. Kommen Sie schon, ich habe Ihnen auch alles erzählt.»

Er grinste. Sie versuchte tatsächlich, ihm eine Art Geschäft vorzuschlagen. Ob Sie ihm wirklich alles erzählt hatte?

«Was ist nun?», beharrte sie.

«Mein Kollege, Hauptkommissar Nass, redet gerade mit der Staatsanwaltschaft. Die wendet sich an die zuständige Stelle in Kehl. Der Fall ist grenzübergreifend, also bekommen wir den Obduktionsbefund, und es findet ein Aktenaustausch statt. Dann sehen wir weiter.»

«Was glauben Sie? Selbstmord oder Mord?»

Die französischen Kollegen waren sich sicher. Die Strangfurche war in Richtung Aufhängepunkt nicht ansteigend. Das konnte nur bedeuten, dass er es nicht selbst getan hatte. Jemand hatte ihn aufgehängt.

Das Telefon schrillte durchdringend laut bis in den Garten. Oder kamen ihm heute Morgen die Geräusche nur so unnatürlich laut vor? Sie murmelte eine Entschuldigung und lief ins Haus.

Kaum war sie verschwunden, hörte er ein lautes «Huhu!».

Erstaunt sah er sich um. Da war niemand.

«Huhu. Hier oben.»

Sein Blick huschte durch den Garten. Oben, zwischen den Knöterichzweigen, eine Bewegung. Er näherte sich der bewachsenen Mauer. Zwischen zwei weißen Blütendolden ragte ein Kopf vor. Ein erstaunlich breiter Mund lächelte auf ihn herunter. «Sagen Sie, Sie sind doch einer der Polizisten, die die Morde untersuchen? Sie und der arme Mann mit dem schiefen Mund, der immer so ein sorgenvolles Gesicht macht?»

Er nickte.

«Das habe ich mir doch gedacht», triumphierte die Frau und schob sich weiter zwischen den Zweigen durch. Kein leichtes Unterfangen, bis sie endlich alle Äste und Blätter, die ihre Frisur zerzausten, beiseite geräumt hatte. Dann aber stützte sie die Arme gemütlich auf die Mauer. Offensichtlich war sie bereit für einen netten Plausch. Sein Nacken wurde langsam steif.

«Warum kommen Sie nicht herunter?»

«Wegen Frau Weller», hauchte es verschwörerisch von oben. «Sie wird wütend, wenn sie merkt, dass ich nach ihr sehe. Aber einer muss es doch tun, schließlich sind wir Nachbarn. Die arme alte Frau. Ganz allein in dem riesigen Haus.»

Der arme Nass, die arme Weller. Diese Nachbarin hatte entschieden Probleme mit der Einschätzung ihrer Mitmenschen. Und keinen Hals. Jedenfalls aus seiner Perspektive.

«Aber ich habe mir jetzt extra noch eine zweite Leiter für hinter dem Haus besorgt. Da werfe ich immer mal einen Blick zwischendurch hier herüber. Obwohl mein Mann immer sagt: Ilse, du machst dir zu viele Gedanken», plapperte sie weiter.

Gut, diese Ilse war Marie Wellers Problem. Freundlich nickte er und wollte sich wieder seinem Stuhl zuwenden.

«Halt, warten Sie», hielt ihn die Nachbarin zurück. «Sie untersuchen doch die Alibis für den Mord an dem Belgier, oder? Diesem Auktionator?»

Aufmerksam geworden, drehte er sich ihr wieder zu.

«Meine Isabelle kann das Alibi von Herrn Weber bestätigen. Sie arbeitet doch nur zwei Häuser weiter von dem Hotel.»

«Welchem Hotel?»

«Meiner Meinung nach eins von der bestimmten Sorte, Sie wissen schon. Welches anständige Hotel vermietet seine Zimmer schon stundenweise? Meine Tochter sagt, Weber bleibt immer nur zwei oder drei Stunden. Zufällig geht ihr Büro direkt auf den Eingang. Und da kann sie ja gar nicht anders, als zu bemerken, wer da ein und aus geht. Und wenn man dann noch jemanden sieht, den man kennt. Obwohl sie ja nicht mehr miteinander reden.»

Missbilligend zog sie ihren Kopf noch ein Stückchen tiefer in die Schultern. «Und dann noch mit einer verheirateten Frau, die ist doch zehn Jahre älter als meine Isabelle. Viel zu alt für Weber.» Sie verzog ihre Mundwinkel, bis sie die ganze Breite ihres Gesichts einnahmen.

«Und stellen Sie sich vor, der arme Ehemann war auch da. Hat eine halbe Stunde auf der anderen Straßenseite gestanden. Wenn sich das herumspricht. Ich meine, ein Bankdirektor, der nicht auf seine eigene Frau aufpassen kann. Wie soll man dem sein Geld anvertrauen?»

Philipp und Bettina Stroh. Und sie hatte etwas mit Weber, deshalb hatte der Autohändler gelogen.

Plötzlich klingelte es in seinem Kopf. Natürlich, Ilse Blum. Sie hatte doch die Polizei über Umwege informiert, dass Marie Weller und Bernd ein Verhältnis hatten. Nette Hyäne.

«Damit haben Sie Herrn Weber sehr geholfen», erzählte er dem selbstgefällig lächelnden Gesicht.

Das Lächeln erstarrte. Diese Wendung schien ihr nicht recht zu sein – umso besser.

«Herr Müntzer, schnell!» Marie Weller winkte ihm aufgeregt zu. Kurz sah er zur Mauer hoch, aber Ilse Blum war schnell wie der Blitz weggetaucht.

«Schnell! Wir müssen nach *Le Chêne*. Eiselein hat angerufen. Er war völlig außer sich. Wenn ich sein Gestammel richtig verstanden habe, ist etwas Entsetzliches passiert.»

Allc standen um die Rabatte herum. Heinz Eiselein, die hohe Stirn zornesrot, wies mit ausgestrecktem Zeigefinger auf die unschuldigen kleinen Buchsbäumchen. Unter seinem bösen Brillenblick schienen sie sich noch enger aneinander zu schmiegen, als sie ohnehin gesetzt waren. Neben ihm seine Frau. Sie hielt sich die Hand an den pflichtschuldig entsetzten Mund.

Thomas Krätz sah entnervt aus, während dieser Zahnarzt neben ihm nur gelangweilt wirkte. Seine dicke Ehefrau hatte er wohl zu Hause gelassen. Philipp Stroh sah schlecht aus. Nervös rieb er sein Kinn. Seine Frau stand sichtlich näher bei Weber als bei ihrem Mann.

Dr. Dolb schüttelte, offenkundig ratlos, seinen Kopf, während Hanna, die, auf eine Schaufel gestützt, neben Jascha stand, als Einzige völlig gelassen wirkte.

«Das ist nicht Ihr Ernst, Herr Eiselein. Uns dafür zusammenzutrommeln», sagte Marie mit eisiger Stimme.

Konnte ganz schön arrogant klingen, die alte Dame.

«Du rufst mich mitten aus einer Sitzung», fiel Thomas Krätz wütend ein. «Tust, als wäre mindestens noch ein Mord passiert. Ich rase hierher und stehe vor einem dämlichen Beet?»

Heinz Eiselein warf den Kopf zurück. «Das, was du ein dämliches Beet zu nennen beliebst, sollte eine *Parterre de broderie* werden. Das ist es aber nicht! Sieht das vielleicht wie das Motiv einer Brokatstickerei aus?» Seine Stimme war, während er sprach, immer lauter geworden.

«Das ist mir, ehrlich gesagt, scheißegal.» Auch Krätz wurde lauter.

«Und das wundert mich, auch ehrlich gesagt, überhaupt nicht», giftete Eiselein zurück.

«Meine Herren, bitte», versuchte Dolb zu begütigen.

«Ich verstehe die ganze Aufregung nicht», warf jetzt auch Weber gelangweilt ein.

«Diese ... Dame, diese angebliche Gärtnerin, hatte genaue Anweisungen. Ich selbst habe das Pflanzmuster ausgesucht. Und das hat sie daraus gemacht!» Wieder zeigte Eiseleins anklagender Finger auf Hannas Ornament.

«Ja, was hat sie denn jetzt gemacht?», fragte der Bürgermeister, während er versuchte, das Muster des Beetes zu identifizieren.

«Ein Hexenzeichen. Gegen den bösen Blick», kam es ruhig von Hanna. Sie sah, immer noch bequem auf ihren Spaten gelehnt, lächelnd in die Runde. Alle Augen wandten sich der Rabatte zu. Mit einem Auflachen hielt Jascha auf einmal seine rechte Hand hoch, knickte Mittel- und Ringfinger über dem Daumen in der Handfläche ab und streckte den kleinen Finger und den Zeigefinger nach oben. «Sie hat die Hörnergeste gepflanzt», rief er triumphierend. «Klasse, Hanna. Muss man erst mal draufkommen.»

Irma Eiselein schien der Veranstaltung überdrüssig zu sein und schlenderte aus dem Kreis in Richtung Eisentor davon.

Ihr Mann bemerkte den Abgang noch nicht einmal. Diesmal wies der böse Finger auf Hanna. «Sie ... Sie ... Mir fehlen die Worte. Das ist eine unglaubliche Unverfrorenheit.»

Dr. Dolb räusperte sich: «Nun ...»

«Sieht gar nicht so schlecht aus», murmelte Weber, während Dr. Fischer in lautes Gelächter ausbrach. «Herrlich, tolle Geschichte. Heinz, du übertriffst dich.»

Eiselein sah aus, als würde er gleich platzen. An seiner Stirn pochte unübersehbar eine Ader. Dagegen schien sich die Stimmung bei den Übrigen zu lockern. Nach dem Schrecken, den Eiseleins hysterische Anrufe bei allen ausgelöst hatten, und dem Unverständnis beim Anblick eines harmlosen Ornamentes aus kleinem Buchs, machte sich nun Erleichterung breit.

«Ich finde, Herr Weber hat Recht», sagte Marie neben ihm. «So schlecht sieht das gar nicht aus.»

«Hörnergeste? Woher hast du das denn schon wieder?», fragte Krätz seinen Sohn.

Bettina Stroh lächelte in Maries Richtung.

Wahrscheinlich, weil die ihrem Liebhaber beigesprungen war. Sie schien ihn wirklich zu mögen, den Autohändler. Vielleicht war es doch mehr als ein einfacher Seitensprung einer gelangweilten Hausfrau. Aus irgendeinem Grund freute Müntzer das.

Dann ging alles so schnell, dass er auch im Nachhinein nicht genau wusste, ob der Vorfall zehn Minuten oder zehn Sekunden gedauert hatte.

Laute, atemlose Schreie. Die Gruppe schwenkte herum und sah Irma Eiselein, die in höchster Panik auf sie zugerannt kam. Ihr hinterher hechtete mit langen Sätzen ein großer brauner Hund.

«Bleiben Sie stehen!», schrie Müntzer. Nicht den Jagdinstinkt des Tieres noch mehr anheizen, fuhr es ihm durch den Kopf. «Nicht rennen!»

Aber Irma Eiselein hörte ihn nicht. Mit wehenden Röcken und seltsam staksigen Sprüngen rannte sie auf ihren Mann los, der sich schon bei den ersten Schreien aus der Gruppe in Richtung Tor gelöst hatte.

Als sie ihn erreichte, suchte sie hinter seinem Rücken Schutz. Jetzt stand der Oberstudienrat vor dem Hund. Das Biest war wirklich verdammt groß und knurrte Eiselein mit gefletschten Zähnen an.

Irgendein Mischling, vermutete Müntzer. «Nicht bewegen!», schrie er herüber. Einen Augenblick schien Eiselein seinem Befehl zu gehorchen. Dann versagten ihm die Nerven. Mit einem einzigen, brutalen Griff zog er seine Frau hinter dem Rücken vor und schob sie zwischen sich und den Hund.

Fassungslos sah Müntzer, wie das Tier zum Sprung ansetzte. Doch plötzlich brachen dem Hund die Hinterbeine weg, der mächtige Schädel ruckte nach oben. Ein Ton, laut und jammervoll, quälte sich aus dem aufgerissenen Maul.

Mit erhobenem Spaten stand Thomas Krätz hinter dem Hund. Ein harter, gezielter Schlag, die Vorderbeine sackten ein. Wieder sauste der Spaten in den Hundenacken. Ein leises Wimmern, das Müntzer ins Herz schnitt, ein neuer Schlag. Ein Zucken ging durch den muskulösen Leib, und endlich streckte sich der Körper.

Die Gruppe stand stocksteif, gelähmt. Man hörte nur das unkontrollierte Schluchzen von Irma Eiselein, die sich immer noch im Klammergriff ihres Mannes wand.

Er hielt Maries Arm, als wäre er aus trockenem Holz, das jederzeit brechen konnte. Sie zitterte. Als sie am Wagen angekommen waren, öffnete er umsichtig die Beifahrertür und half ihr beim Einsteigen. Sie seufzte, als sie endlich saß.

«Alles in Ordnung?», fragte er und ließ sich hinter dem Steuer nieder.

«Nein», sagte sie bitter.

Natürlich war nichts in Ordnung. Dieser Eiselein, unglaublich, wie er bedenkenlos seine Frau zwischen sich und den angreifenden Hund geschoben hatte. Wenn Krätz nicht so geistesgegenwärtig gewesen wäre ... Er hätte den Hund zwar nicht gleich totschlagen müssen, aber mutig war es gewesen. Wenn der erste Schlag nicht so genau gesessen hätte ...

Weber wollte den Hund sofort begraben. Aber der Bürgermeister hatte darauf bestanden, erst den Besitzer ausfindig zu machen.

Sollten sie sehen, wie sie klarkamen. Tote Tiere fielen nicht in sein Ressort. Außerdem musste er sich um Marie kümmern.

Steinern blickte sie aus dem Fenster. Alle waren zu Krätz gegangen, hatten ihm anerkennend auf die Schulter geklopft oder sich bedankt. Keiner hatte Eiselein eines Blickes gewürdigt. Christoph Fischer hatte seine schluchzende Frau ins Haus geführt.

Mit einem kleinen Stich fiel ihm Hannas bewundernder Blick ein. Richtig angehimmelt hatte sie diesen Krätz.

«Er wollte ihn töten», kam es leise vom Nebensitz.

Ja, das wollte er. Ein Schlag hätte ausgereicht, um den Angriff des Hundes zu stoppen. Aber Krätz hatte weiter zugeschlagen, noch nicht einmal besonders brutal, eher sachlich.

Die Bewunderung der anderen schien ihm peinlich zu sein. Er hatte einfach das Nötige getan.

«Ich bin sicher, dass Xavier ermordet wurde.»

Überrascht von dem plötzlichen Themenwechsel sah er zu ihr herüber. Ihre Hände zitterten leicht. Er musste sie beruhigen, ihr die Angst nehmen. Das war alles zu viel für sie.

«Keine Sorge. Wir kriegen ihn.»

Ein kurzes, verächtliches Schnauben vom Beifahrersitz.

«Als Erstes werden wir die Vermögensverhältnisse der Initiativmitglieder überprüfen. Möglich, dass einer vor dreißig Jahren ganz plötzlich zu Geld gekommen ist.»

«Sie glauben, dass der Fund des Schmucks mit den Morden zusammenhängt?»

«Das ist nur ein möglicher Ansatz», antwortete er ausweichend. Einen winzigen Augenblick lang glaubte er, in der Ferne die schattenhaften Umrisse der Kutsche zu sehen. Rasch blinzelte er sie weg. Ein Mord, vor zweihundertfünfzig Jahren an einer kleinen Kammerfrau begangen, ein Stein, ins Wasser geworfen, dessen Ringe bis in die Gegenwart reichten.

«Wie lange brauchen Sie, um alle zu überprüfen?», unterbrach sie seine Gedanken.

«Nicht lange», sagte er beruhigend. «Wir bekommen die Auskünfte, die wir brauchen. Machen Sie sich keine Gedanken, Frau Weller. Wir haben bei Mord eine Aufklärungsquote von über 95 Prozent.»

• 34 •

Die Hitzeperiode war gebrochen, so wie sie es im Fernsehen vorausgesagt hatten. Schön, wie der Wind die Zweige gegen das Fenster schlug.

Regungslos saß sie in ihrer leeren Küche, den Blick zum Fenster gewendet. Ihre Hände lagen auf dem Tisch.

Langsam senkte sie den Blick. Das Ding, das vor ihr lag, war glänzend, hart und martialisch.

So bösartig sah es gar nicht aus. Könnte auch irgendein Küchengerät sein. Zwei Metallarme, der Kontakt dazwischen ... Vielleicht eine neumodische Fonduegabel zum Fleischbraten?

In der Vergangenheit herumgraben wollte er, der junge Polizist. Begrabene Hunde.

Die ersten Regentropfen schlugen gegen das Fenster. Sie hob den Kopf, und sah ihnen zu. Wie sie als perfekte Kügelchen gegen das Glas prallten, auseinander sprangen, verliefen. Bald kamen sie wieder, die ersten Fröste. Der erste Schnee. Die Januarhimmel. Weit, grau und schrecklich leer.

Ob man ihn damit wirklich töten konnte?

Mit ihrer rechten Hand griff sie zu. Es fühlte sich nicht schlecht an, unvertraut vielleicht. Der geriffelte Griff lag fest in der Hand. Mit Daumen und Zeigefinger bewegte sie den kleinen Schalter, mit dem man die verschiedenen Stromstärken einstellen konnte. Kein blaues Zucken wie eben. Erst wenn sie den kleinen Kippschalter an der Längsseite nach unten drückte. On, Off.

Mit einem Ruck stand sie auf und ging, mit der Waffe in der Hand, zum Telefon.

«Hans, geh nach Hause», schnauzte Hauptkommissar Nass.

Müntzer zuckte zusammen und wandte den Blick vom Fenster, gegen das der Regen prasselte. Nass hatte Recht. Er war viel zu müde, um sich zu konzentrieren.

Er winkte ab und zog den Papierstapel, der sich bedrohlich vor ihm auftürmte, näher. Alte Steuerunterlagen, Kontoauszüge. Er war sich sicher, dass sich zwischen all den Zahlen eine Spur versteckte. Vielleicht sogar die Lösung. Wahllos griff er ein paar Blätter heraus und versuchte, ihren Inhalt zu verstehen. Buchstaben und Zahlen wanden sich auf dem weißen Papier, mäanderten auseinander und wieder zusammen. Er kniff die Augen zusammen.

«Das ist ja interessant», kam es plötzlich von Nass. Müde hob er den Kopf.

Sein Kollege war von dem gegenüberliegenden Schreibtisch aufgestanden und hielt ein paar Papiere hoch. «Weißt du, wann dieser Typ das Grundstück für seine Fabrik gekauft hat?»

«Keine Ahnung.»

«Laut Notariatsvertrag 1983.»

«Ja und?»

Nass zog sein Jackett von der Rückenlehne seines Schreibtischstuhls und schlüpfte in die Ärmel: «Ein kleiner Medizinstudent. Aus einer nicht gerade betuchten Bergmannsfamilie.» Der Kampf mit dem Jackett war gewonnen. Nach einem kurzen Blick in den grauen Regennachmittag stellte er den Kragen hoch. «Und der schiebt direkt nach dem Studium mal so locker 150 000 Mark für ein Grundstück rüber? Woher hat er das Geld? Ich finde, wir sollten ihn das fragen.»

Sie bugsierte den Wagen durch die Schlaglöcher. Der ausgetrocknete Boden sog das Wasser zwar gierig auf, konnte es aber nicht so schnell aufnehmen, wie es fiel. Der Regen brach herunter, und die Scheibenwischer leisteten Schwerarbeit. Trotzdem war es nur sekundenweise möglich, den Weg genau zu erkennen. Weit vorgebeugt saß sie hinter dem Lenkrad.

Bei so einem Wetter hatte sie das Ding gekauft. Vor zwei Jahren, in Brüssel, am Rand des Flohmarkts auf der *Grande Place.* Da hatte es genauso geschüttet. Unter einem vorstehenden Dach hatte er gestanden. Eng gegen die Wand gepresst, die ausgebeulte übergroße Armeejacke frierend um sich geschlungen. Seine Geschichten von der Fremdenlegion, sein Beharren, dass sie Schutz bräuchte. Eine alte Dame, die ihn an seine Mutter erinnerte. Richtig aufgedrängt hatte er ihr das Ding. Beteuert, so etwas könne sie in Deutschland nicht kaufen. Den Hebel mit dem D für *Dangerous.*

Sie zwinkerte sein verlebtes junges Gesicht aus ihrem Gedächtnis. Hauptsache, er hatte sie nicht belogen.

Warum sollte er? Als er ihr den Schalter gezeigt hatte und seine Bedeutung erklärte, hatte sie das Ding gar nicht mehr kaufen wollen. Eine Waffe, mit der man töten konnte.

Langsam ließ sie den Wagen auf den kleinen Parkplatz rollen und drehte die Scheibe herunter. Der Regen wurde schwächer, es roch gut nach frischem, feuchtem Grün.

In einer Stunde hatte sie ihn bestellt. Also hatte sie maximal fünfzehn Minuten. Er würde früher kommen, er war schnell und ließ keine Gelegenheit aus, unvermittelt zuzuschlagen. Unvermittelt und endgültig.

Sie öffnete die Fahrertür. Der Platzregen ging langsam in sanftes Nieseln über. Grau und leer dehnte sich der Himmel über *Le Chêne.*

«Ich sag dir, es passt. Du hättest dabei sein sollen, als er den Hund erschlagen hat. Gezielt gewalttätig. Wenn sich Eiselein nicht so mies benommen hätte, wäre mir das viel stärker aufgefallen.»

«Jetzt mach mal halblang», knurrte Nass vom Beifahrersitz. «Erst warst du sicher, dass die Morde mit dem alten Fall Clarin zusammenhängen, dann war es ein Komplott der ganzen Initiative, und jetzt ist es Krätz. Wir fragen ihn erst mal ganz gemütlich, wo er das Geld herhatte. Vielleicht kann er es uns erklären, und das Ganze hat mit dem Schmuck gar nichts zu tun.»

Achselzuckend wandte sich Müntzer zum Fenster. Der Regen war in sanftes Nieseln übergegangen und legte sich wie ein Schleier auf eine plötzlich grau gewordene Welt.

Die Szene vom Vormittag tauchte vor ihm auf. Der Hund mit seinen langen Sprüngen. Der Spaten, der niedersauste. Das Klatschen auf dem glänzenden braunen Fell. Die betretenen Gesichter, die aufkeimende Anerkennung.

Nur Marie hatte sich nicht vom Fleck gerührt. Auch sie hatte Krätz angesehen, dann hatte sie sich abrupt weggedreht und ihn gebeten, sie nach Hause zu bringen ... Vielleicht hatte sie es da gewusst. So wie er es jetzt wusste.

Fischer war auch nicht im Kreis der Bewunderer gewesen, hatte sich um die hysterische Irma Eiselein gekümmert. Klar, er war ja Mediziner, aber auffällig schnell verschwunden war er schon. Hatte seinem Freund noch nicht einmal auf die Schultern geklopft.

«Verdammtes Wetter», sagte Nass und schaltete die Scheinwerfer ein.

Im Zimmer lagen tiefe Schatten. Sehr gut, sie würde sich an den Schreibtisch setzen. Ihr weiter Pulloverärmel verdeckte das Ding in ihrer Hand.

Versuchsweise legte sie die Hand mit der Waffe auf den Schreibtisch, zupfte den Ärmel zurecht. Nein, das sah unnatürlich aus. Lieber die Hand in den Schoß und eine schnelle Bewegung hoch.

Sie musste seine Brust treffen. Möglichst die Herzgegend, hatte der Legionär erklärt. Angewidert und angezogen zugleich hatte sie ihm zugehört.

Wenn er vor ihr stand, das Herz links ...

Kurz schloss sie die Augen, versuchte sich eine genaue Position vorzustellen. Riss die Hand mit der Waffe ausgestreckt nach oben. Der Schalter stand auf D. Wenn er nahe genug war, würde sie das Ding mit einer Hand einschalten. Das hatte sie geübt, eigentlich ziemlich einfach.

Und wenn er sie erschießen würde? Dazu musste er ihr nicht nahe kommen. Gut, dann musste sie ihn vorher provozieren. Irgendwie würde ihr das gelingen. Theo hatte immer gesagt, sie könne jeden auf die Palme bringen. Sie griff mit der Hand in die Tasche und fühlte knisterndes Papier. Wenn alles vorbei war, würde sie die Briefe endlich lesen können.

Schön, dass alles in diesem Raum endete. Vor den tief in die Wände eingelassenen, halb leeren Bücherschränken. Theo hatte es nur geschafft, die untersten Regale einzuräumen. Die oberen Fächer waren noch leer. Die Kuhle in dem grünen Ledersessel, in dem sie hinter dem Schreibtisch saß, war wahrscheinlich von ihm.

Lapin hatte Theo den Schmuck angeboten und ihm wahrscheinlich erzählt, dass er von *Le Chêne* stammte. Vielleicht hatte er sogar darüber gesprochen, wer ihm damals den Schmuck verkauft hatte. Und Theo hatte in diesem Raum die Aufklärung eingefordert. Aber er hatte nicht gewusst, dass er einen Mörder eingeladen hatte. Im Gegensatz zu ihr. Sie wusste es.

Missmutig ging Jascha durch das Gras. Seine Beine waren bis zu den Kniekehlen von aufspritzendem Regenwasser durchnässt. Wo steckte sie schon wieder? Das faustgroße Holzstück und sein schweres Schnitzmesser schlugen in der Seitentasche gegen seinen Oberschenkel. Hoffentlich gefiel es ihr. Theo war ganz klar zu erkennen, fand er zumindest. Vielleicht ein bisschen zu sehr boshafter Teufel, aber das war Theo schließlich auch gewesen.

Er stellte sich auf die Zehenspitzen und lugte in das Küchenfenster. Ein Stuhl war vom Tisch weggeschoben, so als wäre jemand schwungvoll aufgestanden. Sonst war alles wie immer. Mit dem Zeigefinger pochte er an die Scheibe.

«Marie?»

Nichts rührte sich.

«Marie?»

«Die ist weggegangen. Schon vor einer guten halben Stunde», quakte es hinter ihm.

Ein Knarren auf der Holztreppe. Marie setzte sich aufrecht. Das Herz klopfte hart und laut in ihrem Hals. Ihr Magen hob und senkte sich, als wäre er ein Schiff auf stürmischer See. Sie musste sich zwingen, nicht an ihrem Ärmel herumzuzupfen.

Die Tür ging auf. Fast hätte sie aufgeschrien. Die nebelgraue Gestalt machte einen Schritt in den Raum. Ein grauer Kaschmirmantel, von dem das Wasser tropfte. Ein vertrautes

Gesicht, Jaschas schöner Mund, seine gerade Nase, die geschwungenen Brauen. Nur das lockige Haar war kürzer und an den Schläfen elegant angegraut.

«Ein ungewöhnlicher Treffpunkt, meine liebe Frau Weller.» Thomas Krätz lächelte sie an.

«Sparen wir uns die Förmlichkeiten.» Wie kraftlos ihre Stimme klang. «Sie sind hier. Also wissen Sie, worum es geht.»

Sein Lächeln verschwand so schnell, wie es gekommen war. «Nein. Das weiß ich nicht. Ich bin gekommen, weil Sie etwas von meinem Sohn sagten.» Er trat einen Schritt näher zum Schreibtisch. «Was ist es, was Sie ihm erzählen wollten, wenn ich nicht erschienen wäre?»

Mit dem Daumen bediente sie den Kippschalter. On.

Mit einem Mal fühlte sie sich ruhig, fast entspannt. Der Atem ging leicht. Schwer und Vertrauen erweckend lag die Waffe in ihrer Hand. Noch war er zu weit entfernt.

«Ich wollte Ihrem Sohn erzählen, dass Sie der Mörder sind.» Gut, ihre Stimme klang fest. Er musste noch näher herankommen ... Sie lehnte sich vor.

Er lachte.

«Sie sind zu viel allein, Frau Weller. Denken sich Geschichten aus.» Seine Stimme klang gelangweilt, kalt. Aber er konnte sie nicht mehr täuschen.

«Hören Sie schon auf», gab sie mindestens so gelangweilt zurück. «Sie haben damals den Schmuck gefunden, den Schmuck der Marie Antoinette.»

«Der Schmuck ist eine Sage.» Sorgfältig knöpfte er seinen nassen Mantel auf.

Wenn sie nur sein Gesicht deutlicher sehen könnte. Ein weißes Hemd. Das würde sie nicht verfehlen. Auch nicht im Dämmerlicht, die Herzgegend.

«Eine Sage aus diamantgefassten Blutstropfen. Wie viel hat Lapin Ihnen damals gezahlt? Genug, um sich eine Existenz aufzubauen, nehme ich an.»

Er schwieg.

«Warum Lapin und Xavier sterben mussten, ist mir klar», fuhr sie fort. «Die beiden kannten Sie und hätten Sie wiedererkannt. Mein Gott, wenn ich daran denke, wie Xavier erschrocken ist, als er Ihren Sohn sah. Er muss gedacht haben, der Leibhaftige steht vor ihm. Um keinen Tag gealtert.»

«Jedenfalls war es sehr freundlich, dass Sie mich zu ihm geführt haben.»

Ihr wurde heiß. Natürlich, der Tag, an dem sie aus *Nancy* zurückkehrten. Die beiden Polizisten vor seiner Tür ... Sie hatte ihn wirklich direkt zu Xavier geführt. Er musste Angst bekommen haben, als er merkte, dass sie mit jemandem gesprochen hatten, der die ganze Geschichte kannte – ihn kannte.

Sie schluckte und fasste den Griff der Waffe fester. «Theo hat alles herausbekommen und Sie gefragt. Also musste er sterben. Was ich nicht verstehe ... Sie haben so bedrückt gewirkt nach Theos Tod. Ich hatte schon fast Mitleid mit Ihnen. Sie mochten Theo, oder? Der Mord ist Ihnen schwer gefallen? Oder war das nur, weil es das erste Mal war?»

«Woher wollen Sie wissen, dass Theo der Erste war?», fragte er mit sanfter Stimme.

«Jetzt reden Sie schon, Mann. Oder wir ziehen ganz schnell das weiße Kittelchen aus, gehen ins Präsidium, und dann wird es ungemütlich.»

Der Zahnarzt hatte kleine Schweißtropfen auf der Stirn. Seine Bräune wirkte im Neonlicht des Sprechzimmers nicht mehr ganz so gesund. Hilfe suchend wandte er sich um, aber die Plakate zur Zahnprophylaxe waren ihm keine Stütze.

Nervös kratzte er mit seinen manikürten Fingernägeln über die lederbezogenen Sessellehnen.

«Kommen Sie schon, Dr. Fischer. Welche Jahreszahl käme raus, wenn wir nachfragten, wann Sie die Praxis gekauft haben? Ich wette 83, direkt nach dem Studium. Genau wie Thomas Krätz! Also: Woher hatten Sie das Geld?» Die Stimme von Nass klang unangenehm. Ein Nagel, der über Schleifpapier kratzt.

Aufmerksam betrachtete Müntzer die immer neuen Schweißtropfen, die sich auf der Stirn des Zahnarztes bildeten.

«Die Unterschlagung einer Fundsache ist verjährt, also zieren Sie sich nicht. Und nicht vergessen: Jetzt geht es um Mord. Wenn Sie uns nicht alles erzählen, kriege ich Sie dran. Begünstigung einer Straftat.»

Nass hieb mit gefährlich leiser Stimme förmlich auf den Zahnarzt ein. Er hatte sich also doch an Krätz festgebissen. Er hatte Müntzers Vorschlag, Fischer auf den Zahn zu fühlen, sofort aufgenommen, als sie Krätz nicht antrafen. Nicht gerade zimperlich, wie er den Zahnarzt behandelte.

«Oder haben Sie selber die Finger drin? Sie und Krätz haben den Schmuck gefunden, ihn verscherbelt und sich damit einen Start in ein gutes Leben gekauft. Stimmt doch, oder? Und nach all den Jahren kommt jetzt raus, dass die ganze schöne Geschichte von den Bergmannssöhnen, die es durch Fleiß und Mut geschafft haben, ein Scheißdreck ist. Unterschlagung und ...»

«Mit den Morden habe ich nichts zu tun», unterbrach ihn Dr. Fischer mit brüchiger Stimme.

«Womit dann?», konterte Hauptkommissar Nass.

«Mensch, Fischer, reden Sie schon. Oder wollen Sie, dass noch ein Mord geschieht?»

Der Zahnarzt hob den Kopf, seine Hände umklammerten die Armlehnen. «Nein! Nein, natürlich nicht. Ich habe versucht, sie zu warnen.»

«Wen haben Sie versucht zu warnen?», warf Müntzer alarmiert ein.

«Frau Weller. Ich ... Ich wollte ihr Angst machen. Damit Sie aufhört, Fragen zu stellen.»

Müntzers Kehle wurde eng. Er schluckte. «Was ist mit Frau Weller?»

«Ich weiß es nicht», stieß der Zahnarzt gequält hervor. «Vielleicht bilde ich es mir ein. Aber in der Nacht ...»

«Welche Nacht?»

Fischer stützte den Kopf in seine Hände. Ohne die Kommissare anzusehen, begann er tonlos: «Es stimmt, wir haben den Schmuck gefunden. Wir waren wie besessen. Junge Kerle. Die anderen hatten schon aufgegeben und taten unser Suchen als Kinderei ab. Aber Thomas war sich so sicher. Und er hatte Recht. Können Sie sich vorstellen, was das für ein Gefühl war, als wir diese beschissene Kassette fanden?»

Müntzer sah sie vor sich. Zwei Jungs, die mit zitternden Händen eine halb vermoderte Schatulle mit Eisenbeschlägen unter eine alte Eiche trugen, sich vor sie knieten und mit angehaltenem Atem den Deckel öffneten.

«Weiter», kam es sanft von Nass.

«Fritz hatte alles gesehen. Der Idiot hat uns beobachtet. Immer ist er auf *Le Chêne* rumgeschlichen, wenn wir dort waren.»

«Fritz Clarin, der Straßenkehrer», sagte Müntzer, seltsam befriedigt. Er und Nass wechselten einen kurzen Blick.

«Es ist nur passiert, weil ich gefragt habe, wem das Zeug

eigentlich gehört», sagte der Zahnarzt und sah sie Hilfe suchend an. «Nur deshalb. Eigentlich dem Staat, hat Thomas geantwortet, aber der kriegt es nicht. Da ist Fritz ausgeflippt. Er kam aus seinem Versteck geschossen und schrie: Wir müssten es dem Staat geben, der Staat muss es haben. Er hat versucht, uns die Kassette aus den Händen zu ziehen. Er war wirklich nicht ganz richtig im Kopf.»

Er fingerte ein Taschentuch aus seinem weißen Kittel und trocknete sich die Stirn. Etwas ruhiger fuhr er fort: «Wahrscheinlich hat er mitbekommen, dass der Staat ihn ernährt, das hat er in seinem wirren Kopf durcheinander geworfen. Der Staat war für ihn wohl so etwas wie sein Vater. Richtig wild wurde er. Und da ...» Der Zahnarzt schluckte, wandte sich an Müntzer. «Sie waren doch dabei, heute. Bei der Sache mit dem Hund.»

«Thomas Krätz hat Fritz erschlagen», antwortete Müntzer langsam. «Wie heute den Hund.»

Christoph Fischer nickte und schloss die Augen. «Ich konnte gar nichts tun, stand nur daneben. Immer und immer wieder hat er zugeschlagen, bis der Spaten ganz rot war. Aber das Schlimmste ... Er war ganz ruhig, wissen Sie? Ganz ruhig hat er zugeschlagen, ganz gezielt.»

«Und die anderen Morde?», fragte Nass.

«Ich weiß nichts darüber, wirklich nicht», sagte der Zahnarzt. Seine Stimme klang gepresst. «Es ist nur ... Als es anfing, ich meine Dr. Bernd ...»

Er drehte sich auf seinem Stuhl und starrte zur Wand. Nein, nicht zur Wand. Er starrte das Bild an, das hinter ihm hing.

Plötzlich verstand Müntzer. Das merkwürdig beunruhigende Bild. Dieser bedrohliche Mann in einer wüsten Landschaft. Marianne Krätz hatte ihren Mann gemalt. Deshalb hatte Fischer das Bild gekauft. Der Einsame war Thomas Krätz.

«Ich habe mit Thomas niemals wieder über die Nacht gesprochen», sagte Fischer leise. «Als wäre es gar nicht passiert. Aber seit die Morde angefangen haben ... Er hat eine Bemerkung gemacht, dass die Weller lästig ist. Sehen Sie, ich habe einfach Angst.»

Müntzers Magen krampfte sich zusammen. Angst hatte er auch.

Jascha trat in die Pedale. Mistwetter. Was wollte Marie nur auf *Le Chêne*? Komisch, dass sie Ilse Blum Bescheid gesagt hatte, das tat sie doch sonst nicht. So bereitwillig zu verkünden, was sie vorhatte. Vor allem nicht dem Frosch.

Sein Rennrad platschte durch eine Pfütze, die er übersehen hatte. Wasser spritzte hoch. Egal, er war sowieso klatschnass. Er schob die Kapuze seiner Regenjacke vom Kopf und blinzelte nach oben. Vom grauen Himmel nieselte es beständig. Ein Auto fuhr auf der engen Landstraße an ihm vorüber. Wasser spritzte. Er nahm die Füße von den Pedalen und streckte sie weit von sich.

Wenn man sich einmal an den Regen gewöhnt hatte, war es klasse.

Als das Rad anfing zu schlingern, trat er hart in die Pedale.

Vielleicht ging's ihr ja besser, wenn er ihr den hölzernen Kopf gab. Sie könnte ihn bei sich tragen und ab und zu ganz fest umklammern. Eine Erinnerung an Theo.

Wie ein Gespenst hatte sie dagestanden, mit diesem harten Mund. Die Sache mit dem Hund war eklig gewesen, typisch für den Alten. Gleich zuschlagen. Die Sache in die Hand nehmen. Klären, ohne nachzudenken.

Er schüttelte das Bild seines Vaters mit dem erhobenen Spaten ab.

Niemals würde er so werden, nicht in hundert Jahren. Der Alte war ein rücksichtsloses Schwein, genau wie Eiselein. Nie würde er so, niemals. Aber was hatte er schon getan? Er hatte nur dabeigestanden. Bei diesen ganzen Geschichten stand er nur dabei.

«Was ist denn nur los? Jascha hat sie auch schon gesucht.» Ilse Blum beäugte die zwei Kommissare. «Kommen Sie doch herein. Sie triefen ja. Ich mache Ihnen einen schönen warmen Kaffee.»

«Wissen Sie, wo Frau Weller ist?», unterbrach sie der Jüngere. Der mit dem schiefen Mund hätte die Einladung gerne angenommen, so enttäuscht, wie er seinen Kollegen ansah.

«Sie ist nach *Le Chêne.* Sie hat sogar geklingelt, um es mir zu sagen. Zum ersten Mal. Ich glaube, sie freut sich doch, dass ich nach ihr sehe. Und da wollte sie wohl nicht, dass ich mir Sorgen mache. Ich ...»

Verblüfft sah sie zu, wie dieser Kommissar Müntzer sich einfach umdrehte und schnell zur Straße ging. Sein Kollege mit dem schiefen Mund stieß ein hastiges «Danke» hervor und eilte ihm nach.

«Am 23. September 1974 haben Sie Kontakt mit Xavier und Lapin aufgenommen. Am 21. ist Fritz erschlagen worden. Hat er Sie überrascht, und Sie haben ihn einfach totgeschlagen, wie den Hund?»

Der Mann vor ihr lächelte.

Ihre Augen hatten sich an das Zwielicht, das trotz der

bodenhohen Fenster im Zimmer herrschte, gewöhnt. Jetzt konnte sie sein Gesicht genau erkennen. Er lächelte, freundlich, verbindlich. Ein Geschäftslächeln. Da wusste sie, dass sie Recht hatte.

«Sie sind nicht nur ein Dieb, sondern auch ein Mörder. Als der Schmuck wieder auftauchte, bekamen Sie Angst. Angst, dass mit dem Schmuck auch Ihre Vergangenheit auftauchen würde.»

Ihr Atem ging ruhig. Unmerklich lockerte sie den Griff um die Waffe. Sie wusste jetzt sicher, dass sie ihn töten würde.

«Und um mir das zu sagen, haben Sie mich herbestellt?», fragte er lässig und trat einen Schritt näher. Er war noch nicht so weit, das spürte sie. Noch suchte er einen Ausweg.

«Ich gebe Ihnen Zeit. Einen Tag. Dann gehe ich zur Polizei. Und der ganzen Stadt werde ich es auch erzählen.»

Irrte sie sich oder sah er amüsiert aus?

«Und warum der Aufschub?»

«Jascha.»

Sein Amüsement war wie weggeblasen.

Sie packte die Waffe fester. Jetzt hatte sie ihn, jetzt würde er angreifen. Seine Eifersucht auf sie war sein Schwachpunkt. Sein Ärger, dass sie Jascha mit sich herumschleppte. Jaschas Nähe zur Spur des Mörders. Zu seiner Spur. Nur damit hatte sie ihn aufgeschreckt.

«Leider werden Sie dazu keine Gelegenheit mehr haben, meine liebe Frau Weller.»

Seine Stimme war so kalt wie seine Augen. Plötzlich hielt er eine Pistole in der Hand. Er würde sie erschießen, und sie hätte keine Chance, ihm nahe zu kommen, um den Stromschlag zu setzen.

«Sie werden sich erschießen. In dem Raum, in dem schon Ihr Geliebter starb.»

Vor Erleichterung schloss sie kurz die Augen. Er würde ihr nahe kommen.

«Und wir werden alles richtig machen», drang seine Stimme zu ihr. «Schmauchspuren an den richtigen Stellen.»

Ganz langsam trat er hinter sie. Sie konnte seine Wärme spüren.

«Keine Faserrückstände. Nichts, was unsere Freunde bei der Polizei misstrauisch machen könnte.»

Mit dem Daumen tastete sie die Hebel ab. Alles eingestellt. D für *Dangerous.*

«Einfach eine alte Dame, der alles zu viel wird. All diese hässlichen Morde.»

Wie würde er sie packen? Wenn er hinter ihr stand, kam sie nicht an seine Herzgegend. Sie musste sich wehren und ihn zwingen, hinter ihr vorzukommen.

Er schlang einen Arm hart um ihren Hals und ihre Schulter. Mit der linken Hand schlug sie um sich, sie versuchte keuchend aufzustehen.

Außer Atem trat Jascha ins Zimmer, in dem Dämmerlicht herrschte. Er sah Marie, die sich auf ihrem Stuhl aufbäumte. Sie war im Klammergriff eines großen Mannes, der schräg hinter ihr stand und eine Pistole in der Hand hielt.

Ohne nachzudenken, griff Jascha in die Seitentasche seiner Hose, zog das Messer, klappte es auf, zielte auf das weiße Hemd. Und warf.

Der Griff um ihre Schulter wurde lockerer, dann löste er sich. Marie stieß gegen den Körper, der an ihr entlangrutschte. Er fiel auf den Schreibtisch. Auf das Messer. Und stieß es sich tief ins Herz.

Die Tür sprang auf. «Polizei! Keine Bewegung.»

Aber da bewegte er sich schon nicht mehr, der Mann auf dem Schreibtisch.

• 35 •

Die Hände fest in den Hosentaschen vergraben, schlenderte Hans Müntzer durch die Allee. Das Grün der Bäume strahlte frisch gewaschen. Prüfend sah er in den Morgenhimmel. Der Sommer war zurück, wieder ein schöner Tag.

Zwei Tage ohne Schlaf waren zu viel, die Müdigkeit saß wie ein Mahlstein auf seinen Schultern. Gerade eben mal ein Stündchen in seinem Büro, als Jascha mit seiner Mutter und der Haushälterin gegangen war.

Vereitelung einer Straftat. Ganz klare Nothilfe. Er hatte den eigenen Vater getötet. Ob er damit leben konnte? Wenn Krätz nicht in das Messer gefallen wäre, hätte er vielleicht überlebt. Und der Junge wäre frei.

Jaschas Gesicht war blass gewesen in dem fahlen Neonlicht des Verhörraumes. Blass und fremd, kein Jungengesicht mehr. Angespannte Kiefermuskeln, harte Schatten unter den grauen Augen. In diesen Nachtstunden hatte er seinem Vater extrem ähnlich gesehen.

Krätz. Vater, erfolgreicher Industrieller und Manager. Ehemann, Hausbesitzer, Mörder. Einer, der seine Morde so sachlich und präzise wie ein Profikiller beging.

Wie hatte er nur Lapin getötet? Das würden sie jetzt nie mehr erfahren.

Vor seinen Füßen kreuzte ein schwarzer Mistkäfer den Weg. Als Müntzers Schatten auf ihn fiel, erstarrte das Tier, tarnte sich, indem es sich tot stellte.

Tarnung. Wahrscheinlich eine Verkleidung, ein Mantel oder ein Hut. Dann zum Gleis, Lapin abfangen und irgendwo töten. Vielleicht sogar in seinem Wagen. Die Verkleidung ablegen, zurückhasten und das Bahnhofspersonal scheuchen. Viele hatten sich an Krätz erinnert, bei all dem Lärm, den er am Service Point gemacht hatte. Keiner jedoch an den Mann auf dem Bahnsteig. Kaltblütiger Hund.

Müntzer schauderte in der kühlen Morgenluft. Vor ihm lag das alte Torhaus von *Le Chêne.* Die ersten Sonnenstrahlen kletterten über das Dach und ließen die Schieferziegel leuchten. Schwarz und scharf zeichnete sich das hohe Eisengitter vor dem Haus ab.

Le Chêne. Hier hatte alles angefangen. Jungs, die einen Schatz suchten, ihn fanden und mit einem Mord in Besitz nahmen.

Nein, schon viel früher. Als ein verängstigtes junges Mädchen in einer holprigen Kutsche durch die Nacht floh. Eine Schatulle fest an sich gepresst ...

Er lauschte in die Allee hinter sich. Kein Laut. Kein Pferdegewieher, kein Räderrollen. Nur die ersten Vögel, die den Morgen begrüßten.

Er trat durch das Gittertor. Das alte Gemäuer mit seinen grauen Steinquadern lag ruhig in der frühen Sonne. Mit den ordentlich eingefassten Kieswegen, dem kleinen Teich, den noch keine Wasserspiele störten, den alten Bäumen. Und dazwischen Hannas Buchs, das Hexenzeichen, die Abwehr gegen den bösen Blick.

Sie hatte es zu spät gepflanzt.

Wie würde die Initiative in Zukunft mit ihrem Oberstudienrat Eiselein leben, der nur den eigenen Kopf rettete? Oder er mit seiner Frau? Der betrogene Bankdirektor, dessen Schmach und Schande jetzt jeder kannte? Der enttarnte Liebhaber Weber? Der Bürgermeister, der jahrelang einem Mörder sein Vertrauen geschenkt hatte? Die zerstörte Familie Krätz? Der Zahnarzt, von dem nun alle wussten, dass er Diebstahl und sogar Mord in Kauf genommen hatte, um seine Existenzgrundlage zu sichern.

Müntzer ließ sich auf der kleinen Bank unter der Trauerweide nieder. Langsam streckte er die Beine aus und lehnte sich gegen den Bankrücken. Er spürte jeden Knochen. Er legte den Kopf in den Nacken und starrte in die Zweige.

Der Dreck, der durch einen Mord hochgewirbelt wurde. Die Wunden, die er schlug. Die Narben, die wieder aufgerissen wurden.

Marie hatte ihm den Elektroschocker ganz ruhig ausgehändigt. Ob sie Krätz wirklich umgebracht hätte? Wahrscheinlich. Sie war eine potenzielle Mörderin.

Er schloss die Augen. Ein Sonnenstrahl fiel durch die grünen Zweige des Baumes auf sein Gesicht. Er räkelte sich, genoss die Wärme und das Licht, das er selbst durch die geschlossenen Augen spürte.

Was geschah nun mit *Le Chêne*? Seine Geschichte war untrennbar mit den Morden verknüpft. Ob sie einfach so weitermachen würden, das Haus einrichten, den Garten gestalten und Führungen veranstalten, als wäre nichts geschehen?

Oder würden sie das Haus vergessen wie einen bösen Traum?

Die Natur würde es sich zurückholen.

Das Unkraut würde den geharkten Kies überwuchern, der Efeu die grauen Mauern sprengen. Langsam würden die Mauern einsacken, und Kinder, die ab und an schaudernd hier spielten, würden die Fenster einwerfen und sich blutige Geschichten erzählen. Und immer wenn ein Balken im Haus krachend zusammenstürzte, würden sie schreiend wegrennen.

Er öffnete die Augen.

Und in der Abenddämmerung käme eine alte Frau, groß gewachsen und hager. Sie würde sich an die Hauswand lehnen, eine Zigarette rauchen und zufrieden den Verfall beobachten.

• Danksagung •

In meiner Geburtsstadt Lebach gibt es ein altes Schloss, *La Motte*, von dem nur noch das Torhaus steht. Der Sage nach soll eine Kammerfrau mit Schmuck der Marie Antoinette dorthin geflüchtet sein. Sie wurde ermordet, der Schmuck nie gefunden. *Le Chêne* in diesem Buch hat keine Ähnlichkeit mit *La Motte* und die Stadt keine Ähnlichkeit mit Lebach. Nur die Kinder, die nach dem verschollenen Schatz suchen, sind authentisch ...

Mein Dank gilt zuallererst und vor allem meiner Mutter. Sie hat als Sammlerin und Antiquitätenhändlerin viele Tipps und Anregungen beigesteuert, mir Fachliteratur zur Verfügung gestellt, mein grauenhaftes Französisch korrigiert und mit Marie Weller nicht nur das Schneckentöten gemeinsam. Kurz: Ohne sie gäbe es dieses Buch nicht. Ein besonderer Dank auch an meine Schwester Hanna, die Informationen über das Saarland während der Französischen Revolution und über die juristischen Regelungen bei Schatzfunden beigesteuert hat. Ganz abgesehen davon, dass sie, gemeinsam mit unserer Mutter, sich nicht abschrecken lässt, als Testleserin zu fungieren. Und da ist nach wie vor Polizeioberrat Hugo Müller, der mir kriminalistisch zur Seite steht und einfach jede noch so abwegige Frage beantwortet. Und der mir Kontakte beschafft, zu Kriminalhauptkommissar Oliver Fricke zum Beispiel, der für mich im Verein mit der Gerichtsmedizin wunderbare Morde konstruiert hat, die ich leider nicht alle verwenden konnte. Aber die Geschichte mit den WMF-Messern als optimalen Tatwerkzeugen fand ich schon beeindruckend – was man so alles in den Schränken hat!

Doch nicht nur im Saarland, sondern auch in der Pfalz hatte ich Helfer. Mein Dank geht an den Antiquitätenhändler Herrn Ohk, der mir aktuelle Preise für Roentgenmöbel besorgt und mir viel darüber beigebracht hat. An den Tierarzt Dr. Rahimi, der mir, wenn auch widerwillig, bei der Frage behilflich war, wie man Hunde tötet (der Mann hält seit Jahren unseren alten Kater am Leben und war über dieses Ansinnen eher erstaunt). Und an meine Kollegin und Sister Monika Geier, die nicht nur gute Bücher schreibt (die sollten Sie lesen!), sondern auch alles über Barockgärten weiß. Und natürlich Daniela Auer, die mir ihre Computerkenntnisse, ihr Fax und ihre Hilfe ungebrochen zur Verfügung stellt.

Zwei Leute dürfen bei dieser Danksagung nicht fehlen, Silke Schlawin von Rowohlt, die sich immer wieder für mich einsetzt, und mein Agent Bastian Schlück, der mich bestätigt, kritisiert, beruhigt und sich nie anmerken lässt, wenn ich ihm auf die Nerven falle.

Und – last but keinesfalls least – mein Mann Rainer. Der als Erster meine Texte liest, korrigiert und verbessert. Und der mich liebt, auch wenn ich ihn nachts mit dem Schrei wecke: «Jetzt weiß ich, wie er stirbt. Ich werde ihn erwürgen!»

Ihnen allen meinen Dank. Aus tiefstem Herzen.